DICAS DA IMENSIDÃO

MARGARET ATWOOD

DICAS DA IMENSIDÃO

TRADUÇÃO
ANA DEIRÓ

Título original
WILDERNESS TIPS

Primeira publicação na Grã-Bretanha pela
Bloomsbury Publishing Limited, 1991

Copyright © O. W. Toad 1991

O direito moral da autora foi assegurado.

Nenhuma parte desta obra pode ser reproduzida,
ou transmitida por qualquer forma ou meio eletrônico ou mecânico,
inclusive fotocópia, gravação ou sistema de armazenagem
e recuperação de informação, sem a permissão escrita do editor.

PROIBIDA A VENDA EM PORTUGAL

Direitos para a língua portuguesa reservados
com exclusividade para o Brasil à
EDITORA ROCCO LTDA.
Av. Presidente Wilson, 231 – 8º andar
20030-021 – Rio de Janeiro – RJ
Tel.: (21) 3525-2000 – Fax: (21) 3525-2001
rocco@rocco.com.br
www.rocco.com.br

Printed in Brazil/Impresso no Brasil

preparação de originais
BARCÍMIO AMARAL

CIP-Brasil. Catalogação na fonte.
Sindicato Nacional dos Editores de Livros, RJ.

A889d
    Atwood, Margaret, 1939-
        Dicas da imensidão / Margaret Atwood; tradução
    de Ana Deiró. – 1. ed. – Rio de Janeiro: Rocco, 2017.

    Tradução de: Wilderness tips
    ISBN 978-85-325-2991-6 (brochura)
    ISBN 978-85-8122-673-6 (digital)

    1. Ficção canadense. I. Deiró, Ana. II. Título.

15-21348   CDD: 819.13
                                                  CDU: 821.111(71)-3

O texto deste livro obedece às normas do
Acordo Ortográfico da Língua Portuguesa.

Sumário

Lixo verdadeiro / 7

Bola de cabelo / 41

Ísis na escuridão / 59

O homem do brejo / 85

Morte por paisagem / 105

Tios / 129

A era do chumbo / 155

Peso / 173

Dicas da imensidão / 189

Quarta-feira inútil / 215

LIXO VERDADEIRO

As garçonetes se aquecem ao sol como um rebanho de focas esfoladas, os corpos morenos rosados reluzem de óleo. Vestem seus trajes de banho porque é o meio da tarde. Bem cedinho, ao amanhecer, e na hora do crepúsculo, elas às vezes se banham nuas, o que faz com que valha muito mais a pena esse ficar agachado incômodo em meio aos arbustos infestados de mosquitos, defronte ao pequeno píer particular delas.

Donny está com os binóculos, que não são dele, e sim de Monty. O pai de Monty os deu a ele para observar pássaros, mas Monty não está interessado em pássaros. Encontrou melhor utilidade para os binóculos: ele os aluga para os outros garotos, por cinco minutos no máximo, cinquenta centavos por uma olhada ou mesmo uma barra de chocolate da cantina, embora prefira o dinheiro. Monty não come as barras de chocolate; ele as revende no mercado negro, por duas vezes o preço original; como é um artigo escasso na ilha, ele se dá bem.

Donny já viu tudo que vale a pena ver, mas, mesmo assim, se demora com os binóculos, apesar dos sussurros roufenhos e dos cutucões dos que vêm logo depois dele na fila. Ele quer fazer render seu dinheiro.

– Olhe só para aquilo – diz, numa voz que pretende ser torturante para quem espera. – De babar, de babar. – Há um galho que espeta seu estômago, bem em cima de uma mordida de mosquito recente, mas ele não pode afastá-lo sem tirar uma das mãos dos binóculos. Sabe muito bem o que são ataques pelo flanco.

– Deixa eu ver – pede Ritchie, puxando-o pelo cotovelo.

– Cai fora – retruca Donny.

Ele vira os binóculos, focaliza um quadril nu escorregadio, um seio com poás vermelhos, uma mecha longa de cabelos louros oxigenados: Ronette, a mais gostosona, Ronette, a mais proibida, quando há sermões feitos pelos mestres na St. Jude's durante o inverno, sobre os perigos de se andar com as garotas da cidade, são aquelas do tipo de Ronette que eles têm em mente: as que ficam na fila no único cinema da cidade, mascam chicletes e vestem as jaquetas de couro dos namorados, as bocas ruminantes reluzem a vermelho-escuro, como framboesas amassadas. Se você assoviar para elas, ou mesmo olhar, elas simplesmente o fulminam com os olhos.

Ronette tem tudo, menos aquela encarada. Ao contrário das outras, já houve ocasiões em que sorriu. Todo dia, Donny e seus amigos apostam se ela atenderá a mesa deles. Quando ela se debruça para retirar os pratos, eles tentam olhar para dentro do discreto decote em V do uniforme. Eles se inclinam para respirar o odor dela: tem cheiro de spray de cabelo, esmalte para unhas, de alguma coisa artificial e doce demais. Vagabunda, diria a mãe de Donny. É uma palavra sedutora. A maioria das coisas na vida é cara e não muito interessante.

Ronette muda de posição no píer. Agora está deitada de bruços, com o queixo apoiado nas mãos, os seios pendurados, puxados pela gravidade. Ela tem um colo de verdade, não como algumas das outras, mas ele consegue ver as saboneteiras e algumas de suas costelas, acima da calcinha do biquíni. Apesar dos seios fartos, ela é magra, quase esquelética; tem braços finos como gravetos e um rosto chupado. Falta-lhe um dente lateral, vê-se o buraco quando ela sorri, e isso o incomoda. Ele sabe que deve ter tesão por ela, mas não é o que sente.

As garçonetes sabem que são observadas: veem que os arbustos se movem. Os garotos têm apenas 12 ou 13 anos, 14, no máximo, uns moleques. Se fossem monitores, elas dariam mais risadinhas, se mostrariam mais, arqueariam as costas. Ou algumas fariam isso. Como são garotos, elas aproveitam a folga da tarde como se não houvesse alguém ali. Passam óleo nas costas umas das outras, queimam-se por igual, viram-se preguiçosamente ora para cá, ora para lá, e fazem com que Ritchie, que agora está com os binóculos, gema de uma maneira que deve deixar os outros garotos fulos de raiva, e deixa. Ritchie leva pequenos murros, acompanhados por resmungos de "babaca" e "cretino".

– Babem, babem – retruca Ritchie, e sorri de orelha a orelha.

As garçonetes leem em voz alta. Elas se revezam: as vozes flutuam sobre a água, pontuadas por fungadelas e gargalhadas ocasionais. Donny gostaria de saber o que estão lendo com tamanha absorção, tanto prazer, mas seria perigoso para ele admitir isso. É o corpo delas que conta. Quem se importa com o que leem?

– Seu tempo acabou, bundão – cochicha para Ritchie.

– Bundão é você – ele retruca. E os arbustos balançam.

* * *

O que as garçonetes estão lendo é uma revista *Romance Verdadeiro*. Tricia tem uma porção delas guardadas debaixo do colchão, e Sandy e Pat contribuíram com mais duas. Todas aquelas revistas têm uma mulher na capa, com o vestido arriado em um dos ombros, um cigarro na boca ou alguma outra indicação de uma vida desregrada. Geralmente essas mulheres estão em lágrimas. Suas cores são estranhas: desbotadas, sujas, como fotografias coloridas a mão nos anos 1960. Cores secundárias comuns. Nada têm da vibração e da clareza das primárias, dos sorrisos de dentes brancos das revistas de cinema. Não são histórias de sucesso, Lixo Verdadeiro, é como Hilary as chama. Joanne as chama de Dramas de Geme-Geme.

No momento é Joanne quem lê, numa voz séria, histriônica, como uma locutora de rádio. Joanne já participou de uma peça na escola, *Nossa cidade*, de Thornton Wilder. Está com os óculos na ponta do nariz, como uma professora. Para provocar mais risadas, acrescentou um sotaque inglês falso.

A história é sobre uma garota que mora com a mãe divorciada em um apartamento apertado e velho em cima de uma sapataria. O nome dela é Marleen. Ela tem um emprego de meio expediente na sapataria, depois da escola e aos sábados, e dois dos vendedores de sapatos estão dando em cima dela. Um deles é sério e chato e quer que eles se casem. O outro rapaz, cujo nome é Dirk, tem uma motocicleta e um sorriso audacioso e insinuante que transforma os joelhos de Marleen em gelatina. A mãe se mata de trabalhar na máquina de costura para dar a Marleen um bom guarda-roupa – ela ganha a vida mal e mal, um dinheirinho muito suado, costura para senhoras ricas que a desprezam, de modo que as roupas de Marleen são bem bonitas – e enche a paciência de Marleen com sermões sobre escolher o homem certo e não cometer um erro terrível, como o que ela cometeu. A garota pretende ir para uma escola profissionalizante e estudar administração hospitalar, mas a falta de dinheiro torna isso impossível. Ela está no último ano do ensino médio e suas notas andam caindo, porque se sente desestimulada e também porque não consegue escolher entre os dois vendedores. Agora a mãe também ralha com ela por causa das notas baixas.

– Ah, meu Deus – diz Hilary. Ela está fazendo as unhas com uma lixa de metal em vez de uma comum de madeira. Hilary não aprova lixas de madeira. – Por favor, alguém dê a ela um uísque duplo.

– Talvez ela deva assassinar a mãe, receber o dinheiro do seguro e tratar de dar o fora dali – propõe Sandy.

– Você ouviu alguma palavra a respeito de um seguro? – pergunta Joanne, espiando por cima dos óculos.

– Você poderia incluir algumas – responde Sandy.

– Talvez ela devesse experimentar com os dois, para ver qual é o melhor – Liz sugere, atrevidamente.

– Nós sabemos qual dos dois é melhor – afirma Tricia. – Veja só, com um nome como *Dirk*! Como pode ter dúvida?

– Os dois são nojentos – responde Stephanie.

– Se ela fizer isso, vai ser uma Mulher Caída, com M e com C maiúsculos – lembra Joanne. – Ela teria de se Arrepender, com A maiúsculo.

As outras gritam e caem na gargalhada. Arrependimento! As garotas nas histórias fazem papéis tão idiotas... São tão fracas... Elas

se apaixonam perdidamente pelos homens errados, cedem aos desejos deles, são abandonadas. Então choram.
– Esperem – diz Joanne. – Agora vem a grande noite. – Ela continua a ler, em tom esbaforido. – *Minha mãe tinha saído para ir entregar um vestido de coquetel a uma de suas clientes. Eu estava sozinha em nosso apartamento modesto.*
– Ofegue, ofegue – diz Liz.
– Não, isso vem depois. *Eu estava sozinha em nosso apartamento modesto. A noite estava quente e abafada. Eu sabia que deveria estudar, mas não conseguia me concentrar. Tomei uma chuveirada para refrescar.* Então, num impulso, decidi experimentar o vestido de baile para a formatura em que minha mãe passara tantas noites trabalhando.
– Isso mesmo, se afogue na culpa – sugere Hilary, com satisfação. – Se fosse eu, daria uma machadada na mãe.
– Era um sonho de tecido cor-de-rosa...
– Um sonho de o que rosa? – pergunta Tricia.
– Um sonho de tecido cor-de-rosa, ponto parágrafo, e cale a boca. *Eu me olhei no espelho de corpo inteiro no quartinho de mamãe. Era o vestido certo para mim. Caía com perfeição em meu corpo generoso, mas esguio. Eu parecia diferente com aquele vestido, mais velha, bonita, como uma garota habituada com todo tipo de luxos. Como uma princesa. Sorri para mim mesma. Estava transformada.*
Eu acabara de abrir os colchetes nas costas, com a intenção de tirar o vestido e pendurá-lo de novo, quando ouvi o som de passadas na escada. Tarde demais, me lembrei de que tinha me esquecido de trancar a porta por dentro, depois que minha mãe saiu. Corri para a porta, segurando o vestido – podia ser um ladrão, ou pior! Mas era Dirk.
– Dirk, o babaca – diz Alex, lá debaixo da sua toalha.
– É melhor dormir de novo – responde Liz.
Joanne baixa a voz, fala em tom arrastado.
– "*Pensei em subir e vir te fazer companhia*", *diz ele em tom malicioso. "Vi sua mãe sair." Ele sabia que eu estava sozinha! Enrubesci e comecei a tremer. Eu podia ouvir o sangue latejando em minhas veias. Não conseguia falar. Todos os meus instintos me di-*

ziam para não confiar nele – todos os instintos, menos os do meu corpo e do meu coração.
– E de onde mais seriam? – pergunta Sandy. – Não se podem ter instintos mentais.
– Você quer ler isto? – pergunta Joanne. – Então fique calada. Segurei as dobras de renda cor-de-rosa na minha frente como se fossem um escudo. "Puxa, mas você está linda nesta roupa", disse Dirk. A voz dele soou áspera e terna. "Mas ficaria ainda mais linda sem ela." Senti medo dele. Seus olhos estavam ardentes, determinados. Ele parecia um animal rondando a presa.
– Está ficando quente – diz Hilary.
– Que tipo de animal? – pergunta Sandy.
– Uma fuinha – responde Stephanie.
– Um gambá – retruca Tricia.
– Psiu – Liz fala.
– *Recuei me afastando dele* – lê Joanne. – Nunca o tinha visto com aquela expressão antes. Agora eu estava encostada contra a parede e ele estava me esmagando em seus braços. Senti o vestido escorregar e cair...
– Não adiantou nada toda aquela costura – brinca Pat.
– *... e a mão dele cobriu meu seio, a boca ávida procurando a minha. Eu sabia que ele era o homem errado para mim, mas não podia mais resistir. Meu corpo inteiro estava gritando pelo dele.*
– O que o corpo dela dizia?
– Dizia: *Ei, corpo, aqui!*
– Psiu.
– *Eu me senti ser levantada. Ele estava me carregando para o sofá. Então senti todo o comprimento do corpo rijo e esguio dele se pressionando contra o meu. Debilmente tentei afastar as mãos dele, mas, na verdade, não queria isso. E então – ponto, ponto, ponto – nos fundimos em Um,* com U maiúsculo, ponto de exclamação.

Há um momento de silêncio. Então as garçonetes caem na gargalhada. Suas risadas são revoltadas, incrédulas. *Um.* Assim, só isso. Tem de haver mais do que isso.

– O vestido fica destruído – diz Joanne em sua voz normal. – Então a mãe chega em casa.
– Não, hoje não chega, não – diz Hilary rapidamente. – Temos apenas mais dez minutos. Vou dar uma nadada, tirar um pouco deste óleo do corpo. – Ela se levanta, prende o cabelo louro mel, alonga o corpo bronzeado de músculos bem trabalhados e dá um mergulho de cabeça perfeito da ponta do píer.
– Quem está com o sabonete? – pergunta Stephanie.
Ronette não disse nem uma palavra durante a história. Enquanto as outras gargalhavam, ela apenas sorriu. Agora, continua sorrindo. É um sorriso enviesado, desconcertado, um tanto defensivo.
– Certo, mas – diz ela para Joanne –, por que isso é engraçado?

* * *

As garçonetes ficam posicionadas em seus postos de trabalho ao redor do salão, de mãos enlaçadas à frente do corpo e cabeça baixa. O uniforme azul-real desce-lhes quase até o cano das meias soquetes brancas, usadas com sapatos estilo Oxford pretos e brancos ou tênis brancos. Sobre os uniformes, usam aventais brancos simples. As cabanas rústicas de toras de madeira do alojamento em Camp Adanaqui não têm luz elétrica, os banheiros são externos, os garotos lavam suas roupas, não em pias, mas no lago; mas há garçonetes, de uniforme e avental. Dificultar um pouco as coisas fortalece o caráter dos garotos, mas dificultar só certo tipo de coisas.

O Sr. B. está dizendo a oração de graças. Ele é o dono do acampamento e também é um dos professores supervisores no St. Jude's, durante os invernos. Tem um rosto curtido de feições bonitas, o cabelo grisalho e bem cortado de um advogado de Bay Street e olhos de falcão: ele vê tudo, mas só ataca de vez em quando. Hoje está usando um suéter branco de tênis com decote em V. Poderia estar bebendo um gim-tônica, mas não está.

Atrás dele na parede, acima de sua cabeça, há uma grande placa de madeira gasta, com um lema pintado em letras góticas pretas: *É de pequenino que se torce o pepino*. Um adorno de pedaços de galho de madeira flutuante ladeia cada uma das extremidades da placa e abaixo deles há dois remos cruzados e uma gigantesca cabeça de lúcio de perfil, a boca aberta para mostrar os dentes de agulha, o olho único fixo em um feroz olhar maníaco.

À esquerda do Sr. B. fica a janela, e além dela está Georgian Bay, azul e triste como o esquecimento, que se estende até o infinito. Erguem-se dela como dorsos de baleias, como joelhos arredondados, como as panturrilhas e as coxas de uma enorme mulher flutuante, várias ilhas de rocha rosada, escavadas, curvadas e fissuradas por geleiras, pelo lamber de águas e por infinitas intempéries, uns poucos pinheiros canadenses agarrados às ilhas maiores, com as raízes retorcidas que se enfiam pelas fendas. As garçonetes tinham passado em meio àqueles arquipélagos quando foram trazidas para ali, a mais de trezentos quilômetros da costa, pela mesma lancha que traz o correio, as verduras e tudo o mais na ilha. Traz e leva embora. Mas as garçonetes não serão embarcadas de volta para o continente antes do fim do verão; fica longe demais para um dia de folga e elas nunca teriam permissão para ficar fora por uma noite. De modo que aqui estão elas, até o fim da temporada. São as únicas mulheres na ilha, exceto pela Sra. B. e a Srta. Fisk, a nutricionista. Mas essas duas são velhas e não contam.

Há nove garçonetes. São sempre nove. Apenas os nomes e os rostos mudam, reflete Donny, que passa férias naquele acampamento desde os oito anos. Quando tinha oito, não prestava atenção nas garçonetes, exceto quando sentia saudades de casa. Então inventava desculpas para passar pela janela da cozinha quando estavam lavando a louça. Lá estariam elas, seguras em seus aventais, seguras atrás das vidraças das janelas: nove mães. Ele não pensa mais nelas como mães.

Ronette serve a mesa dele nesta noite. Por entre as pálpebras semicerradas, Donny observa-lhe o rosto magro virado para o outro lado. Vê apenas um brinco, uma argolinha de ouro. Atravessa a orelha da moça. Só italianos e moças ordinárias têm orelhas furadas, diz a mãe dele. Seria doloroso fazer um buraco na orelha. Seria preciso coragem. Ele só quer saber como será o interior do quarto de

Ronette, que outras coisas ordinárias e curiosas ela terá lá dentro. Sobre alguém como Hilary, não precisa ter curiosidade, porque já sabe: a colcha limpa, as fileiras de sapatos nas prateleiras, o pente, a escova e o estojo de manicure arrumados sobre a penteadeira como os instrumentos numa sala de cirurgia.

Atrás da cabeça inclinada de Ronette está a pele de uma cobra cascavel, de uma grande cascavel, pregada na parede. É com isso que se precisa ter cuidado por aqui: cobras cascavéis. Também com urtigas, tempestades com raios e afogamento. Uma canoa para 20 remadores, cheia de meninos, naufragou no ano passado, mas eles eram de outra colônia de férias. Tem havido alguma conversa sobre fazer todo mundo usar coletes salva-vidas de maricas; as mães querem. Donny gostaria de ter sua pele de cascavel, para pregar acima de sua cama; mas, mesmo que apanhasse a cobra e a estrangulasse com as próprias mãos, arrancasse a cabeça com os dentes, nunca lhe permitiriam ficar com a pele.

O Sr. B. encerra a oração de graças, senta-se, e os meninos começam mais uma vez seu ritual de três vezes ao dia de roubar pão, encher a pança, trocar chutes debaixo da mesa e sussurrar xingamentos. Ronette sai da cozinha com uma travessa: macarrão com queijo.

– Aqui para vocês, meninos – diz, com seu habitual sorriso enviesado e simpático.

– Muito obrigado – agradece Darce, o monitor, com charme estudado.

Darce tem reputação de ser um conquistador; Donny sabe que ele está dando em cima de Ronette. Isso faz com que se sinta triste. Triste e jovem demais. Ele bem que gostaria de sair do próprio corpo, por algum tempo; gostaria de ser outra pessoa.

* * *

As garçonetes estão cuidando da louça. Duas raspam os restos de comida, uma lava, uma enxágua na água quente escaldante da pia e três secam. As outras duas varrem o chão e limpam as mesas. Mais tarde, o número de moças que secam pratos vai variar por causa das folgas – elas vão preferir tirar as folgas em duplas, de modo a poderem sair juntas com os monitores –, mas hoje todas estão ali. É o princípio da temporada, as coisas ainda estão indefinidas, os territórios ainda não estão demarcados.

Enquanto trabalham, elas cantam. Sentem falta do oceano de música em que flutuam durante o inverno. Pat e Liz trouxeram seus rádios portáteis, embora não se consiga sintonizar muitas estações por aqui, é longe demais da costa. Há um toca-discos na sala de recreação dos monitores, mas os discos são velhos, fora de moda. Patti Page, A Fúria das Cantoras. *How Much Is that Doggie in the Window. The Tennessee Waltz.* Quem ainda dança valsas?

– *Wake up, little Susie* – cantarola Sandy. Os Everly Brothers fazem sucesso neste verão; ou faziam, no continente, quando elas partiram.

– *What're we gonna tell your mama, what're we gonna tell your pa* – cantam as outras. Joanne sabe cantar em contralto, o que faz com que tudo soe menos desafinado.

Hilary, Stephanie e Alex não cantam essa canção. Elas estudam em uma escola particular só para moças e são melhores em canções como *Fire's Burning* e *White Coral Bells*. Entretanto, são boas no tênis e em velejar, habilidades que as outras não puderam aprender.

É até estranho que Hilary e as outras duas estejam aqui, trabalhando como garçonetes em Camp Adanaqui; não se pode dizer que precisam do dinheiro. (Não como eu, pensa Joanne, que vive rondando a mesa da correspondência a cada meio-dia para ver se conseguiu obter a bolsa de estudos.) Mas é obra de suas mães. De acordo com Alex, as três mães se juntaram, cercaram a Sra. B. numa festa de caridade e praticamente a obrigaram a contratá-las. Naturalmente a Sra. B. vai às mesmas festas de caridade que as mães: elas a viram com os óculos empurrados para o alto da testa, um drinque na mão, recebendo convidados na varanda da casa branca do Sr. B., no alto da colina que fica bem afastada da colônia de férias propriamente dita. Elas viram os convidados, em suas roupas impecáveis e bem passadas de velejar. Ouviram suas risadas, as vozes, ligeiramente roucas e casuais. *Ah, meu Deus, não me diga*. Como a de Hilary.

– Fomos sequestradas – diz Alex. – Elas acharam que estava na hora de conhecermos alguns rapazes.

Joanne pode entender o caso de Alex, que é gordinha e desajeitada, e o de Stephanie, que tem corpo de rapaz e um andar masculino. Mas Hilary? Hilary é uma beleza clássica. Hilary é como um anúncio de xampu. Hilary é perfeita. Ela deveria ser disputada. Estranhamente, não é.

Ronette está raspando a comida e deixa cair um prato.

– Droga – diz ela. – Que desastrada.

Ninguém a censura, como fariam com qualquer outra pessoa. Ela é a favorita de todas, embora seja difícil dizer exatamente por quê. Não é apenas uma questão de ela ser uma pessoa agradável, fácil no convívio: Liz e Pat também são. Ela tem algum outro status misterioso. Por exemplo, todas as outras têm um apelido: Hilary é Hil, Stephanie é Steph, Alex é Al, Joanne é Jo, Tricia é Trish, Sandy é San. Pat e Liz, que já são nomes pequenos e não podem ser reduzidos, se tornaram Pet e Lizard. Só a Ronette foi concedida a dignidade de manter seu nome improvável completo.

Em alguns sentidos, ela é mais adulta do que as outras. Mas não é porque sabe mais coisas. Ela sabe menos, com frequência tem dificuldade de acompanhar o vocabulário das outras, especialmente nas gírias sofisticadas do trio que estuda em escola particular.

– Não entendi isso – é o que ela diz, e as outras se deliciam em explicar.

Como se ela fosse uma estrangeira, uma visitante muito estimada vinda de algum outro país. Ela vai ao cinema e assiste à televisão como as outras, mas tem menos opiniões sobre aquilo a que assistiu. No máximo diz "besteira" ou "ele até que não é mau". Embora seja simpática, ela é cautelosa ao manifestar sua aprovação em palavras. "Bom" é seu maior elogio. Quando as outras falam a respeito do que leram ou das matérias que vão estudar no próximo ano na universidade, fica em silêncio.

Mas ela sabe de outras coisas, coisas escondidas. Segredos. E essas outras coisas são mais adultas e, em algum nível, mais importantes. Mais fundamentais. Mais pessoais e verdadeiras.

Ou pelo menos é o que pensa Joanne, que tem o mau hábito de romantizar.

* * *

Do lado de fora da janela, Darce e Perry passam caminhando, conduzindo um grupo de garotos. Joanne reconhece alguns: Donny, Monty. É difícil lembrar-se dos garotos pelo nome. São apenas um bando indistinto de moleques, geralmente sujos, que precisam ser alimentados três vezes por dia, cujas cascas, migalhas e restos têm de ser limpos depois. Os monitores os chamam de Sujismundos.

Mas alguns se destacam. Donny é alto para sua idade, todo cotovelos e joelhos longos e finos, com enormes olhos muito azuis; mesmo quando diz impropérios – todos eles dizem palavrões durante as refeições, furtivamente, mas também em voz alta o suficiente para que as garçonetes os ouçam –, é mais como uma meditação, ou mais como uma pergunta, como se ele experimentasse as palavras, as saboreasse. Monty, por outro lado, é como uma miniatura de um homem de 45 anos; os ombros já têm a curvatura dos de um homem de negócios, a barriga é plenamente formada. Ele tem um jeito de andar todo empertigado, como um pequeno pavão. Joanne o acha muito engraçado.

Naquele exato momento, ele carrega uma vassoura com cinco rolos de papel higiênico enfiados no cabo. Todos os garotos estão no serviço de Faxina do Brejo, varrem os banheiros, repõem o papel. Joanne se pergunta o que farão com os absorventes usados nos sacos de papel pardo que encontrarão no banheiro das garçonetes. Ela pode imaginar os comentários.

– Companhia... alto! – berra Darce. O grupo se detém bruscamente diante da janela. – Apresentar... armas! – As vassouras são erguidas, as pontas dos rolos de papel higiênico tremulam no ar como bandeiras. As garotas riem e acenam.

A continência de Monty é visivelmente desanimada: a tarefa é muito abaixo de sua dignidade. Ele pode alugar seus binóculos – essa história, a essa altura, circula por toda a colônia –, mas não tem interesse em usá-los ele mesmo. Já deu pleno conhecimento disso. *Não com aquelas garotas*, diz ele, para deixar implícito que tem gostos mais sofisticados.

O próprio Darce bate uma continência cômica, depois bota seu bando para marchar e se vai. A cantoria na cozinha parou; o assunto do momento entre as garçonetes agora são os monitores. Darce é o melhor, o mais admirado, o mais desejado. Seus dentes são os mais brancos, os cabelos, os mais louros, e o sorriso é o mais sensual. Na sala de recreação dos monitores, para onde elas vão toda noite depois que acabam de lavar a louça, logo assim que tiram os uniformes azuis e vestem jeans e pulôveres, depois que os garotos já estão enfiados na cama, ele já flertou com todas elas, uma de cada vez. De modo que para quem foi aquela continência?

– Foi para mim – diz Pat, brincando. – Quem me dera.

– Sonhar é permitido – responde Liz.

– Foi para Hill – diz Stephanie, lealmente.

Mas Joanne sabe que não foi. E que também não foi para ela. Foi para Ronette. Todas desconfiam disso. Nenhuma delas diz isso.

– O Perry gosta da Jo – diz Sandy.

– Gosta nada – retruca Joanne.

Ela revelou que já tem um namorado e que, portanto, está fora dessas competições. Metade da história é verdade: ela tem um namorado. Neste verão, ele trabalha como *chef* de saladas na Canadian National e cruza o continente de um lado para outro. Ela o imagina postado no último vagão do trem, fumando um cigarro entre os turnos de preparo de saladas, observando o país deslizar e ficar para trás. Ele lhe escreve cartas, com uma caneta esferográfica azul em papel pautado. *Minha primeira noite na região das pradarias*, escreve ele. *É magnífica – aquela imensidão de terra e céu. Os pores do sol são incríveis.* Então há uma linha que corta a página, uma nova data e ele chega às Montanhas Rochosas. Joanne se ressente um pouco com o fato de que ele se derrame em elogios delirantes a lugares onde ela nunca esteve. Parece-lhe um caso típico de exibição masculina: ele está livre, desimpedido. Ele encerra a carta com um *Gostaria que você estivesse aqui* e vários "Bjs" e "Abs". Isso parece formal demais, como uma carta que se manda para a mãe. Como um beijinho na bochecha.

Ela guardou a primeira carta debaixo do travesseiro, mas acordou com manchas azuis no rosto e na fronha. Agora, guarda-as na mala embaixo da cama. Já tem dificuldade de se lembrar como é o rosto dele. Uma imagem indistinta lhe passa pela mente, o rosto dele bem perto, à noite, no banco da frente do carro do pai dele. O farfalhar das roupas. O cheiro de fumaça.

* * *

A Srta. Fisk entra desajeitadamente na cozinha. Ela é baixa, gorducha e nervosa; o que ela usa, sempre, é uma rede sobre o coque de cabelo grisalho, chinelos puídos de lã – há algum problema com os dedos dela – e um casaco de lã azul desbotado, comprido até os joelhos, não importa quanto calor esteja fazendo. Ela considera este emprego de verão uma temporada de férias. De vez em quando, pode ser vista boiando na água num maiô decotado no peito e com uma touca de borracha branca com as abas das orelhas levantadas. Ela nunca molha a cabeça, de modo que ninguém sabe por que usa a touca.

– E então, meninas. Estão acabando?

Ela nunca chama as garçonetes pelo nome. Quando na presença delas, as garçonetes são *meninas*; quando fala delas, são as *minhas meninas*. Elas são a sua desculpa para tudo que há de errado: *uma das meninas deve ter feito isso*. Ela também funciona como uma espécie de acompanhante das moças: sua cabana fica no caminho que leva à delas e tem ouvidos com radar, como um morcego.

"Nunca vou ficar tão velha", pensa Joanne. "Vou morrer antes dos trinta anos". Ela sabe disso com certeza. É um pensamento trágico, mas confortador. Se necessário, se alguma doença devastadora se recusar a levá-la, ela mesma se matará, com pílulas. Não está nem um pouco infeliz, mas pretende ficar, mais tarde. Parece ser obrigatório.

Aquela não é terra para velhos,* recita para si mesma. Um dos poemas que memorizou, embora não estivesse na matéria do exame final. Troque isso por velhas.

* * *

Quando todas estão de pijamas, prontas para ir para a cama, Joanne se oferece para ler para elas o resto da história do Lixo Verdadeiro. Mas todo mundo está cansado demais, de modo que ela lê para si mesma, com a lanterna, depois que a luz fraca da lâmpada do teto foi apagada. Ela tem uma compulsão de sempre chegar ao fim das coisas. Por vezes, primeiro lê o fim dos livros.

Desnecessário dizer, Marleen fica grávida e Dirk se manda em sua motocicleta assim que descobre. *Não sou do tipo de criar família, querida. A gente se vê.* Vrum. A mãe praticamente tem um colapso nervoso, porque cometeu o mesmo erro quando era jovem, acabou com suas chances e agora veja só onde está. Marleen chora, se arrepende e até reza. Mas, por sorte, o outro vendedor da loja de sapatos, o chato, ainda quer se casar com ela. Então isso é o que acontece. A mãe a perdoa e Marleen aprende o verdadeiro valor da devoção silenciosa. Sua vida talvez não seja muito emocionante, mas é uma vida boa, no parque de trailers, os três morando juntos. O bebê é adorável. Eles compram um cachorro. É um setter irlandês, que corre para ir buscar os gravetos atirados sob a luz do crepúsculo enquanto o bebê ri. É assim que a história acaba, com o cachorro.

Joanne enfia a revista no espaço entre a cama estreita e a parede. Ela está quase chorando. Nunca terá um cachorro como aquele, tampouco um bebê. Ela não os quer e, de qualquer maneira, como teria tempo, considerando tudo que tem de fazer? Tem uma agenda cheia, se bem que um tanto instável. Mesmo assim, se sente roubada.

---

* *Velejando para Bizâncio*, W. B. Yeats, tradução de Augusto de Campos. (N. da T.)

* * *

Entre duas colinas ovais de granito cor-de-rosa fica o pequeno crescente da praia. Os garotos, com calções de banho (que nunca usam nos passeios de canoa, mas apenas na área da colônia onde poderiam ser vistos pelas moças), estão lavando suas roupas, de pé, com água até os joelhos, esfregando camisetas e cuecas com barras amarelas de sabão. Isso só acontece quando ficam sem roupas limpas ou quando o fedor de meias sujas no alojamento se torna insuportável demais. Darce, o monitor, supervisiona, deitado numa pedra, o corpo já bronzeado estendido ao sol, e fuma um cigarro. É proibido fumar na frente dos meninos, mas ele sabe que este grupo não contará. Para garantir, também é furtivo ao fumar, mantém o cigarro abaixado perto da rocha e de vez em quando dá uma tragada rápida.

Alguma coisa acerta Donny no lado da cabeça. É a cueca molhada de Ritchie, transformada numa bola. Donny a atira de volta e logo há uma guerra de cuecas. Monty se recusa a participar, assim acaba por se tornar o alvo coletivo.

– Porra, vão se foder! – berra.

– Parem com isso, seus cabeças-ocas – diz Darce.

Mas ele, na verdade, não presta atenção. Viu outra coisa: um lampejar de uniforme azul lá em cima entre as árvores. As garçonetes não têm permissão para estar neste lado da ilha. Elas deveriam estar no próprio píer e aproveitar o intervalo da tarde.

Darce agora está lá em cima, entre as árvores, com um braço apoiado em um tronco. Está havendo uma conversa; há murmúrios. Donny sabe que é Ronette, pode reconhecer pela silhueta, pela cor do cabelo. E aqui está ele, com suas costelas magras expostas, o peito sem pelos, atirando cuecas nos outros como uma criança. Ele fica desgostoso consigo mesmo.

Monty, vencido por ser minoria, mas não querendo admitir a derrota, diz que precisa sair para dar uma cagada e desaparece na trilha a caminho da latrina. A essa altura, Darce não está mais à vista. Donny pega as roupas de Monty, que já estão lavadas, torcidas e estendidas ordenadamente na pedra quente para secar. Ele começa a atirá-las em cima de um pinheiro, peça por peça. Os outros, encantados com a ideia, o ajudam. Quando, afinal, Monty volta, a árvore está toda enfeitada com suas cuecas e os outros garotos inocentemente enxáguam suas roupas.

* * *

Eles estão numa das ilhas de granito cor-de-rosa, os quatro: Joanne e Ronette, Perry e Darce. É um programa de dois casais. As duas canoas foram meio puxadas para fora da água e amarradas com cordas aos pinheiros, a fogueira quase que já se consumiu toda e agora só restam carvões em brasa. O céu a oeste ainda está cor de pêssego e luminoso, a lua suave, madura e suculenta está subindo, o ar da noite está cálido e doce, as ondas lambem suavemente as pedras. É a Edição de Verão, pensa Joanne. *Preguiça Gostosa. Corpos Bronzeados. Romance a Bordo do Navio.*

Joanne tosta um marshmallow. Ela tem uma maneira especial de fazer isso: segura-o bem perto dos carvões, mas não perto demais para pegar fogo, apenas próximo o bastante para que inche como um travesseiro e devagar vá dourando e tostando todo por igual até escurecer. Então ela tira a pele tostada e come, tosta a parte branca de dentro da mesma maneira e tira a casca até não restar nada. Ela lambe o suco melado do marshmallow dos dedos e pensativamente olha fixo para a incandescência vermelha dos carvões em brasa. Tudo isso é uma maneira de ignorar ou fingir que ignora o que está realmente acontecendo.

Deveria haver o desenho de uma lágrima, pintada e estática, em sua face. Deveria haver uma legenda: *Coração partido*. Na colcha aberta sobre o chão bem atrás dela, o joelho tocando-lhe as costas, está Perry, danado da vida porque ela não quer dar um amasso. Mais adiante, atrás das pedras, fora do círculo levemente iluminado pela fogueira, estão Ronette e Darce. É a terceira semana de julho e a essa altura eles são um casal. Todo mundo sabe disso. Na sala de recreação, ela usa o suéter dele, com o brasão de St. Jude's; ela sorri mais ultimamente e até ri quando as outras garotas caçoam dela a respeito dele. Hilary não participa dessas sessões de caçoadas. O rosto de Ronette parece mais redondo, mais saudável, os ângulos de seus traços, como que alisados por um toque de mãos. Ela se mostra menos temerosa, menos desconfiada. Também deveria ter uma legenda, reflete Joanne. *Será que fui fácil demais*?

Da escuridão, elevam-se farfalhares, pequenos murmúrios, o som de respirações. É como um cinema num sábado à noite. Carícias, carícias. *Os jovens nos braços um do outro*. Possivelmente, pensa Joanne, eles vão assustar uma cascavel.

Perry põe a mão hesitante sobre o ombro dela. – Quer que toste seu marshmallow? – pergunta ela, educadamente. O tom gelado. Perry não é prêmio de consolação. Ele apenas a irrita, com sua pele queimada de sol descascando e olhos suplicantes de spaniel. Seu, por assim dizer, namorado de verdade também não ajuda nada, voando em seus trilhos de trem para lá e para cá pelas pradarias, escrevendo as agora já não tão frequentes cartas borradas, a imagem de seu rosto quase apagada, como se tivesse sido encharcada em água.

E Darce também não é o que ela quer, não realmente. O que ela quer é o que Ronette tem: o poder de se entregar, sem reservas e sem comentários. É aquele langor, aquele se recostar. Alienação voluptuosa. Tudo que Joanne faz é cercado por aspas.

– Marshmallow. Puxa – diz Perry, numa voz triste, decepcionado. Todo aquele trabalho de remar, para quê? Por que diabo ela veio, se não era para ficar com ele?

Joanne se sente culpada de um lapso de boas maneiras. Será que faria tanto mal beijá-lo?

Sim. Faria.

* * *

Donny e Monty estão fazendo uma viagem de canoa, em algum lugar na mata cerrada do continente. A colônia de Camp Adanaqui é conhecida por suas excursões. Ao longo de cinco dias, eles e os outros, 12 garotos no total, remaram, atravessaram lago após lago, carregaram equipamentos sobre os pedregulhos arredondados pela água ou em meio à lama que suga e fede dos prados pantanosos nas entradas de varadouros, resmungaram e gemeram enquanto subiam encostas com as mochilas e as canoas e estapeavam os mosquitos nas pernas. Monty está com bolhas nos pés e nas mãos. Donny não lamenta muito isso. Ele está com uma farpa encravada inflamada. Talvez vá ter uma infecção, ter febre e ficar delirante, ter um colapso e morrer num desses trechos de marcha e transporte, em meio às rochas e às agulhas de pinheiros. Isso vai ser bem feito para alguém. Alguém deveria ser obrigado a pagar pela dor que ele está sentindo.

Os monitores que lideram os garotos são Darce e Perry. Durante o dia, eles estalam o chicote; à noite, relaxam reclinados contra um pedregulho ou árvore, fumam e supervisionam, enquanto os garotos acendem a fogueira, carregam água, cozinham as comidas semiprontas. Ambos têm músculos grandes e lisos que ondulam sob a pele bronzeada e ambos – a esta altura – estão com um princípio de barba. Quando todo mundo vai nadar, sorrateiramente Donny lança furtivos olhares invejosos para as virilhas dos homens. Fazem com que ele se sinta magricela e infantil em seus desejos.

Agora é noite. Perry e Darce ainda estão acordados, conversam em voz baixa, espetam os tições da fogueira quase mortiça. Os garotos devem estar dormindo. Há tendas para armar em caso de chuva, mas ninguém sugeriu armá-las desde anteontem. O cheiro de sujeira, pés suados e fumaça de madeira queimada está ficando forte demais no ambiente fechado; os sacos de dormir estão fedidos como queijo. É melhor estar ao ar livre, enfiado no saco de dormir com um pedaço de lona à mão para o caso de cair um dilúvio, a cabeça protegida por uma canoa virada.

Monty é o único que votou a favor de uma tenda. Os mosquitos o incomodam; ele diz que é alérgico. Monty detesta essas viagens de canoa e não faz segredo disso. Quando for mais velho, diz ele, vai comprar a colônia do Sr. B. e fechá-la.

– Gerações de garotos ainda não nascidos vão me agradecer – afirma. – Eles vão me dar uma medalha.

Há ocasiões em que Donny gosta dele. É tão franco quanto a querer ficar podre de rico... Monty não tem hipocrisia, não é como os outros filhos de milionários, que fingem que querem ser cientistas ou alguma outra coisa em que não se ganha muito dinheiro.

Agora Monty está se revirando, coçando suas picadas.

– Ei, Finley – sussurra.
– Vá dormir – diz Donny.
– Aposto que eles têm um cantil.
– Quê?
– Aposto que eles estão bebendo. Senti o cheiro de bebida no hálito de Perry, ontem.
– E daí? – pergunta Donny.
– E daí – diz Monty – que é contra o regulamento. Talvez possamos fazer com que nos deem alguma coisa.

Donny tem de reconhecer a esperteza de Monty. Ele, com certeza, sabe ver as oportunidades. No mínimo, eles talvez possam dividir os lucros.

Os dois saem devagarinho dos sacos de dormir, dão a volta ao redor da fogueira e mantêm-se abaixados. A prática que adquiriram ao espionar as garçonetes lhes é muito útil. Eles se agacham atrás de um abeto de grandes galhos e olham em busca de cotovelos erguidos ou do contorno de garrafas, as orelhas bem abertas.

Mas a conversa que escutam não é a respeito de bebida. É a respeito de Ronette. Darce fala de Ronette como se ela fosse uma vagabunda. Pelo que sugere, ela deixa que ele faça qualquer coisa que queira.

– Agasalho de croquete para o verão – é como ele a descreve. Essa é uma expressão que Donny nunca ouviu antes e normalmente morreria de rir.

Monty se desmancha em risadinhas maliciosas e cutuca Donny nas costelas com o cotovelo. Será que ele sabe o quanto dói, será que ele está passando sal na ferida? *Donny está apaixonado por Ronette.*

O supremo insulto da sexta série é ser acusado de estar apaixonado por alguém. Donny se sente como se ele próprio tivesse sido ofendido pelas palavras, como se o rosto tivesse sido esfregado nelas. Sabe que Monty vai repetir essa conversa para os outros garotos. Ele vai dizer que Darce está fodendo Ronette, deitando e rolando. Naquele exato momento, Donny detesta essas palavras, com sua sugestão de dois porcos rolando arfantes na lama, ou dois salsichões crus dos churrascos de domingo, embora ainda ontem as tivesse usado e achado um bocado engraçadas.

Ele não pode sair de trás do arbusto, partir para o ataque e dar um murro no nariz de Darce. Não só faria um papel ridículo como depois levaria uma surra.

Donny faz a única coisa em que consegue pensar. Na manhã seguinte, quando estão desmontando o acampamento, surrupia os binóculos de Monty e os afunda no lago.

Monty desconfia e o acusa. Uma estranha espécie de orgulho impede Donny de negar. Nem sabe dizer por que fez aquilo. Quando voltam para a ilha, é obrigado a ter uma desagradável conversa com o Sr. B. na sala de jantar. Ou melhor, uma não conversa: o Sr. B. fala, Donny ouve em silêncio. Ele não olha para o Sr. B., mas para a cabeça de lúcio na parede, com seu olho arregalado de voyeur.

Na vez seguinte em que a lancha a motor de casco de mogno voltar à cidade, Donny estará a bordo. Os pais dele não gostam nada disso.

* * *

É o fim do verão. Os garotos já foram embora para casa, mas alguns dos monitores e todas as garçonetes ainda estão na colônia. Amanhã descerão até o cais principal, embarcarão na lancha vagarosa e navegarão em meio às ilhas cor-de-rosa, rumo ao inverno.

É o dia de folga de Joanne, de modo que ela não está no salão de refeições, lavando a louça com as outras. Está na cabana, fazendo a mala. A mochila já está pronta, de pé, apoiada contra sua cama, como uma enorme salsicha de lona; agora ela arruma a maleta. O cheque de pagamento já está guardado dentro dela: duzentos dólares, o que é um bocado de dinheiro.

Ronette entra na cabana, ainda de uniforme, e fecha a porta de tela silenciosamente ao passar. Senta-se na cama de Joanne e acende um cigarro. Joanne está parada de pé ali, com o pijama de flanelinha dobrado nas mãos e muito atenta: alguma coisa está acontecendo. Ultimamente, Ronette reassumiu a personalidade taciturna de antes: os sorrisos se tornaram raros. Na sala de recreação dos monitores, Darce está de novo em ação. Ele tem rondado Hilary, que finge – por consideração a Ronette – não perceber. Talvez, agora, Joanne vá ouvir qual foi o motivo que causou a grande separação. Até o momento, Ronette não disse uma palavra sobre o assunto.

Ronette levanta a cabeça e olha para Joanne, por baixo da franja longa de cabelos louros. Desse modo, parece mais jovem, apesar do batom vermelho.

– Estou com um problema – diz ela.
– Que tipo de problema? – pergunta Joanne.

Ronette dá um sorriso triste, assopra a fumaça. Agora ela parece velha.

– Você sabe. Encrenca.
– Ah – diz Joanne. Senta-se ao lado de Ronette e abraça o pijama de flanelinha. Está com frio. Deve ser Darce. *Foi seduzida por aquela música sensual.* Agora ele terá de se casar com ela. Ou alguma coisa. – O que você vai fazer?
– Não sei – responde Ronette. – Não conte nada, está bem? Não conte às outras.
– Você não vai contar a *ele*? – pergunta Joanne. Ela não consegue imaginar a si mesma fazendo isso. Não consegue se imaginar fazendo nada daquilo.
– Contar a quem? – pergunta Ronette.
– Darce.

Ronette sopra mais fumaça.

– Darce – diz ela. – O Sr. Titica de Galinha. Não é *dele*.

Joanne fica espantadíssima e aliviada. Mas também aborrecida consigo mesma: o que foi que aconteceu sem que ela visse, o que foi que ela deixou passar sem perceber?

– Não é? Então de quem é?

Mas Ronette aparentemente mudou de ideia quanto a fazer confidências.

– Disto sei eu e você que tente descobrir, se puder – diz ela, numa frágil tentativa de fazer graça.

– Bem – diz Joanne. Suas mãos estão úmidas, como se fosse ela que estivesse numa situação difícil. Quer ajudar, mas não tem ideia do que fazer. – Talvez você pudesse... não sei. – Ela não sabe. Um aborto? Essa é uma palavra ameaçadora e misteriosa, que diz respeito aos Estados Unidos. Você tem de viajar para lá. Custa uma montanha de dinheiro. Um lar de mães solteiras, seguido por adoção? Uma sensação de perda a engolfa. Ela vê Ronette no futuro, inchada a ponto de ficar irreconhecível, como se tivesse se afogado – um sacrifício, prisioneira capturada pelo próprio corpo, depois oferecida a ele. Mutilada, de alguma forma desgraçada. Não mais uma pessoa livre. Há alguma coisa nessa condição que a faz pensar em freiras. Ela está assombrada.

– Acho que você poderia se livrar da criança, de uma maneira ou de outra – diz ela, o que não é absolutamente o que ela acha. *Tudo que nasce e morre, sêmen ou semente.*[*]

– Você está brincando? – diz Ronette, em tom quase que de desprezo.

– Não, de jeito nenhum. – Ela joga o cigarro no chão e o apaga com o calcanhar. – Vou ficar com a criança. Não se preocupe, minha mãe vai ajudar.

– Certo – diz Joanne.

Agora ela recuperou o fôlego; agora começa a se perguntar por que Ronette despejou tudo aquilo em cima dela, especialmente se não quer contar a história inteira. Joanne começa a se sentir ludibriada, invadida ou usada. Então, quem foi o sujeito, qual deles foi?

---

[*] *Velejando para Bizâncio*, W. B. Yeats, tradução de Augusto de Campos. (N. da T.)

Ela passa em revista os rostos dos monitores, tenta se lembrar de pistas, dos vestígios de culpa, mas nada encontra.

– De qualquer maneira – diz Ronette –, não vou ter de voltar para a escola. Graças a Deus, há males que vêm para bem, como se costuma dizer.

Joanne percebe o tom de desafio e desolação. Estende a mão, aperta de leve um dos braços de Ronette.

– Boa sorte – diz. A frase parece uma daquelas coisas que você diz a alguém antes de uma competição, de uma prova ou de uma guerra. Parece estúpida.

Ronette sorri. O espaço onde lhe falta um dente aparece, na lateral.

– Para você também – responde.

* * *

Onze anos depois, Donny caminha pela avenida Yorkville, em Toronto, sob o calor do verão. Ele não é mais Donny. Em algum ponto, do qual nem ele consegue se lembrar exatamente, passou a ser Don. Está de sandálias e veste uma camisa branca em estilo indiano, com os jeans cortados acima dos joelhos. Tem cabelo e barba ligeiramente compridos. Ele gosta do efeito que isso cria: um Jesus Cristo *wasp** ou um viking hollywoodiano, dependendo de seu estado de espírito. Usa um colar de contas de madeira no pescoço.

É assim que ele se veste aos sábados para ir a Yorkville; para ficar perambulando com as multidões de outras pessoas que fazem a mesma coisa. Às vezes fica doidão, com a maconha que circula livremente, como outrora circulavam os cigarros. Ele acha que deveria se divertir mais com essa experiência do que na verdade se diverte.

Durante o resto da semana, trabalha no escritório de advocacia do pai. Lá, consegue ser aceito apesar da barba, mas com algum

---

* Do inglês, white (branco), anglo-saxon (anglo-saxão) e protestant (protestante), da elite de etnia, origem e religião consideradas puras. (N. da T.)

favor, desde que a equilibre com um terno. (Mas mesmo os homens mais velhos estão deixando crescer as costeletas, vestindo camisas coloridas e usando mais palavras como "criativo" do que costumavam usar.) Ele não conta às pessoas que conhece em Yorkville sobre seu trabalho, do mesmo modo que não conta às pessoas do escritório de advocacia sobre as viagens de ácido de seus amigos. Leva uma vida dupla. Parece precária e corajosa.

De repente, do outro lado da rua, ele avista Joanne. Fazia anos que nem sequer pensava nela, mas era ela, com certeza. Joanne não usa o vestido comprido tingido ou a saia longa, uniforme obrigatório das garotas de Yorkville; em vez disso, veste um conjunto mais formal de minissaia branca com o paletó combinando. Ela balança uma maleta e anda com passadas largas e determinadas como se tivesse um propósito. Isso faz com que se destaque: o modo de se andar por aqui é passeando.

Donny se pergunta se deveria correr até o outro lado da rua, interceptá-la, revelar o que considera sua identidade verdadeira, mas secreta. Agora, tudo que consegue ver são as costas dela. Mais um minuto e ela terá ido embora.

– Joanne – grita.

Ela não ouve. Ele corre em meio aos carros, alcança-a, toca-lhe o cotovelo.

– Sou Don Finley – diz. Está meio sem graça, parado ali, sorrindo como um idiota. Por sorte e de maneira um tanto desapontadora, ela o reconhece imediatamente.

– Donny! – exclama. – Meu Deus, você cresceu!

– Sou mais alto do que você – diz ele, como uma criança, um bobalhão idiota.

– Você já era mais alto do que eu – ela sorri. – Quero dizer que você está *adulto*.

– Você também – diz Donny, e quando eles percebem estão às gargalhadas, quase como iguais. Há uma diferença de três, talvez quatro anos entre eles. Era uma diferença enorme naquela época. Agora não é nada.

Lixo verdadeiro   31

Então, pensa Joanne, o Donny não é mais Donny. Isso deve significar que Ritchie agora é Richard. Quanto a Monty, ele se tornou apenas suas iniciais e também milionário. É bem verdade que herdou parte do dinheiro, mas soube aproveitá-lo e fazer bom uso dele; Joanne de vez em quando lê nos jornais de negócios sobre as façanhas dele. E ele se casou com Hilary, há três anos. Imaginem só. Ela também viu isso no jornal.

* * *

Eles decidem ir tomar um café e sentam-se a uma das novas e ousadas mesas na calçada, ao ar livre, sob um enorme papagaio de madeira pintado em cores vivas. Donny pergunta a Joanne o que ela anda fazendo.
– Vivo de expedientes – responde ela. – Sou freelancer.
No momento, trabalha como redatora de publicidade. O rosto dela está mais magro, perdeu as feições arredondadas da adolescência; o cabelo, outrora sem graça e sem forma, agora está cortado como um capacete elegante. Também tem pernas bastante bonitas. É preciso ter belas pernas para usar minissaias. Tantas mulheres parecem atarracadas quando as vestem, como presuntos vestidos, as pernas se avolumando para fora da bainha como bisnagas de pão branco. As pernas de Joanne estão fora de vista, debaixo da mesa, mas Donny se descobre pensando nelas como nunca fez, quando estavam claramente visíveis, inteirinhas, no píer das garçonetes. Naquela época, havia olhado para aquelas pernas e as descartado rapidamente, olhado e descartado Joanne inteira. Era Ronette quem chamava sua atenção. Agora é mais um *connoisseur*.
– Costumávamos espionar vocês – confessa. – Costumávamos olhar às escondidas quando vocês mergulhavam nuas.
Na verdade, nunca tinham conseguido ver muita coisa. As garotas ficavam com as toalhas ao redor do corpo até o último minuto e de qualquer maneira era sempre no lusco-fusco da hora do crepúsculo. Havia um borrão de pele branca, alguns gritos e o estrondo na água. A coisa de maior importância teria sido ver pelos púbicos.

Vários dos meninos afirmavam ter visto, mas Donny tinha a impressão de que mentiam. Ou será que aquilo fora apenas inveja?
– É mesmo? – pergunta Joanne, distraidamente. Então: – Eu sei. A gente via os arbustos balançando loucamente. Achávamos tão bonitinho...
Donny sente o rosto corar. Está satisfeito por ter barba; esconde as coisas.
– Não era bonitinho – diz ele. – Na verdade, éramos um bocado perversos. – Ele se lembra da palavra *foder*. – Você por acaso ainda encontra alguma das outras?
– Agora não – responde Joanne. – Costumava encontrar algumas delas quando estava na universidade. Hilary e Alex. Pat, de vez em quando.
– E a Ronette? – pergunta ele, que é a única coisa que realmente quer perguntar.
– Eu costumava encontrar Darce – diz Joanne, como se não o tivesse ouvido.

* * *

Costumava encontrar é um exagero. Ela se encontrou com ele uma única vez.

Foi no inverno, em fevereiro. Ele telefonou para ela, no escritório do *The Varsity*: tinha sido assim que ele soube onde encontrá-la, vira seu nome no jornal do campus. O verão em que ela trabalhara como garçonete tinha sido três anos antes, havia anos-luz de distância. O namorado *chef* de companhia de trem havia muito tempo se fora; ninguém inocente como ele o substituíra. Ela não usava mais sapatos brancos, não cantava mais canções. Vestia blusas de gola rulê, bebia cerveja e muito café e escrevia reportagens cínicas a respeito de coisas como as instalações do refeitório do campus. Abandonara a ideia de morrer jovem, entretanto. Àquela altura, lhe parecia demasiadamente romântica.

O que Darce queria era sair com ela. Especificamente, queria que ela fosse a uma festa de fraternidade com ele. Joanne tinha ficado tão surpresa que dissera que sim, apesar de fraternidades estarem em desgraça política com as pessoas com quem ela na época circulava. Portanto era uma coisa que tinha de fazer às escondidas, e fez. Contudo, tivera de pegar um vestido emprestado com sua colega de quarto. A festa era em traje de passeio e ela não se dignava a ter um vestido desse tipo desde o ensino médio.

Da última vez em que tinha visto Darce, ele estava com o cabelo clareado pelo sol e um belo e intenso bronzeado. Agora, em sua pele de inverno, parecia pálido e mal nutrido. Além disso, não flertava mais com todo mundo. Não flertou sequer com Joanne. Em vez disso, apresentou-a a alguns outros casais, dançou com ela descuidadamente pelo salão e dedicou-se a ficar muito bêbado com uma mistura de suco de uva com álcool puro que os irmãos da fraternidade chamavam de Jesus Púrpura. Darce contou a ela que tinha estado noivo de Hilary por mais de seis meses, mas que ela acabara de romper com ele. E se recusava a sequer lhe dizer por quê. Ele disse que tinha convidado Joanne porque ela era o tipo de garota com quem se podia conversar e que sabia que ela compreenderia. Depois disso, tinha vomitado um bocado de Jesus Púrpura, primeiro no vestido dela, e então – quando ela o levara para fora – num monte de neve. A variedade de cores tinha sido espantosa.

Joanne fez com que ele tomasse um bocado de café e depois arranjou uma carona para voltar para o dormitório, onde teve de subir os degraus gelados da escada de incêndio e entrar pela janela, porque chegara depois da hora em que eram trancadas as portas.

Ela tinha ficado muito sentida. Tudo o que Joanne significava para ele era uma grande orelha abanando. Além disso, também ficara irritada. O vestido que pegara emprestado era azul-claro. E o Jesus Púrpura não sairia apenas com uma lavagem com água. Darce telefonou no dia seguinte para se desculpar – St. Jude's pelo menos ensinava alguma coisa de boas maneiras – e Joanne passou para ele a conta da lavagem a seco na tinturaria. Mesmo assim, ficou uma ligeira mancha.

Enquanto eles dançavam, antes de ele começar a enrolar a língua e cambalear, ela perguntara:
– Você tem notícias de Ronette?
Ela ainda tinha o hábito de criar narrativas, ainda queria saber o fim das histórias. Mas ele a olhou espantado.
– Quem? – perguntou.
Não era que tentasse fugir da conversa. Realmente não se lembrava. Ela achou aquela lacuna na mente dele ofensiva. Ela própria poderia esquecer um nome, talvez até um rosto. Mas um corpo? Um corpo que estivera tão perto do seu, que havia gerado todos aqueles murmúrios e gemidos, todo aquele roçar e farfalhar na escuridão, aquela dor latejante – era uma afronta aos corpos, inclusive ao dela.

* * *

Depois da entrevista com o Sr. B. e com a cabeça de lúcio empalhada, Donny anda até a pequena praia onde eles lavam a roupa. Os outros integrantes de sua cabana estão fora, velejando, mas ele agora está livre da rotina da colônia, foi dispensado, expulso. Uma dispensa desonrosa. Depois de sete verões passados ali recebendo ordens, pode fazer o que quiser. Donny não tem ideia do que poderia ser.

Senta-se em um pedregulho de rocha cor-de-rosa, com os pés na areia. Um lagarto atravessa a pedra perto de sua mão, sem pressa. O bicho não o avistou ainda. Seu rabo é azul e se soltará se for agarrado. São chamados de cincídeos. Em outros tempos, ele teria se alegrado por ter esse conhecimento. As ondas sobem e descem pela areia, no ritmo já bem conhecido. Ele fecha os olhos e ouve apenas o ruído de uma máquina. É possível que esteja muito zangado ou triste. Nem sabe dizer.

Ronette surge sem aviso. Ela deve ter descido pela trilha atrás dele, em meio às árvores. Ainda está de uniforme, embora nem esteja perto da hora do jantar. É apenas perto do fim da tarde, quando as garçonetes geralmente saem do píer e vão se vestir para o trabalho.

Ronette senta-se ao lado dele, tira um maço de um bolso escondido sob o avental.

– Quer um cigarro? – pergunta.

Donny aceita um e responde:

– Muito obrigado.

Não *brigado*, não um aceno de cabeça sem palavras como os homens de jaqueta de couro nos filmes, mas "Muito obrigado", como um bom garoto aluno do St. Jude's, como um babaca. Ele deixa que ela acenda. O que mais pode fazer? Ela está com os fósforos. Inala cautelosamente. Na verdade, ele quase nunca fuma e fica com medo de tossir.

– Ouvi dizer que você foi expulso – diz Ronette. – Isso é realmente muita falta de sorte.

– Tudo bem – responde Donny. – Não me importo. – Ele não pode contar a ela por quê, o quanto ele foi nobre. Espera conseguir não chorar.

– Ouvi dizer que você jogou fora os binóculos de Monty – diz ela. – Dentro do lago.

Donny só consegue balançar a cabeça. Olha-a de relance. Ronette sorri. Ele vê aquele espaço de partir o coração, na lateral de sua boca: o dente que falta. Ela acha que ele é engraçado.

– Bem, estou com você – diz ela. – Ele é um pequeno pervertido.

– Não foi por causa dele – diz Donny, dominado pelo desejo de confessar ou de ser levado a sério. – Foi por causa de Darce. – Ele se vira e, pela primeira vez, olha-a bem nos olhos. Os olhos dela são tão verdes... Agora as mãos dele tremem. Ele deixa o cigarro cair na areia. Encontrarão a guimba amanhã, depois que ele tiver ido embora. Depois que ele tiver ido embora e deixado Ronette para trás, à mercê das palavras de outras pessoas. – Foi por sua causa. Por causa do que falavam a respeito de você. Darce falava.

Ronette não sorri mais.

– Tipo o quê? – pergunta ela.

— Não tem importância – diz Donny. – Você não quer saber.
— De qualquer maneira, eu sei – diz Ronette. – Aquela merda. – Ela parece mais resignada do que zangada.

Ronette se levanta, põe as duas mãos atrás das costas. É preciso um momento para que Donny se dê conta de que ela está desamarrando o avental. Depois de tê-lo tirado, ela segura a mão dele e o puxa delicadamente. Donny se permite ser conduzido ao redor da colina de pedra, para fora da vista de qualquer coisa exceto a água. Ela se senta, se deita, sorri enquanto estica a mão para ele e ajeita as mãos dele. O uniforme azul desabotoa na frente. Donny não consegue acreditar que isso esteja acontecendo, com ele, em plena luz do dia. É como ser sonâmbulo, é como correr depressa demais, mas é diferente de tudo no mundo.

* * *

— Quer mais um café? – pergunta Joanne. Ela faz sinal para a garçonete. Donny não ouviu sua pergunta.
— Ela foi realmente muito legal comigo – diz. – A Ronette. Sabe, quando o Sr. B. me expulsou. Foi muito importante para mim naquele momento.

Ele se sente culpado, porque nunca escreveu para ela. Não sabia onde ela morava, mas não tomou qualquer providência para descobrir. Além disso, também não conseguiu se impedir de pensar: *Eles tinham razão. Ela é uma vagabunda.* Parte dele tinha ficado profundamente chocada com o que ela fizera. Ele não estava preparado para aquilo.

Joanne olha para ele com a boca ligeiramente aberta, como se ele fosse um cachorro falante, uma pedra falante. Donny enterra os dedos na barba nervosamente e se pergunta o que teria dito de errado ou deixado escapar.

* * *

Lixo verdadeiro 37

Joanne acabou de ver o fim da história, ou um fim de uma história. Ou pelo menos uma peça que faltava. Então tinha sido por isso que Ronette havia se recusado a contar: o bebê era de Donny. Ela estava protegendo Donny, ou talvez estivesse protegendo a si mesma. Um garoto de 14 anos. Ridículo. Ridículo naquela época, mas possível nos dias de hoje. Nos dias de hoje você pode fazer qualquer coisa sem chocar ninguém. Tudo numa boa. Uma linha foi riscada e do outro lado dela fica o passado, mais escuro e ao mesmo tempo mais luminosamente intenso do que o presente.

Joanne olha para o outro lado da linha e vê nove garçonetes em trajes de banho, sob a luz clara e escaldante do sol, rindo no píer, ela mesma entre elas; e, ao longe, em meio à sombra dos arbustos que farfalham ao longo da linha da costa, sexo perigosamente à espreita. Tinha sido perigoso, naquela época. Tinha sido pecado. Proibido, secreto, sujo. *Doente de desejo*. Os três pontinhos de reticências o expressavam com perfeição, porque não havia palavras comuns para descrevê-lo.

Como alternativa, havia o casamento, que significava aventais quadriculados de esposa, cercados de criança, uma segurança açucarada.

Mas nada havia se revelado ser assim. O sexo tinha sido domesticado, despido do mistério prometido, acrescentado à categoria do meramente esperado. É apenas o que se faz, tão comum e mundano quanto o hóquei. Hoje em dia é o celibato que despertaria um levantar de sobrancelhas de espanto.

E, afinal, o que foi feito de Ronette, que fora deixada para trás no passado, salpicada por seu *chiaroscuro*, manchada e santificada por ele, aprisionada pelos adjetivos de outras pessoas? O que ela anda fazendo, agora que todo mundo segue seus passos? Mais objetivamente: ela teve o bebê ou não? Ficou com ele ou não? Donny, tão docemente sentado do outro lado da mesa diante dela, tem toda a probabilidade de ser o pai de uma criança de dez anos e não faz ideia disso.

Será que Joanne deve contar a ele? O melodrama é tentador para ela, a ideia de uma revelação, uma sensação, um fim bem caprichado. Mas isso não seria um fim, seria apenas o começo de outra coisa. E, em todo caso, a história em si parece-lhe antiquada. É uma história arcaica, um conto de folclore, um artefato em mosaico. É uma história que hoje em dia jamais aconteceria.

BOLA DE CABELO

Em 13 de novembro, o dia do azar, no mês dos mortos, Kat se internou no Hospital Geral de Toronto para fazer uma operação. Era para extirpar um cisto ovariano, e um dos grandes. Muitas mulheres tinham cistos, disse-lhe o médico. Ninguém sabia por quê. Não havia maneira de descobrir se a coisa era maligna, se já continha os esporos da morte. Não antes de eles abrirem e entrarem para fazer uma exploração. Ele falava de "abrir e entrar" do mesmo modo que ouvira velhos veteranos em documentários de TV falarem de assaltos a território inimigo. Havia a mesma tensão no maxilar, o mesmo ranger feroz de dentes, a mesma satisfação cruel. Exceto que o território em que ele iria entrar era o corpo dela. Enquanto fazia a contagem regressiva e esperava que a anestesia fizesse efeito, Kat também rangeu os dentes ferozmente. Estava aterrorizada, mas também curiosa. A curiosidade já a fizera enfrentar muita coisa.

Kat fez o médico prometer que guardaria "a coisa" para ela, fosse lá o que fosse, de modo que pudesse dar uma olhada. Estava profundamente interessada no próprio corpo, por qualquer coisa que ele pudesse escolher, fazer ou produzir; embora, quando a esquisitona da Dania, que fazia layout na revista, lhe dissera que o cisto era uma mensagem enviada pelo corpo e que ela deveria dormir com uma ametista debaixo do travesseiro para acalmar suas vibrações, Kat lhe dissera para ir tomar no rabo.

O cisto se revelou ser um tumor benigno. Kat gostou daquele emprego da palavra *benigno*, como se a coisa tivesse alma e lhe desejasse bem. Era grande como uma toranja, disse o médico.

– Grande como um coco – retrucara Kat. Outras pessoas tinham toranjas. "Coco" era melhor. Transmitia a dureza e também o caráter cabeludo da coisa.

O cabelo "na coisa" era vermelho – longas mechas se enrolavam em círculos num emaranhado dentro dela, como uma bola de lã molhada que tivesse enlouquecido, ou como a massa gosmenta que se tirava de um encanamento de pia de banheiro entupida. Dentro dela também havia ossinhos, ou fragmentos de osso; ossos de passarinho, os ossos de uma andorinha esmagada por um carro. Havia uma porção de unhas, do pé ou da mão. Havia cinco dentes perfeitamente formados.

– Isto é anormal? – perguntou Kat ao médico, que sorriu. Agora que ele já havia entrado e saído, ileso, estava menos tenso.

– Anormal? Não – respondeu ele, cautelosamente, como se desse a notícia a uma mãe recém-parida de um acidente estranhíssimo ocorrido com seu bebê recém-nascido. – Digamos apenas que é bastante comum. – Kat ficou um tanto desapontada. Ela teria preferido singularidade.

Kat pediu um frasco de vidro com formol e colocou o tumor recém-extirpado dentro dele. Era dela, era benigno, não merecia ser jogado fora. Levou-o consigo para seu apartamento e o colocou na cornija da lareira. Deu-lhe o nome de Bola de Cabelo. Não era tão diferente de ter uma cabeça de urso empalhado, ou de um antigo animal de estimação ou qualquer outra coisa com pelos e dentes pendurada na parede em cima de sua lareira; ou ela finge que não é. De todo modo, com certeza, impressiona.

Ger não gosta daquilo. Apesar de sua suposta paixão por qualquer coisa nova e extravagante, ele é um homem cheio de não me toques. Na primeira vez em que ele aparece (se esgueira, se arrasta) para uma visita, ele diz a Kat para jogar Bola de Cabelo no lixo. Diz que é nojento. Kat recusa no ato e diz que prefere ter Bola de Cabelo num frasco de vidro em cima de sua lareira do que as insossas flores mortas que ele lhe trouxe, que de qualquer maneira vão apodrecer antes de Bola de Cabelo. Como enfeite para a cornija da lareira, Bola de Cabelo é muito superior. Ger diz que Kat tem uma tendência para levar as coisas aos extremos, radicalizar, ultrapassar todos os limites apenas por um desejo juvenil de chocar, algo que não é um substituto para verve ou espírito humorístico. Um dia desses, diz ele, ela irá longe demais. Longe demais para ele, é o que quer dizer.

– Foi por isso que você me contratou, não foi? – pergunta ela. – Porque vou longe demais para valer.

Mas ele está em um de seus dias de humor analítico. Percebe essas tendências de Kat refletidas no trabalho dela na revista, diz ele. Todo aquele couro e aquelas poses grotescas e de aspecto torturado estão enveredando por um caminho que ele e outros não têm certeza de que devam continuar a seguir. Ela entende o que ele está querendo dizer, compreende o ponto de vista dele? Esse é um comentário que ele já fez antes. Kat sacode ligeiramente a cabeça, não diz nada. Ela sabe o que aquilo quer dizer: houve reclamações dos anunciantes. *Bizarro demais, pervertido demais.* Azar.

– Quer ver a minha cicatriz? – pergunta ela. – Mas não me faça rir, senão vai me arrebentar os pontos.

Coisas desse tipo fazem com que ele fique tonto: qualquer coisa com uma sugestão de sangue, qualquer coisa ginecológica. Quase vomitou na sala de parto, quando a mulher dele teve bebê, dois anos atrás. Tinha contado isso a ela cheio de orgulho. Kat pensa em enfiar um cigarro no canto da boca, como se fazia nos filmes em preto e branco dos anos 1940. Ela pensa em soprar a fumaça bem na cara dele.

A insolência dela costumava excitá-lo, durante as brigas e discussões. Então ele a agarrava pelos braços e dava-lhe um beijo ardente e violento. Ele a beija como se pensasse que alguém o está vigiando, julgando a imagem que eles compõem juntos. Beijando a sua última conquista. Dura e reluzente, de lábios púrpura, cabelos bem curtinhos; beijando uma garota, uma mulher, uma garota, de saia curtíssima quase nas virilhas e leggings bem colantes. Ele gosta de espelhos.

Mas ele, no momento, não está excitado. E ela não pode atraí--lo para a cama; ainda não está pronta para isso; ainda não está

Bola de cabelo 43

curada. Ele está com um drinque, que não acaba de beber, segura a mão dela como uma lembrança posterior, sapeca-lhe um par de palmadinhas avunculares no ombro cheio de alpaca branca de enchimento e então vai se embora depressa demais.

– Tchau, Gerald – diz ela. Kat pronuncia o nome dele com zombaria. É uma negação, uma abolição de sua pessoa, como arrancar uma medalha de seu peito. É uma advertência.

Ele tinha sido Gerald logo que se conheceram. Ela o transformara primeiro em Gerry, depois em Ger. (Para rimar com *saber fazer*, para rimar com *não temer*.) Ela fizera com que ele se livrasse daquelas gravatas com jeito de boca murcha, explicara a ele que tipo de sapatos deveria usar, fizera com que comprasse um terno italiano de corte folgado, recriara seu corte de cabelo. Muitos de seus gostos atuais – na comida, na bebida, em drogas recreativas, em roupas íntimas atraentes de mulher – outrora eram dela. Nessa nova fase dele, com esse novo nome, curto, duro, reduzido ao mínimo, que termina na nota cortante do "*r*", ele é uma criação de Kat.

Do mesmo modo que ela é sua própria criação. Durante a infância, ela era uma Katherine romantizada, vestida por sua meticulosa mãe, de olhos sonhadores, com vestidos enfeitados como fronhas. Quando chegara ao ensino médio, ela havia se livrado dos babados e emergido como a Kathy, de carinha redonda, sempre animada com os reluzentes cabelos, recém-lavados, e os dentes invejáveis, ávida para agradar e tão desinteressante quanto um anúncio de publicidade de comida natural. Na universidade, ela se tornara Kath, franca e sem frescuras em seus jeans, sua camisa xadrez e seu boné de brim listrado de pedreiro, do movimento feminista Vamos Recuperar a Noite. Quando ela fugira para a Inglaterra, tinha se reduzido a Kat. Era econômico, felino, cosmopolita, penetrante como um prego. Na Inglaterra, você tinha de fazer alguma coisa para conquistar a atenção dos outros, especialmente se você não fosse inglesa. Segura nessa personificação, Kat abrira caminho como um Rambo pela década de 1980.

Tinha sido o nome, ela ainda acredita, que lhe conseguira a entrevista e, depois, o emprego. O emprego em uma revista de vanguarda, do tipo que era impressa em papel brilhante em preto e branco, com *close-ups* superexpostos de mulheres com os cabelos esvoaçantes sobre os olhos, uma narina proeminente; chamava-se *O Fio da Navalha*. Cortes de cabelo como arte, algumas reportagens sobre arte de verdade, resenhas de filmes, um pouco de romance e de aventura, guarda-roupas de ideias que eram roupas e de roupas que eram ideias – a ombreira metafísica. Ela aprendera bem o seu ofício, por meio da experiência, metendo mãos à obra. Tinha aprendido o que funcionava.

Abrira seu caminho aos poucos, subindo na hierarquia. Passara da diagramação para o projeto gráfico, depois para a supervisão de reportagens inteiras e daí para a supervisão de exemplares inteiros. Havia se tornado uma criadora; ela criava *looks* completos. Depois de algum tempo, podia andar pela rua, no Soho, ou se deter em salões de vernissages e lançamentos e presenciar a personificação de suas criações, circulando com roupas que ela havia criado, declamando em segunda mão seus pronunciamentos. Era como ser Deus, só que Deus nunca tinha chegado às linhas de produção de *prêt-à-porter*.

Por volta daquela época, seu rosto deixara de ser redondo, embora, é claro, os dentes continuassem invejáveis: a odontologia americana tinha lá suas qualidades. Ela havia raspado a maior parte do cabelo, desenvolvido um olhar irresistível, aperfeiçoado uma virada de pescoço que transmitia uma altiva autoridade interior. O que você tinha de fazer com que eles acreditassem era que você sabia de alguma coisa que eles ainda não sabiam. O que você também tinha de fazer com que eles acreditassem era que eles poderiam descobrir o que era aquela coisa, aquela coisa que daria a eles eminência, poder e fascínio sexual, que os tornaria objetos de inveja – mas que teria um preço. O preço da revista. O que eles nunca conseguiam fazer entrar na cabeça era que aquilo era inteiramente feito com câmeras. Luz congelada, tempo congelado. Dependendo do ângulo, ela podia fazer qualquer mulher parecer feia. E qualquer homem também. Ela também era capaz de fazer com que qualquer pessoa parecesse bonita, ou pelo menos interessante. Era tudo fotografia, era tudo iconografia. Era tudo o olho que sabia fazer a escolha. Isso era a coisa que nunca poderia ser comprada, pouco importava quanto de seu salário você detonasse comprando pele de cobra.

Apesar do status, O Fio da Navalha pagava salários bastante modestos. A própria Kat não podia se dar ao luxo de comprar muitas das coisas que ela contextualizava tão bem. A antipatia, a sujeira depressiva e a vida cara de Londres começaram a incomodá-la; ela começou a ficar cansada de se empanturrar dos canapés em lançamentos literários para economizar nas compras de casa, cansada do cheiro de cigarros apagados nos carpetes marrons e vermelhos dos pubs, cansada dos encanamentos que estouravam toda vez que congelava no inverno, das Clarissas e Melissas e Penelopes na revista que reclamavam sem parar de como tinham ficado literalmente, absolutamente, totalmente congeladas durante a noite e de como geralmente nunca fazia literalmente, absolutamente, totalmente tanto frio. Sempre fazia um frio de congelar. Os canos sempre arrebentavam. Ninguém pensava em trocar os encanamentos e botar canos de verdade que não estourassem da próxima vez. Canos estourados eram uma tradição inglesa, como tantas outras.

Como, por exemplo, os homens ingleses. Com seu charme e sedução de vogais amaciadas e verborragia frívola, faziam com que você tirasse as calcinhas e então, depois de terem conseguido que fossem tiradas, entravam em pânico e fugiam. Ou então ficavam e se lamentavam. Só que os ingleses chamavam isso de se *lamuriar*, em vez de se lamentar. Na verdade, era uma palavra melhor. Como o uivo do rangido de um gonzo. Era uma forma de saudação e homenagem tradicional ouvir as lamúrias de um homem inglês. E era a maneira de ele dizer que confiava em você, que lhe conferia o privilégio de conhecer seu verdadeiro eu. O eu íntimo, lamuriante. Era assim que eles secretamente pensavam nas mulheres: receptáculos de lamúrias. Kat sabia fazer aquele papel, mas isso não queria dizer que gostasse dele.

Entretanto, tinha uma vantagem sobre as mulheres inglesas: não pertencia a qualquer classe. Não tinha classe. Era a própria classe singular e única. Podia circular entre os homens ingleses, os vários tipos diferentes de homens ingleses, com o conhecimento seguro de que não estava sendo medida de acordo com os termos e padrões de classe e os detectores de sotaque que eles traziam nos bolsos de trás das calças, não estava submetida aos esnobismos e ressentimentos mesquinhos que emprestavam tanta riqueza à vida interior deles. O aspecto negativo dessa liberdade era que ela ficava totalmente fora dos limites do aceitável. Era uma mulher das colônias – como era refrescante, nova, como era cheia de vida, como era anônima e como, por fim, era sem importância. Como um buraco na parede, podia-se contar a ela todos os segredos e depois abandoná-la sem culpa.

Mas ela era inteligente demais, é claro. Os homens ingleses eram muito competitivos; gostavam de ganhar. Em várias ocasiões ela ficara ferida. Por duas vezes fizera abortos, porque os homens em questão não estavam dispostos a encarar a alternativa. Ela aprendeu a dizer que de todo modo não queria ter filhos, que se quisesse um anjinho como aqueles de desenho animado compraria um hamster. Para Kat, a vida começou a parecer muito longa. Sua adrenalina estava se esgotando. Logo teria trinta anos e tudo que podia ver no futuro era mais daquela mesmice.

* * *

Assim estavam as coisas quando Gerald aparecera.

– Você é tremenda – ele dissera, e ela estava pronta para ouvir isso, mesmo dele, apesar de *tremenda* ser uma palavra que provavelmente saíra de moda com os cortes à escovinha dos anos 1950. Àquela altura, ela também estava pronta para a voz dele: o tom monótono, metálico e anasalado dos Grandes Lagos, com seus "Rs" claros e duros e sua ausência de teatralidade. Normal insípido. O modo de falar de seus conterrâneos. Subitamente ela se deu conta de que era uma exilada.

Gerald estava à caça de talentos. Gerald estava recrutando. Ouvira falar a respeito dela, vira o trabalho dela e tinha ido procurá-la. Uma das grandes companhias de Toronto estava lançando uma nova revista voltada para a moda, dissera ele: para público de classe A, com cobertura internacional, é claro, mas com um pouco de moda canadense também e com listas de lojas onde os artigos ilustrados nas fotos poderiam ser comprados. Com relação a isso, eles achavam que dariam um banho na concorrência, aquelas revistas americanas que presumiam que só se podia comprar Gucci em Nova York ou em Los Angeles. Caramba, os tempos tinham mudado, podiam-se comprar artigos Gucci em Edmonton! Você podia comprá-los até em Winnipeg! Kat tinha estado fora por tempo demais. Agora existia uma moda canadense? O comentário satírico dos ingleses teria sido dizer que "moda canadense" era um paradoxo. Ela se conteve e não o fez, acendeu um cigarro com seu isqueiro com capinha de couro verde-azulado de butique de Covent Garden (conforme apresentada na edição de maio da *O Fio da Navalha*) e encarou Gerald bem nos olhos.

— Deixar Londres é deixar muita, muita coisa — disse, em tom comedido. Olhou ao redor daquele restaurante para ver e ser visto, um restaurante de Mayfair, onde eles estavam acabando de almoçar, um restaurante que ela escolhera porque soubera que ele iria pagar. De outro modo, ela nunca gastaria todo aquele dinheiro numa refeição. — Onde eu iria comer?

Gerald garantira a ela que Toronto agora era a capital dos restaurantes do Canadá. Ele ficaria muito contente em ser o guia dela. Havia um bairro chinês com restaurantes maravilhosos e havia italianos de nível internacional. Então ele fizera uma pausa e respirara fundo.

— Quero perguntar uma coisa — dissera ele. — A respeito de seu nome. É Kat como o personagem dos quadrinhos Krazy Kat? — Ele achou que isso seria sugestivo. Ela já tinha ouvido antes.

— Não — respondeu. É Kat, como KitKat. É uma barra de chocolate. Derrete na boca. — Ela deu-lhe uma encarada com aquele seu olhar e esboçou uma sombra de sorriso, só um leve movimento dos lábios.

Gerald ficou sem graça, mas seguiu adiante. Eles queriam contratá-la, precisavam dela, amavam o trabalho dela, disse em resumo. Alguém com suas propostas ousadas e inovadoras, com sua experiência, valeria muito dinheiro para eles, falando em termos relativos. Mas havia outras recompensas além do dinheiro. Ela participaria do conceito inicial, teria influência no desenvolvimento, teria liberdade para criar. Ele mencionou uma cifra que a fez perder o fôlego, discretamente, é claro. A essa altura, ela já sabia muito bem que não deveria revelar desejo.

* * *

E assim ela fez a viagem de volta, cumpriu seus três meses de choque cultural, experimentou o italiano de nível internacional e os chineses maravilhosos e seduziu Gerald na primeira oportunidade, bem ali, dentro de seu escritório de vice-presidente júnior. Aquela foi a primeira vez em que Gerald foi seduzido naquele lugar, ou talvez a primeira vez em que foi seduzido na vida. Apesar de ser bastante tarde, fora do horário de trabalho, o perigo o deixou frenético. Era a ideia de fazer aquilo. A ousadia. A imagem de Kat ajoelhada no tapete de lã Broadloom, em um sutiã lendário que até aquele momento ele só tinha visto nos anúncios de lingerie do *New York Times* de domingo, abrindo-lhe o zíper bem diante do retrato de noivado de sua mulher num porta-retratos de prata que complementava o impossível conjunto de canetas esferográficas sobre sua escrivaninha. Naquela ocasião, ele ainda era tão careta que se sentira compelido a tirar a aliança de casado e a colocá-la cuidadosamente no cinzeiro. No dia seguinte, comprou para ela uma caixa de trufas de chocolates da David Wood Food Shop. Eram as melhores do mundo, dissera a ela, ansioso para que Kat reconhecesse a qualidade das trufas. Ela achou o gesto banal, mas ao mesmo tempo carinhoso. A banalidade, o carinho, a ânsia de impressionar: isso era Gerald.

Gerald era o tipo de homem por quem ela não teria se interessado em Londres. Não era engraçado, não era sofisticado, não tinha quase nenhum charme verbal. Mas era ávido, era dócil, era uma página em branco. Embora fosse oito anos mais velho do que ela, parecia muito mais moço. Ela encontrava prazer no encantamento infantil dele com as próprias estripulias. E ele se mostrava tão agradecido...

– Mal consigo acreditar que isto esteja acontecendo – dizia ele, com mais frequência do que seria necessário e geralmente na cama.

A mulher dele, que Kat encontrou (e ainda encontra) em muitos eventos tediosos da companhia, ajudava a explicar o motivo da gratidão dele. Era uma chata cheia de melindres. O nome dela era Cheryl. O cabelo era do tipo que parecia que ela ainda usava bobes e laquê; suas opiniões e seu modo de pensar eram como papel de parede da Laura Ashley em todos os espaços: minúsculos botões de flor em tons pastéis, arrumados em fileiras. Ela provavelmente punha luvas para fazer amor e ticava numa lista depois. Mais uma desagradável tarefa doméstica cumprida. Ela olhava para Kat como se tivesse vontade de borrifá-la com aromatizador, Kat se vingava tentando imaginar os banheiros de Cheryl: toalhas de mão bordadas com lírios, capas atoalhadas com rendinhas nos assentos de privada.

A revista teve um lançamento tumultuado. Apesar de Kat dispor de montes de dinheiro com que brincar, e apesar de ser um desafio trabalhar com cores, ela não tinha a liberdade de fazer uso dele que Gerald havia prometido. Tinha de se digladiar com o conselho de diretores da companhia, todo composto de homens, que eram todos contadores ou indistinguíveis desses, todos cautelosos e lentos como lesmas.

– É muito simples – disse-lhes Kat. – Vocês os bombardeiam com imagens de como eles deveriam ser e vocês fazem com que eles se sintam infelizes e feios por serem do jeito que são. Vocês estão trabalhando com a lacuna entre a realidade e a percepção. É por isso que têm de apresentar a eles algo novo, algo que nunca viram antes, algo que eles não são. Nada vende tanto como a ansiedade.

O conselho, por outro lado, achava que aos leitores deveria ser oferecido apenas mais do que eles já tinham. Mais peles, mais couro suntuoso e mais caxemira. Mais nomes já conhecidos. O conselho não tinha senso de improvisação, nenhum desejo de correr riscos;

nenhum espírito esportivo, desejo de desafiar os leitores só pelo prazer de fazê-lo.

– Fazer moda é como uma caçada – disse Kat, na esperança de incitar os hormônios masculinos deles. – É lúdico, é divertido, é intenso, é predador. É sangue e entranhas. É erótico. – Mas para eles tudo se resumia numa questão de bom gosto. Eles queriam Vista-se-para--o-Sucesso. Kat queria uma abordagem de emboscada com tiros. Tudo acabou em concessões de parte a parte. Kat queria chamar a revista de *Todo o Furor*, mas o conselho não gostou das vibrações de raiva na palavra "furor". Achavam que era feminista demais, por absurdo que pudesse parecer.

– É um ritmo dos anos *quarenta* – explicou Kat. – Os anos *quarenta* estão de *volta*. Vocês não perceberam?

Mas eles não percebiam. Queriam chamar a revista de *Or*. A palavra francesa para ouro, e bem gritante em seus valores, mas sem sutileza, conforme lhes disse Kat. Eles acabaram optando por *Felice*, que tinha as qualidades que ambos os lados queriam. Tinha um som vagamente francês; significava "feliz" (tão menos ameaçador que furor...) e, embora não se pudesse esperar que os outros reparassem, para Kat tinha um buquê felino que neutralizava sua delicadeza de renda. Ela mandou que fosse escrito a mão em letras grandes e grossas, com batom rosa forte e quente, o que ajudou mais um pouco. Ela podia conviver com esse nome, mas não tinha se apaixonado por ele.

Essa batalha se repetiu com relação a cada inovação no design, cada novo ângulo que Kat tentou incluir, cada pequeno detalhe inócuo de pseudoextravagância. Houve uma grande briga com relação a uma reportagem fotográfica que mostrava modelos semidespidos em meio ao gesto de tirar peças de lingerie, com frascos de perfume quebrados espalhados no chão. Houve uma grande grita com relação a duas pernas *nouveaus* vestidas com meias, uma amarrada a uma cadeira, com uma terceira com uma meia de cor diferente. Eles não tinham compreendido as luvas de couro masculinas de trezentos dólares, posicionadas ambiguamente ao redor de um pescoço.

E assim tinham continuado as coisas, ao longo de cinco anos.

* * *

Depois que Gerald saiu, Kat anda de um lado para o outro em sua sala de visitas. Anda para lá, anda para cá. Os pontos estão repuxando. Ela não está satisfeita com a perspectiva de seu jantar solitário de sobras feito no micro-ondas. Agora não tem mais certeza de por que voltou para cá, para este burgo plano à beira de um mar interior poluído. Teria sido por causa de Ger? É uma ideia ridícula, mas não está mais fora de questão. Será ele o motivo pelo qual ela fica, apesar de sua crescente impaciência com ele?

Não é mais totalmente gratificante. Aprenderam a conhecer um ao outro bem demais, agora já seguem por atalhos; o tempo que passam juntos encolheu, de longas tardes inteiras roubadas e sensuais para algumas horas tiradas entre o trabalho e a hora do jantar. Ela não sabe mais o que quer dele. Diz a si mesma que vale mais do que isso, que deveria diversificar; mas não sai com outros homens, de alguma forma não consegue. Tentou uma ou duas vezes, mas não deu certo. Por vezes sai para jantar ou para um programa com um dos designers gays. Ela gosta da fofoca.

Talvez sinta saudades de Londres. Sente-se presa, enjaulada, neste país, nesta cidade, nesta sala. Poderia começar pela sala, deveria abrir uma janela. Está abafado demais ali dentro. Há um ligeiro odor de formol, do frasco de Bola de Cabelo. As flores que recebeu pela operação estão murchas, todas, exceto pelas que Gerald trouxe hoje. Pensando bem, por que ele não lhe mandou flores quando estava no hospital? Será que esqueceu ou foi uma mensagem?

– Bola de Cabelo – diz ela –, queria que você pudesse falar. Poderia ter uma conversa mais inteligente com você do que com a maioria dos perdedores, aqui neste criadouro de perus.

Os dentes de bebê de Bola de Cabelo reluzem sob a luz; parece que ela está a ponto de falar.

Kat põe a mão na testa para sentir a temperatura. Fica a se perguntar se estará com febre. Há algo de ominoso acontecendo, pelas suas costas. Nem houve um número razoável de telefonemas do pessoal da revista; eles conseguiram se virar sem ela, e isso é má notícia. Rainhas nunca deveriam sair de férias, nem se submeter a operações. Sua cabeça está inquieta. Ela tem um sexto sentido a respeito desse tipo de coisa, já esteve envolvida em muitos golpes palacianos e conhece os sinais, tem antenas sensíveis para os perigos de traições iminentes.

Na manhã seguinte, ela se recompõe, engole um expresso feito em sua minimáquina, veste uma roupa agressiva, uma armadura de camurça cinza, tipo "toque em mim se tiver coragem", e se obriga a ir para o escritório, embora não deva se apresentar para o trabalho antes da semana seguinte. Surpresa, surpresa. Grupinhos sussurrantes se desfazem nos corredores, cumprimentam-na com falsas boas-vindas, enquanto ela passa manquejando. Instala-se em sua mesa de trabalho minimalista, examina a correspondência. Sua cabeça lateja, os pontos doem. Ger é informado da chegada dela; manda um recado de que quer vê-la, imediatamente, se possível, e não é para sair para almoçar.

Ele a espera em seu escritório recém-reformado, em tons de trigo e branco, com a escrivaninha do século XVIII que eles escolheram juntos, o tinteiro vitoriano, as fotografias ampliadas da revista emolduradas, as mãos com luvas marrons, algemadas com cordões de pérolas, a echarpe de Hermès torcida em uma venda de olhos, a boca da modelo sensualmente se abrindo em flor abaixo. Algumas das melhores criações dela. Ger está impecavelmente bem-vestido, com uma camisa tipo "lamba meu pescoço" com os botões abertos na garganta, um suéter italiano de malha de mescla de lã e seda grossa, tricotado em ponto aberto tipo "coma seu coração". Ah, despreocupação fria. Ah, linguagem de sobrancelhas. Ele é um homem rico que ansiava por ter arte e agora tem alguma arte, agora é alguma arte. Arte corporal. Arte dela. Ela fez bem o seu trabalho; finalmente ele se tornou sexy.

Ele é cortante como faca.

– Não queria lhe dar esta notícia antes da semana que vem – diz. E dá a notícia a ela. É o conselho de diretores. Eles acham que ela é bizarra demais, acham que ela vai realmente longe demais. Não houve nada que ele pudesse fazer, embora tivesse tentado.

Naturalmente. Traição. O monstro se voltou contra o cientista louco, seu criador.

– Eu dei vida a você! – ela quer gritar para ele. Ela não está em boa forma. Mal consegue ficar de pé. Mas se mantém de pé, apesar de ele lhe oferecer uma cadeira. Ela agora vê o que andou querendo, o que está lhe faltando. Gerald é o que está lhe faltando – Gerald anterior, estável, deselegante, certinho. Não Ger, não a pessoa que ela criou à sua própria imagem. O outro, antes de ele se estragar. O Gerald com uma casa, um filho pequeno e um retrato da esposa num porta-retrato de prata sobre a escrivaninha. Ela quer estar naquele porta-retrato. Ela quer a criança. Ela foi roubada.

– E quem é o sortudo que vai me substituir? – pergunta. Precisa de um cigarro, mas não quer mostrar as mãos trêmulas.

– Para dizer a verdade, serei eu – responde ele, tentando parecer modesto.

Isso é absurdo demais. Gerald não seria capaz de editar nem um catálogo telefônico.

– Você? – pergunta ela, em voz fraca. Mas tem o bom senso de não cair na gargalhada.

– Sempre quis sair da área financeira – responde ele –, entrar na área criativa. Sabia que você compreenderia, uma vez que não pode continuar. Sabia que você preferiria alguém que pudesse construir sobre as fundações que criou. – Babaca arrogante. Ela olha para o pescoço dele. Ela anseia por ele, odeia a si mesma por isso e se sente impotente.

A sala balança. Ele desliza em direção a ela, atravessa o tapete Broadloom cor de trigo e a segura pelos braços cobertos de camurça cinza.

– Vou lhe dar uma boa carta de referências – diz. – Não se preocupe com isso. É claro, ainda podemos continuar a nos encontrar. Eu sentiria falta de nossa tarde juntos.

– É claro – diz ela.

Ele a beija, um beijo voluptuoso, ou o que pareceria ser um beijo voluptuoso para uma terceira pessoa, e ela o deixa. *Com uma orelha de porca não se faz uma bolsa de seda.*

Volta para casa de táxi. O motorista é grosseiro e ela deixa passar sem reagir; não tem energia. Dentro da caixa de correspondência há um convite impresso: Ger e Cheryl têm o prazer de convidar para uma festa, amanhã à noite. Carimbo do correio de cinco dias atrás. Cheryl está por fora das novidades.

Kat se despe e prepara um banho de banheira. Não há muito o que beber por ali e nada há para fumar ou cheirar. Que mancada, que distração; ela está obrigada a ficar consigo mesma. Existem muitos outros empregos. Existem outros homens, ou pelo menos essa é a teoria. Mesmo assim, alguma coisa foi arrancada de dentro dela. Como uma coisa dessas poderia ter acontecido com ela? Quando as facas estavam empunhadas e apontadas para as costas de alguém, sempre fora ela quem dera as facadas. Sempre que houvera facas apontadas para ela, Kat as vira a tempo e as neutralizara. Talvez esteja perdendo a sutileza da visão.

Ela olha fixamente para o espelho do banheiro, avalia seu rosto no vidro embaçado. Um rosto dos anos 1980, uma máscara, uma cara radical; empurre os fracos para a parede e agarre tudo o que puder. Mas agora estamos na década de 1990. Será que já está fora de moda, assim, tão depressa? Ela só tem 35 anos e já não consegue mais se manter a par do que as pessoas dez anos mais moças estão pensando. Isso poderia ser fatal. À medida que o tempo passa, ela terá de correr mais e mais depressa para acompanhá-las, e para quê? Parte da vida que ela deveria ter tido é apenas uma lacuna, não está lá, não é nada. O que pode ser resgatado disso, o que pode ser refeito, o que pode ser feito, realmente?

Quando Kat sai da banheira, depois de um banho com esponja, quase cai. Está com febre, não há dúvida quanto a isso. Dentro dela alguma coisa está vazando ou então apodrecendo; consegue até ouvir isso, como uma torneira pingando. Uma ferida purulenta, uma ferida causada por correr tanto. Ela deveria ir para o pronto-socorro de algum hospital, tomar uma injeção de antibiótico. Em vez disso, segue cambaleante para a sala de visitas, tira Bola de Cabelo da cornija da lareira em seu frasco e o coloca sobre a mesa na frente do sofá. Senta-se de pernas cruzadas e ouve. Filamentos se tecem. Ouve uma espécie de zumbido, como abelhas trabalhando.

Kat perguntou ao médico se aquilo poderia ter começado com uma gravidez, um óvulo fertilizado que tivesse de alguma forma escapulido e ido parar no lugar errado. Não, disse o médico. Algumas pessoas eram de opinião que aquele tipo de tumor estava presente sob a forma de uma semente desde o nascimento, ou até antes. Poderia ser o gêmeo da mulher, que não se desenvolveu. O que eles realmente eram ninguém sabia. Contudo, aqueles tumores tinham todos os tipos de tecidos. Até tecido cerebral. Embora, é claro, todos esses tecidos carecessem de estrutura.

Mesmo assim, sentada ali no tapete olhando para o tumor, ela imagina uma criança, um bebê. Afinal, saiu de dentro dela. É carne de sua carne. O filho dela com Gerald, seu bebê frustrado, que foi impedido de crescer normalmente. Seu bebê deformado, se vingando.

– Bola de Cabelo – diz ela. – Você é tão feia, só uma mãe pode amar você. – Ela sente pena do tumor. Sente perda. As lágrimas lhe escorrem pelo rosto. Chorar não é algo que ela faça, não normalmente, não ultimamente.

Bola de Cabelo fala com ela, sem palavras. É irredutível, tem a textura da realidade, não é uma imagem. O que diz a ela é tudo que ela jamais quis ouvir a respeito de si mesma. Isso é conhecimento novo, misterioso, precioso e necessário. É cortante.

Ela sacode a cabeça. O que você está fazendo, sentada aí no chão, falando com uma bola de cabelo? Você está doente, diz a si mesma. Tome um Tylenol e vá para a cama.

* * *

No dia seguinte, ela se sente um pouco melhor. Dania, a diagramadora da revista, liga para ela, emite arrulhos simpáticos ao seu ouvido e quer vir fazer uma visitinha na hora do almoço para ver sua aura. Kat diz a ela para deixar disso. Dania se ofende e diz que o fato de Kat perder o emprego é castigo, o preço que tem de pagar por comportamento imoral em uma vida anterior; Kat diz a ela para enfiar isso naquele lugar; de qualquer maneira, já teve comportamento imoral suficiente nesta vida para merecer tudo isso.

– Por que você é tão cheia de ódio? – pergunta Dania. Ela não diz isso em tom de acusação, parece realmente perplexa.

– Não sei – responde Kat. É uma resposta sincera.

Depois que desliga, ela anda de um lado para o outro. Está fervendo, estalando por dentro, como gordura no fogo. O que domina seus pensamentos é Cheryl, correndo de um lado para o outro em sua casa confortável, preparando-se para a festa. Cheryl mexe e remexe em seu cabelo embalsamado, posiciona um vaso de flores cheio demais, se preocupa com o serviço de bufê. Gerald entra, dá-lhe um beijo rápido na face. Uma cena de casamento. A consciência dele está agradavelmente limpa, lavada. A bruxa está morta, o pé dele está em cima do corpo, o troféu; ele teve seu caso sórdido, agora está pronto para o resto de sua vida.

Kat toma um táxi até a David Wood Food Shop e compra duas dúzias de trufas de chocolate. Manda embalá-las numa caixa enorme e depois botar numa sacola também enorme, com o logotipo da loja. Então vai para casa e tira Bola de Cabelo de seu frasco. Põe no escorredor de louça na cozinha e vai enxugando ternamente com toalhas de papel. Salpica-lhe pitadas de chocolate em pó, que formam uma crosta marrom pastosa. Ainda tem cheiro de formol, de modo que ela o embrulha com filme plástico transparente e depois com papel laminado, e então com papel de seda cor-de-rosa, que depois amarra com um laçarote de cor malva. Ela o coloca dentro da caixa da David Wood em um leito de papel de seda picado, com as trufas arrumadas ao redor. Tampa a caixa, prende as bordas com fita durex, põe dentro da sacola, enfia várias folhas de papel de seda cor-de-rosa por cima. É o presente dela, valioso e perigoso. É o mensageiro dela, mas a mensagem que vai entregar é dele mesmo. Ele dirá a verdade, a qualquer um que perguntar. É correto que Gerald fique com ele; afinal também é seu filho.

Ela escreve no cartão: "Gerald, lamento não poder estar com você. É toda a fúria. Amor, K."

Depois que a noite caiu e que a festa já deve estar rolando bem animada, ela chama um táxi para servir de entregador. Cheryl não desconfiará de nada que chegue numa embalagem tão cara. Ela a abrirá em público, na frente de todo mundo. Haverá horror, haverá perguntas. Segredos serão revelados. Haverá sofrimento. Depois disso, tudo irá realmente longe demais. Ela não está bem; seu coração está batendo acelerado, o espaço se inclina mais uma vez. Mas do lado de fora da janela está nevando, os flocos suaves, macios e sem vento de sua infância. Ela veste o casaco e sai, tolamente. Pretende andar apenas até a esquina, mas, quando chega à esquina, continua. A neve se derrete contra o seu rosto como pequenos dedos acariciando. Ela fez uma coisa abominável, mas não se sente culpada. Sente-se leve e em paz, cheia de caridade e, temporariamente, sem nome.

ÍSIS NA ESCURIDÃO

Como Selena chegou aqui? Essa é uma pergunta que Richard tem o hábito de fazer a si mesmo, enquanto vai se sentar de novo à sua mesa, embaralha seu conjunto de fichas de arquivo, tenta mais uma vez começar.
Ele tem um repertório de respostas prontas. Por vezes, imagina que ela flutua em direção aos telhados mundanos em um gigantesco balão feito de sedas de cor turquesa e verde-esmeralda, ou chega montada nas costas de um pássaro dourado como os de xícaras de chá chinesas. Em outros dias, dias mais escuros como o desta quinta-feira – quinta-feira, ele sabe, era um dia sinistro no calendário dela –, ela traça seu caminho através de um longo túnel subterrâneo incrustado de joias vermelho-sangue e com misteriosas inscrições que brilham sob a luz de tochas. Ao longo de anos ela caminha, suas vestes – vestes, não roupas – se arrastam a seus pés, os olhos fixos e hipnóticos, pois ela é uma daquelas que foram amaldiçoadas com a vida eterna. Caminha até que chega, certa noite enluarada, ao portão de ferro da tumba dos Petrowski, que é real, embora situada de maneira improvável numa encosta de colina perto da entrada do também real Cemitério Mount Pleasant.
(Ela adoraria aquela interseção do banal com o numinoso. Certa vez, ela disse que o universo era uma rosquinha doce. Disse até o nome da marca.)
A tranca se parte. O portão de ferro gira e se abre. Ela emerge, levanta os braços em direção à lua subitamente gelada. O mundo muda.
Existem outras tramas. Depende apenas da mitologia que ele está plagiando.

* * *

Existe um relato factual. Ela veio do mesmo tipo de área de onde veio o próprio Richard: da velha Toronto de antes da Depressão, enfileirada ao longo da praia do lago, ao sul dos trilhos de bonde da Queen, uma região de pequenas casas verticais com madeiramentos descascados, varandas frontais afundadas e jardins secos, sujos e maltratados. Naquela época, ali nada existia de pitoresco, nem de reformado, nada de desejável. Era o tipo de gueto superpovoado de baixa classe média branca do qual ele havia fugido assim que pudera, por causa das versões esquálidas e limitadas dele mesmo que o lugar tinha-lhe oferecido. A motivação dela fora talvez a mesma. Richard gosta de pensar que sim.

Eles tinham até frequentado a mesma escola secundária sufocante, embora ele nunca tivesse reparado nela por lá. Mas por que repararia? Ele era quatro anos mais velho. Quando afinal ela entrara na escola, uma garota magricela e assustada egressa da 9ª série, ele estava quase saindo e já estava mais do que na hora para ele. Richard não conseguia imaginá-la por lá; não conseguia imaginá-la percorrendo os mesmos corredores desbotados pintados de verde, batendo as portas arranhadas dos mesmos armários, colando seu chiclete debaixo do tampo das mesmas carteiras parecidas com jaulas.

Ela e a escola de ensino médio teriam sido opostos destrutivos, como matéria e antimatéria. Toda vez que ele colocava a imagem mental dela ao lado daquela escola, uma ou outra explodia. Geralmente era a escola.

Selena não era seu nome verdadeiro. Ela simplesmente havia se apropriado dele, como havia se apropriado de tudo mais que a ajudaria a construir sua nova e preferida identidade. Ela havia descartado seu antigo nome, que era Marjorie. Richard descobriu isso por engano, durante suas pesquisas, e tenta em vão esquecer.

* * *

A primeira vez que ele a viu não está anotada nas fichas de arquivo. Ele só faz anotações nas fichas das coisas de que de outro modo se esqueceria.

Foi em 1960 – no fim dos anos 1950 ou no princípio dos anos 1960, dependendo de como você se sentisse com relação ao zero. Selena mais tarde chamaria aquele período de "*o ovo branco luminoso incandescente/do qual tudo nasce*", mas, para Richard, que na época mourejava para ler *O ser e o nada*, o hermético tratado de filosofia de Jean-Paul Sartre, havia assinalado um beco sem saída. Ele estava em seu primeiro ano da graduação, com uma bolsa restrita obtida graças à correção de ensaios ruins escritos por alunos do segundo ciclo. Sentia-se exausto, ultrapassado; a senilidade se aproximava rapidamente. Tinha 22 anos.

Ele a conheceu numa noite de terça-feira, na cafeteria. Era cafeteria porque, até onde Richard sabia, não existia outra em Toronto. Era chamada de A Embaixada Boêmia, em referência às coisas antiburguesas que deveriam acontecer lá e que, até certo ponto, de fato aconteciam. O estabelecimento de vez em quando recebia cartas de cidadãos inocentes que tinham visto o endereço no catálogo telefônico, pensavam que fosse uma embaixada de verdade e escreviam para pedir vistos. Isso era motivo de gargalhadas para os frequentadores habituais, dos quais Richard não era exatamente um.

A cafeteria ficava numa ruazinha de pedras redondas, no segundo andar de um armazém desativado. Chegava-se lá por meio de um lance de traiçoeiras escadas de madeira sem corrimão; o interior era mal iluminado, cheio de fumaça e volta e meia era fechado pelo Corpo de Bombeiros. As paredes tinham sido pintadas de preto e havia mesas pequenas com toalhas quadriculadas e velas acesas. Também tinha uma máquina de expresso, a primeira que Richard viu na vida. Essa máquina era praticamente um ícone, apontava para outras culturas superiores, distantes de Toronto. Mas tinha lá seus defeitos. Enquanto você lia seus poemas em voz alta, como Richard fazia de vez em quando, Max atrás do balcão do bar do café podia ligar a máquina e acrescentar um efeito sonoro chiado e gorgolejante, como se alguém estivesse sendo cozido na pressão e estrangulado.

Às quartas e quintas havia apresentações de música folclórica e nos fins de semana, de jazz. Richard, às vezes, aparecia lá nessas noites, mas sempre comparecia nas terças-feiras, quer fosse ler ou não. Ele queria conferir a concorrência. Não havia muita, mas a que havia, com certeza, apareceria na Embaixada da Boêmia, mais cedo ou mais tarde.

Naquela época, a poesia era a rota de fuga para os jovens que queriam encontrar alguma saída para a burguesia alienada e ignorante e os grilhões de ganhar a vida de maneira respeitável, trabalhando em troca de um salário. Era o que a pintura tinha sido, na virada do século XX. Richard sabe disso agora, embora não soubesse na época. Ele não sabe qual é o equivalente atual. Fazer cinema, imagina, para aqueles com pretensões intelectuais. Para os que não têm essas pretensões, ser baterista de uma banda, uma banda com um nome nojento como Gorduras Animais ou Os Ranhos Vivos, se seu filho de 27 anos for alguma indicação. Richard, contudo, não consegue acompanhar e se manter atualizado porque o filho mora com a ex-mulher. (Ainda! Na idade dele! Por que ele não aluga um quarto, um apartamento, arruma um emprego? Richard volta e meia se vê pensando, com um bocado de azedume. Agora compreende a irritação do pai com as blusas pretas de gola rulê que costumava usar, as tentativas de deixar crescer a barba até o pescoço, suas declamações, durante os jantares obrigatórios de carne assada com batatas aos domingos, de "A terra devastada", de T. S. Eliot, e mais tarde, e ainda mais eficientemente, de "Uivo", de Allen Ginsberg. Mas, pelo menos, ele estivera interessado em *significado*, diz a si mesmo. Ou em palavras. Pelo menos, estivera interessado em palavras.)

Ele tinha sido bom com palavras, naquela época. Tivera vários de seus poemas publicados na revista literária da universidade e em duas pequenas revistas, uma delas de verdade, não mimeografada. Ver aqueles poemas impressos, com seu nome abaixo – ele usava as iniciais, como T. S. Eliot, para parecer mais velho –, dera-lhe mais satisfação do que jamais sentira por qualquer outra coisa. Mas havia cometido o erro de mostrar aquelas revistas ao pai, um funcionário subalterno dos Correios. Isso de nada lhe valera além de um franzir de cenho e um resmungo, mas ao descer a rua com sua sacola de

roupas recém-lavadas, no caminho de volta para seu quarto alugado, ouvira o pai ler em voz alta para a mãe um de seus antissonetos em versos livres e engasgar-se com as risadas que não conseguia conter, pontuadas pela previsível voz desaprovadora de sua mãe:
– Pare, John! Não seja tão duro com ele!

O antissoneto era sobre Mary Jo, uma garota corpulenta e prática, com um cabelo louro-claro num corte pajem, que trabalhava na biblioteca e com quem Richard estava quase tendo um caso.
– *Eu afundo em teus olhos* – recitou o pai, às gargalhadas. – Os velhos olhos de pântano! Cacete, o que ele vai fazer quando descer e chegar às tetas?

E a mãe dele, desempenhando seu papel na velhíssima conspiração.
– Agora pare, John! Francamente! Que linguagem!

Richard disse a si mesmo em tom muito severo que não se importava. Seu pai nunca lia nada senão a revista *Seleções* do *Reader's Digest* e romances de guerra em edições baratas, portanto o que ele sabia?

* * *

Quando chegou aquela terça-feira em particular, Richard havia abandonado os versos livres. Era fácil demais. Ele queria alguma coisa com mais rigor, mais estrutura; alguma coisa, ele agora admite para si mesmo, que nem todo mundo pudesse fazer.

Tinha lido seus poemas durante a primeira apresentação da noite, um grupo de cinco sextinas seguidas por uma vilanela. Seus poemas eram elegantes, intricados; estava satisfeito com eles. A máquina de expresso havia disparado durante o último – ele começava a desconfiar que era sabotagem de Max –, mas várias pessoas disseram "Pssst". Quando ele terminou, houve aplausos educados. Richard sentou-se em seu canto e discretamente coçou o pescoço. A camisa preta de gola rulê lhe dava brotoejas. A mãe dele nunca parava de dizer, a quem pudesse estar interessado em ouvir, que ele tinha uma pele delicada.

Depois dele, apresentou-se uma poeta mais velha, da Costa Oeste, que leu um longo poema no qual o vento era descrito como soprando nas coxas dela. Havia revelações sem-cerimônia nesse poema, alguns palavrões aqui e ali; nada que você não pudesse encontrar em Allen Ginsberg, mas Richard se flagrou enrubescendo. Após a leitura, a mulher sentou-se ao lado de Richard. Apertou o braço dele e sussurrou:

– Seus poemas são bonitos.

Então, encarando-o, ela levantou a saia até as coxas. Isso estava escondido do resto da sala pela toalha quadriculada e pela semiobscuridade cheia de fumaça do ambiente. Mas era um convite claro. Ela o estava desafiando a vir olhar mais de perto qualquer que fosse o horror comido pelas traças que guardava por ali.

Richard descobriu-se dominado por uma raiva fria. Ela esperava que ele salivasse e saltasse em cima dela como um macaco enlouquecido. Ele detestava esse tipo de presunções com relação a homens, sobre sexo passageiro e superficial, excitação imbecil. Teve vontade de dar um murro nela. Ela devia ter no mínimo cinquenta anos.

A idade que ele tem agora, Richard observa, tristemente. Isso foi uma coisa de que Selena escapou. Ele pensa nisso como algo de que se escapa.

* * *

Houve um interlúdio musical, como sempre havia nas terças-feiras. Uma garota de longo cabelo liso, castanho-escuro, repartido no meio, sentou em um banquinho alto, com uma mini-harpa nos joelhos, e cantou várias tristes canções folclóricas com uma voz aguda e clara. Richard estava preocupado em como iria tirar a mão da poeta de seu braço sem ser mais grosseiro do que queria ser. (Ela era mais velha do que ele, tinha publicado livros, conhecia pessoas.) Pensou em pedir licença e ir ao banheiro; mas o banheiro era apenas um cubículo cuja porta se abria diretamente para o salão principal. Não tinha tranca e Max tinha o hábito de abrir a porta quando você estava lá dentro. A menos que você apagasse a luz e mijasse no escuro, tinha a probabilidade de ser exposto ao público, bem iluminado como um presépio de Natal, com as mãos na virilha.

Ele encostou a faca no peito dela,
Quando ela se entregou aos braços dele

cantou a garota. Eu poderia apenas ir embora, pensou Richard. Mas não queria fazer isso.

Ó, Willy, Willy, não me mate,
Não estou pronta para a eternidade.

Sexo e violência, pensa ele agora. Muitas das canções eram a respeito disso. Nós nem reparávamos. Pensávamos que fosse arte.

* * *

Foi logo depois disso que Selena subiu ao palco. Ele não a tinha visto antes no salão. Era como se ela tivesse se materializado vinda de lugar nenhum, no palco minúsculo, sob a luz do único spot.

Ela era pequenina, esguia, quase etérea. Como a cantora, tinha cabelos castanhos repartidos no meio. Os olhos estavam delineados em preto, como estava ficando na moda. Usava um vestido preto de mangas longas e gola alta, sobre o qual havia jogado um xale bordado com o que pareciam ser libélulas azuis e verdes.

Ai, céus, pensou Richard, que como o pai ainda usava as blasfêmias bem-comportadas de criança. Mais uma poeta fracote. Imagino que agora vamos ter mais partes pudendas, acrescentou ele, usando seu vocabulário de universitário.

Então a voz dela o acertou em cheio. Era uma voz quente, rica, misteriosamente apimentada e temperada, como canela, e extraordinária demais para vir de uma pessoa tão pequena. Era uma voz sedutora, mas não de forma grosseira. O que oferecia era uma entrada para o assombro, para um segredo compartilhado e tilintante; para esplendores. Mas também havia uma corrente secundária de divertimento, como se você fosse um tolo ao se deixar seduzir por sua voluptuosidade; como se houvesse uma piada cósmica ainda por vir, uma piada simples, misteriosa, como as piadas de crianças.

O que ela leu foi uma série de poemas líricos interligados. "Ísis na escuridão". A rainha egípcia do Céu e da Terra vagava pelo mundo dos mortos e recolhia os pedaços do corpo desmembrado do seu amante assassinado, Osíris. Ao mesmo tempo, era o próprio corpo que ela reunia mais uma vez; e ele também era o universo físico. Ela estava criando o universo por meio de um ato de amor.

Tudo isso estava acontecendo não no Reino Médio dos antigos egípcios, e sim na triste, suja e sem graça Toronto, na avenida Spadina, à noite, entre as fábricas de roupas, delicatessens, bares e casas de penhor às escuras. Era um lamento e uma celebração. Richard nunca tinha ouvido nada semelhante.

Ele se recostou na cadeira, passou os dedos na barba rala e tentou ao máximo achar aquela garota e sua poesia triviais, exageradas e pretensiosas. Mas não conseguiu. Ela era brilhante e ele estava assustado. Sentiu seu talento cuidadosamente cultivado encolher até ficar do tamanho de um grão seco de feijão.

A máquina de expresso não disparou nem uma vez. Depois que ela terminou, houve um silêncio, antes dos aplausos. O silêncio era porque as pessoas não sabiam como entender aquilo, como considerar aquela coisa, fosse lá o que fosse, que tinha sido feita com elas. Por um momento, ela transformara a realidade e eles precisavam tomar fôlego para voltar a ela.

Richard empurrou para trás as pernas nuas da poeta e se levantou. Não lhe importava mais quem ela poderia conhecer. Foi até onde Selena acabara de se sentar, com uma xícara de café que lhe fora trazida por Max.

– Gostei de seus poemas – conseguiu dizer.

– Gostou? Gostou? – Ele pensou que ela estivesse fazendo troça dele, embora não estivesse sorrindo. – *Gostar* é tão parecido com margarina... Que tal *adorou*?

– Está bem, então adorei – respondeu ele, sentindo-se duplamente idiota, primeiro por ter dito *gostei*, depois por ter cedido à pressão dela. Mas foi recompensado. Ela o convidou para sentar.

De perto, os olhos dela eram azul-turquesa, as íris salpicadas de negro, como as de um gato. Nas orelhas, usava brincos verde--azulados com a forma de escaravelhos. O rosto dela tinha feitio de coração, a pele era bem clara; para Richard, que andara lendo os simbolistas franceses, evocava a palavra *lilás*. O xale, os olhos pintados com delineador preto, os brincos – poucas conseguiriam juntar tudo aquilo. Mas ela agia como se aquilo fosse apenas o que usava no dia a dia. O que você usaria um dia qualquer, durante uma viagem pelo rio Nilo, cinco mil anos atrás.

Combinava com perfeição com a performance dela – estranha, mas segura de si. Completa e bem-feita. O pior de tudo era que ela só tinha 18 anos.

– Este seu xale é lindo – arriscou Richard. A língua dele parecia um sanduíche de carne.

– Não é um xale, é uma toalha de mesa – retrucou ela. Ela olhou para o xale e o acariciou. Então riu um pouquinho. – *Agora* é um xale.

Richard pensava se deveria ousar perguntar – o quê? Se poderia acompanhá-la no caminho de volta para casa? Será que tinha algo tão mundano como uma casa? Mas e se ela dissesse não? Enquanto ele se decidia, Max, o pirata do café, de cabeça em forma de bala, se aproximou, pôs uma mão possessiva no ombro dela e ela sorriu para ele. Richard não esperou para ver se significava alguma coisa. Pediu licença e foi embora.

Voltou para seu quarto alugado e escreveu uma sextina para ela. Foi um esforço inútil: não conseguiu transformar em palavras o impacto que ela lhe causara. Então fez o que nunca tinha feito com um poema: queimou-o.

* * *

Ao longo das semanas seguintes, Richard acabou conhecendo-a melhor. Ou pensava que sim. Quando entrava na cafeteria nas noites de terça-feira, ela o cumprimentava com um aceno de cabeça, um sorriso. Ele ia até a mesa dela, sentava e eles conversavam. Ela nunca falava de si mesma, nem de sua vida. Em vez disso, tratava-o como se ele fosse um companheiro de profissão, um iniciado, igual a ela. Falava sobre as revistas que haviam aceitado seus poemas, sobre projetos que havia iniciado. Estava escrevendo uma peça em versos para o rádio; seria paga por isso. Ela parecia pensar que era apenas uma questão de tempo até que estivesse ganhando dinheiro suficiente para se sustentar, embora tivesse uma ideia muito vaga de quanto dinheiro seria *suficiente*. Não falava de que estava vivendo no momento.

Richard achou-a ingênua. Ele próprio havia seguido o rumo sensato: com um diploma de graduação, sempre poderia ganhar algum tipo de renda nas minas de sal acadêmicas. Mas quem pagaria um salário que desse para viver de poesia, especialmente o tipo de poesia que ela escrevia? Não era no estilo de ninguém, não parecia com a obra de ninguém. Era demasiado excêntrica.

Ela era como uma criança sonâmbula andando por uma beirada de telhado a dez andares de altura. Ele estava com medo de gritar uma advertência, com medo de que ela acordasse e caísse.

* * *

Mary Jo, a bibliotecária, tinha telefonado para ele várias vezes. Ele se livrara dela com vagas desculpas sobre excesso de trabalho. No raro domingo em que ainda aparecia na casa dos pais para lavar a roupa suja e para pelo menos uma vez na vida comer o que o pai chamava de uma refeição decente, tinha de suportar o exame sofredor da mãe. A teoria dela era que ele estava sobrecarregando o cérebro, o que poderia resultar em anemia. Na verdade, ele mal estava trabalhando. Seu quarto estava se enchendo de trabalhos de estudantes por corrigir que já deveria ter entregado; ele não tinha escrito qualquer poema novo, qualquer verso. Em vez disso, saía para comer sanduíches de ovo borrachudos, ou tomar copos de chope na cervejaria local, ou para sessões de cinema à tarde, programas de quinta categoria sobre mulheres com duas cabeças ou homens que se transformavam em moscas. As noites ele passava na cafeteria. Não se sentia mais exausto. Sentia-se desesperado.

Era Selena quem estava causando esse desespero, mas ele não tinha nome que pudesse dar ao motivo. Em parte, ele queria entrar dentro dela, encontrar aquela caverna intimíssima onde ela escondia seu talento. Mas ela o mantinha a distância. A ele e, de alguma forma, todo mundo.

* * *

Ela leu várias vezes. Os poemas foram mais uma vez espantosos, mais uma vez singulares. Nada a respeito da avó, ou da neve, ou da infância; nada a respeito de cachorros que morriam, ou membros da família de qualquer tipo. Em vez disso, havia mulheres régias traiçoeiras, homens mágicos que mudavam de forma; nos quais, contudo, ele achava que reconhecia os frequentadores assíduos da Embaixada Boêmia. Será que aquela era a cabeça loura quase branca em forma de bala de Max, seus olhos azuis gelados de pálpebras caídas? Havia outro homem, magro e intenso, com um bigode e um olhar ardente de espanhol, que deixou Richard rangendo os dentes. Certa noite, ele anunciou para a mesa inteira que estava com uma séria infestação de chatos, que tivera de raspar os pelos pubianos e pintar as virilhas de azul. Será que aquele torso descrito era o dele, equipado com asas chamejantes? Richard não sabia dizer e isso o estava deixando louco.

(Entretanto nunca era o próprio Richard. Nunca suas feições hirsutas, seu cabelo acastanhado, os olhos cor de avelã eram descritos. Nunca sequer uma linha a respeito dele.)

Ele tratou de se reanimar, corrigiu os trabalhos, acabou de escrever um ensaio sobre a imagética do mecanismo em Herrick de que precisava para passar em segurança daquele ano acadêmico para o seguinte. Levou Mary Jo a uma das noites de poesia das terças-feiras. Achou que assim poderia neutralizar Selena, como um ácido neutraliza uma base; tirá-la da cabeça. Mary Jo não ficou nem um pouco impressionada.

– Onde ela consegue esses trapos velhos? – perguntou.

– Ela é uma poeta brilhante – disse Richard.

– Não me importa. Aquela coisa parece uma toalha de mesa. E por que ela pinta os olhos daquele jeito exagerado?

Richard sentiu aquilo como um golpe, como uma ferida pessoal. Ele não queria se casar com Selena. Não podia imaginar um casamento com ela. Não conseguia incluí-la no cenário tedioso e confortador da domesticidade: uma esposa cuidando de sua roupa suja, uma esposa cozinhando suas refeições, uma esposa servindo-lhe o chá. Tudo que ele queria era um mês, uma semana, até mesmo uma noite. Não em um quarto de motel, não no banco de trás de um carro; esses lugares miseráveis que eram restos de seus amassos tateantes de jovem não serviriam. Teria de ser em outro lugar, um lugar mais escuro e infinitamente mais estranho. Ele imaginava uma cripta, com hieróglifos, como no último ato de *Aída*. O mesmo desespero, a mesma exultação, a mesma aniquilação. De tal experiência você emergiria renascido ou não emergiria.

Não era tesão. Tesão era o que você sentia por Marilyn Monroe, ou às vezes pelas *strippers* no Victory Burlesque. (Selena tinha um poema sobre o Victory Burlesque. As dançarinas para ela não eram um bando de putas gordas com as carnes balançando cheias de reentrâncias. Elas eram diáfanas, eram borboletas surreais, que emergiam de casulos de luz, eram esplêndidas.)

Richard ansiava não pelo corpo dela como tal. Richard queria ser transformado por ela, numa pessoa que ele não era.

* * *

A essa altura já era verão e a universidade e a cafeteria estavam fechadas. Nos dias de chuva, Richard ficava deitado na cama, ouvindo os trovões; nos dias de sol, que eram igualmente úmidos, ele andava de árvore em árvore, para aproveitar a sombra. Evitava a biblioteca. Mais uma sessão de quase sexo pegajoso com Mary Jo, com seus beijos úmidos e suas manipulações de enfermeira no corpo dele, e especialmente a maneira como sensatamente parava de imediato antes de alguma coisa final, o deixaria permanentemente coxo.

– Você não vai querer me engravidar – dizia ela, e estava certa, ele não queria. Para uma garota que trabalhava entre livros, ela era surpreendentemente prosaica. Mas, pensando bem, o forte dela era catalogar.

Richard sabia que Mary Jo era uma moça saudável, com uma visão do mundo saudável. Ela seria boa para ele. Essa era a opinião de sua mãe, emitida depois que ele havia cometido o erro – apenas uma vez – de levá-la à casa de seus pais para um jantar de domingo. Ela era como conserva de carne, queijo branco e óleo de fígado de bacalhau. Ela era como leite.

* * *

Certo dia ele comprou uma garrafa de vinho tinto italiano e tomou o *ferry* até a Ilha Wards. Ele sabia que Selena morava lá. Pelo menos, isso estivera nos poemas.

Richard não sabia o que pretendia fazer. Queria vê-la, se apoderar dela, ir para a cama com ela. Não sabia como passaria do primeiro passo para o último. Não se importava com o que resultaria daquilo. Ele queria.

Desembarcou do *ferry* e subiu e desceu pelas ruazinhas da ilha, onde nunca estivera antes. Aquelas eram casas de verão, baratas e sem substância, de madeira pintada de branco ou em tons pastel, ou com revestimento de placas isolantes. Carros não eram permitidos no local. Havia crianças de bicicleta, mulheres rechonchudas de maiô tomando sol em seus gramados. Rádios portáteis tocavam. Não era o que ele havia imaginado como sendo o ambiente de Selena. Pensou em perguntar a alguém onde ela morava – as pessoas saberiam, ela se destacaria ali –, mas não queria anunciar sua presença. Pensou na possibilidade de fazer meia-volta, tomar o próximo *ferry* e ir embora.

Então, longe, no fim de uma das ruas, viu um minúsculo chalé de um andar, à sombra de dois salgueiros. Havia salgueiros nos poemas. Pelo menos, podia tentar.

A porta estava aberta. Era a casa dela, porque ela estava lá dentro. Não se mostrou surpresa em vê-lo.

– Estou preparando uns sanduíches de manteiga de amendoim – disse ela –, então poderíamos fazer um piquenique.

Ela usava calças pretas de algodão de corte folgado, estilo oriental, e um top preto sem mangas. Os braços dela eram brancos e finos. Estava de sandálias; ele olhou para os dedos longos dos pés, com as unhas pintadas de esmalte clarinho, num tom rosa-pêssego. Com um aperto no coração, reparou que o esmalte estava lascado.

– Manteiga de amendoim? – perguntou ele, estupidamente. Ela falou como se estivesse esperando por ele.

– E geleia de morango – respondeu ela. – A menos que você não goste de geleia. – Ainda aquela distância cortês.

Ele estendeu a garrafa de vinho.

– Obrigada – disse ela –, mas vai ter de beber sozinho.

– Por quê? – perguntou ele. Tinha pretendido que aquilo se passasse de modo diferente. Um reconhecimento. Um abraço sem palavras.

– Se algum dia eu começasse, nunca mais pararia. Meu pai era alcoólatra – respondeu, em tom sério. – Ele está em outro lugar, por causa disso.

– No mundo das sombras? – perguntou ele, no que esperava que fosse uma alusão oportuna à poesia dela.

Ela deu de ombros.

– Ou sei lá onde.

Richard se sentiu um cretino. Na diminuta mesa de cozinha, ela recomeçou a passar a manteiga de amendoim nas fatias de pão. Richard, momentaneamente sem assunto, olhou ao redor. Havia apenas um aposento, parcamente mobiliado. Era mais como uma cela de convento, ou a ideia que ele fazia de uma cela. Em um canto, havia uma escrivaninha com uma velha máquina de escrever preta e uma estante de livros feita com pranchas de madeira e tijolos. A cama era estreita, coberta com uma colcha de algodão indiano de cor púrpura bem viva, para também servir como sofá. Havia uma pia minúscula, um fogão minúsculo. Uma poltrona tipo Sally Ann. Um tapete desbotado. Nas paredes, não havia quadro, nada.

– Não preciso deles – disse ela. Tinha posto os sanduíches numa sacola de papel amarrotada e acenou para ele em direção à porta.

Ela o levou a um quebra-mar com vista para o lago. Sentaram-se e comeram os sanduíches. Ela trouxera limonada numa garrafa de leite e eles beberam diretamente da garrafa, ora um ora outro. Era como se fosse um ritual, como uma comunhão; ela deixava que ele compartilhasse com ela. Estava sentada de pernas cruzadas, de óculos escuros. Duas pessoas passaram numa canoa. O lago ondulava e lançava reflexos de luz. Richard se sentia ridículo e feliz.

– Não podemos ser amantes – disse ela, depois de algum tempo. Estava lambendo a geleia dos dedos. Richard despertou com um sobressalto. Ele nunca tinha sido compreendido tão abruptamente. Era como um passe de mágica; sentiu-se incomodado.

Ele poderia ter fingido que não sabia do que ela estava falando. Em vez disso, perguntou:

– Por que não?

– Você ficaria esgotado – respondeu ela. – Então, mais tarde, não estaria lá.

Isto era exatamente o que ele queria: ficar esgotado. Consumir-se em chamas em uma conflagração divina. Ao mesmo tempo, ele se deu conta de que não seria capaz de ter algum desejo carnal de verdade, concreto, por aquela mulher; aquela *garota* sentada a seu lado no quebra-mar, com seus braços magrelas e seios mínimos, agora balançando as pernas como uma menina de nove anos.

– Mais tarde? – perguntou. Será que ela estava lhe dizendo que ele era bom demais para ser desperdiçado? Seria aquilo um elogio ou não?

– Quando eu precisar de você – respondeu ela, enfiando o papel laminado dos sanduíches na sacola de papel. – Vou acompanhar você até o *ferry*.

Ele tinha sido envolvido, ludibriado; e também vigiado sem perceber. Talvez ele fosse um livro aberto e também um bobalhão, mas ela não precisava lhe esfregar isso na cara. Enquanto caminhavam, Richard se sentiu enfurecer. Ainda segurava a garrafa de vinho na sacola da loja de bebidas.

No cais do *ferry*, ela pegou a mão dele e a apertou formalmente.

– Obrigada por ter vindo – disse ela. Então empurrou os óculos escuros para o alto da cabeça, revelando-lhe toda a força dos olhos azul-turquesa. – A luz só brilha para poucos – disse, gentil e tristemente. – E mesmo para esses não brilha o tempo todo. No resto do tempo, você fica sozinho. Mas ele tinha ouvido gnomas demais por um dia. Cadela teatral, disse para si mesmo, no *ferry*.

* * *

Ele voltou para o quarto e bebeu a maior parte da garrafa de vinho. Então telefonou para Mary Jo. Depois de ela fazer o caminho habitual, ultrapassar a proprietária abelhuda que morava no térreo e chegar nas pontas dos pés à porta do quarto dele, Richard a puxou para dentro e a curvou para trás num abraço meio embriagado e desafiador. Ela começou a se desmanchar em risadinhas, mas ele a beijou seriamente e a empurrou para a cama. Se não podia ter o que queria, pelo menos teria alguma coisa. As pontas dos pelos das pernas raspadas dela espetaram-lhe a pele; o hálito dela cheirava a chiclete. Quando ela começou a protestar, advertindo-o mais uma vez dos perigos da gravidez, Richard disse que não se importava. Ela recebeu isso como uma proposta de casamento. No caso, acabou sendo.

Com a chegada do bebê, o trabalho acadêmico dele deixou de ser algo que fazia com desdém, obrigado, e se tornou uma necessidade da vida. Ele precisava do dinheiro e depois passou a precisar de mais dinheiro. Richard mourejou para escrever a tese de doutorado, sobre a imagética cartográfica em John Donne, interrompido por gritos de bebê, pelo gemido de broca de dentista, do aspirador de pó e pelas xícaras de chá que lhe eram trazidas por Mary Jo em momentos inapropriados. Ela lhe dizia que ele era rabugento, mas, como aquele era mais ou menos o comportamento que esperava de maridos, não parecia se incomodar. Mary Jo datilografou a tese para ele, se encarregou das notas de rodapé e o exibiu para seus parentes, ele e seu novo diploma. Ele conseguiu um emprego de professor de redação e gramática para estudantes de veterinária na faculdade de Guelph.

Richard não escreveu mais poesia. Em alguns dias, mal pensava em poesia. Era como um terceiro braço, ou um terceiro olho, que tivesse se atrofiado. Havia sido uma aberração quando o tivera. De vez em quando, contudo, tinha uns ataques. Entrava às escondidas em livrarias ou bibliotecas e esgueirava-se sorrateiramente pelas estantes de revistas; vez por outra, comprava uma. Poetas mortos eram o negócio dele, poetas vivos, seu vício. Grande parte dos poemas era porcaria e ele sabia disso; mesmo assim, dava-lhe uma estranha euforia. Então, de vez em quando, havia um poema de verdade e Richard prendia a respiração. Nada mais era capaz de fazê-lo despencar pelo espaço como aquilo, e então apanhá-lo; nada mais era capaz de abri-lo assim.

Por vezes, esses poemas eram de Selena. Richard os lia e parte dele – uma parte pequenina, contida – tinha a esperança de algum lapso, algum declínio; mas ela apenas ficava cada vez melhor. Nessas noites, quando estava deitado na cama no limiar do sono, Richard se lembrava dela ou ela aparecia para ele; uma mulher de cabelos escuros com os braços estendidos para o alto, numa longa capa de azul ou ouro opaco, ou de penas, ou de linho branco. As fantasias eram variáveis, mas ela própria permanecia uma constante. Ela era uma parte dele mesmo que ele havia perdido.

* * *

Richard não voltou a vê-la até 1970, mais um ano com zero no fim. A essa altura, tinha conseguido outro emprego de modo a voltar a trabalhar em Toronto, para lecionar teoria literária puritana e inglês para estudantes de graduação, em um novo campus no subúrbio. Richard ainda não era titular: na era do publique ou morra, só havia publicado dois estudos, um sobre bruxaria como metáfora sexual e o outro sobre *O Peregrino* e arquitetura. Agora que o filho deles estava na escola, Mary Jo tinha voltado a trabalhar na biblioteca e com as economias deram entrada numa casa vitoriana no Annex. Tinha um pequeno quintal gramado nos fundos e Richard aparava a grama. Eles viviam falando em plantar uma horta, mas nunca havia a energia necessária.

Nessa época Richard estava num período de baixa, embora Mary Jo fosse de opinião que ele vivia sempre em baixa. Ela lhe dava comprimidos de vitaminas e o pressionava para que fosse consultar um psicanalista de modo a se tornar uma pessoa mais assertiva, embora, quando ele era assertivo com ela, Mary Jo o acusasse de usar sua autoridade patriarcal. Richard já havia compreendido a essa altura que sempre poderia contar com ela para fazer a coisa socialmente correta. No momento, ela frequentava um grupo em prol da maior conscientização de mulheres e (possivelmente) estava tendo um caso com um pálido linguista de cabelo cor de areia da universidade, cujo nome era Johanson. Quer existisse ou não, esse caso de certo modo vinha a calhar para Richard: permitia-lhe pensar mal dela.

* * *

Era abril. Mary Jo estava em seu grupo de mulheres ou transando com Johanson, ou ambos; ela era eficiente, conseguia dar conta de muita coisa em uma noite. O filho dele iria passar a noite na casa de um amigo. Richard deveria estar trabalhando em seu livro, o livro que iria projetá-lo, fazer seu nome, conseguir que seu cargo se tornasse vitalício: *Carnalidade espiritual: Marvell e Vaughan e o século XVII*. Ele havia hesitado entre *espiritualidade carnal* e *carnalidade espiritual*, mas o último tinha mais sonoridade, mais força. O livro não estava indo muito bem. Havia um problema de foco. Em vez de reescrever o segundo capítulo, ele tinha descido para revirar a geladeira em busca de uma cerveja.

– *And tear our pleasures with rough strife/ Thorough the iron gates of life*, olé! – ele cantou a música tema de *Hernando's Hideaway*.

Pegou duas cervejas e encheu uma tigela de batatas fritas. Então foi para a sala e se acomodou na poltrona para beber e beliscar enquanto zapeava pelos canais de televisão, em busca do programa mais crasso, mais idiota que pudesse encontrar. Precisava seriamente desprezar alguma coisa.

Foi nesse momento que a campainha da porta tocou. Quando ele viu quem era, se sentiu grato por ter desligado o aparelho com aquela extravagância de peitos e bundas se passando por uma história de detetive a que estivera assistindo.

Era Selena, que usava um chapéu preto de abas largas e um casaco longo de tricô preto e carregava uma maleta maltratada.

– Posso entrar? – perguntou.

Richard, espantadíssimo e um pouco assustado, mas subitamente encantado, recuou para ela entrar. Ele tinha se esquecido de como era sentir alegria e prazer. Nos últimos anos, havia desistido até das revistas e preferira entregar-se ao entorpecimento.

Não perguntou a ela o que fazia ali, na casa dele, nem como o havia encontrado. Em vez disso, perguntou:

– Você gostaria de um drinque?

– Não – respondeu ela. – Eu não bebo, lembra-se?

Ele se lembrou naquele momento; lembrou-se da casinha minúscula na ilha, com todos os detalhes bem claros: o padrão de pequenos leões dourados na colcha púrpura, as conchas e pedras redondas no parapeito da janela, as margaridas no vidro de geleia. Ele se lembrou dos dedos alongados de seus pés. Tinha feito um papel de idiota naquele dia, mas, agora que ela estava ali, aquilo não importava mais. Ele queria tomá-la em seus braços, dar-lhe um abraço bem apertado; salvá-la, ser salvo.

– Mas um café seria bem-vindo – disse ela, e ele a levou até a cozinha e preparou um café.

Ela não tirou o casaco. As mangas estavam puídas; ele podia ver os lugares onde ela havia cerzido os pontos soltos. Ela sorriu para ele com a mesma aceitação que sempre havia demonstrado por ele, tratando-o como um amigo e seu par, e Richard sentiu-se envergonhado com a maneira como havia passado os últimos dez anos. Ele devia parecer ridículo para ela; parecia para si mesmo. Tinha uma barriga e uma hipoteca, um casamento claudicante, aparava a grama, tinha jaquetas esportivas, de má vontade varria as folhas do outono e tirava com a pá a neve do inverno. Cedia à própria preguiça. Deveria estar morando em um sótão, comendo pão e queijo bichado, lavando sua única camisa à noite, a cabeça incandescente de palavras.

Ísis na escuridão 77

Ela não parecia ter envelhecido nada. Se isso era possível, estava ainda mais magra. Ele viu o que pensou ser a sombra de um hematoma se desfazendo acima do osso da maçã do rosto, do lado direito, mas poderia ter sido efeito de luz. Ela bebericou o café, mexeu com a colher. Parecia ter flutuado para algum outro lugar.

– Você anda escrevendo muito? – perguntou ele, agarrando-se a um assunto que sabia que a interessaria.

– Ah, ando sim – disse ela animadamente, voltando do devaneio. – Tenho mais um livro para ser lançado. – Como ele havia deixado passar o primeiro? – E você?

Richard deu de ombros.

– Não escrevo faz muito tempo.

– Isso é uma pena – disse ela. – É terrível.

Ela falava com sinceridade. Era como se ele tivesse lhe contado que alguém que ela conhecia havia morrido, e Richard ficou tocado. Não eram realmente os poemas dele que ela lamentava, a menos que não tivesse gosto. Seus poemas não eram nada bons, agora ele sabia disso e com certeza ela também sabia. Eram os poemas, os poemas que ele poderia ter escrito se... Se o quê?

– Será que eu poderia me hospedar aqui? – perguntou ela, descansando a xícara.

Richard ficou desconcertado. Ela falava sério e a valise confirmava isso. Nada lhe daria mais prazer, disse a si mesmo, porém tinha de pensar em Mary Jo.

– É claro – respondeu ele, esperando que sua hesitação não tivesse sido visível.

– Obrigada – disse Selena. – Não tenho outro lugar para ir no momento. Nenhum lugar que seja seguro.

Ele não pediu que ela explicasse a frase. A voz dela continuava a mesma, rica e tantalizante, à beira da ruína; estava tendo seu velho efeito devastador sobre ele.

– Você pode dormir na sala de jogos. Tem um sofá-cama.

– Ah, que bom. – Ela suspirou. – Hoje é quinta-feira. – As quintas-feiras, ele se recordava, eram dias importantes para a poesia dela, mas não conseguia se lembrar se naquele tempo eram bons ou maus. Agora ele sabe. Agora tem três fichas de arquivo preenchidas apenas com as quintas-feiras.

Quando Mary Jo chegou, animada e na defensiva como ele havia concluído que sempre ficava depois de sexo furtivo, eles ainda estavam sentados na cozinha. Selena tomava mais uma xícara de café e Richard, mais uma cerveja. O chapéu e o casaco cerzido de Selena estavam em cima da valise. Mary Jo os viu e franziu o cenho.

– Mary Jo, você se lembra de Selena – disse Richard. – Da Embaixada?

– Lembro – disse Mary Jo. – Você levou o lixo para fora?

– Vou levar – respondeu Richard. – Ela vai passar a noite aqui.

– Então eu mesma vou levar o lixo – disse Mary Jo, e saiu pisando duro em direção à varanda envidraçada dos fundos, onde ficavam as latas de lixo. Richard a seguiu e eles brigaram, primeiro aos cochichos.

– Que diabo ela está fazendo na minha casa? – sibilou Mary Jo.

– Não é apenas a sua casa, é minha também. Ela não tem para onde ir.

– Isso é o que todas dizem. O que aconteceu, um namorado bateu nela?

– Não perguntei. Ela é uma velha amiga.

– Olhe, se você quer dormir com essa esquisitona pirada, pode fazer isso em outro lugar.

– Como você faz? – retrucou Richard, com o que esperava que fosse dignidade amarga.

– De que diabo você está falando? Está me acusando de alguma coisa? – perguntou Mary Jo. Os olhos dela estavam arregalados, como costumavam ficar quando estava realmente furiosa, e não apenas fazendo cena. – Ah, você adoraria isso, não é? Sentiria um prazer de voyeur.

– Escute, de qualquer maneira, não estou dormindo com ela – disse Richard, recordando a Mary Jo que a primeira acusação falsa tinha sido dela.

– Por que não? – disse Mary Jo. – Há dez anos que você baba por ela. Tenho visto você se derretendo lendo aquelas revistas idiotas

de poesia. Às quintas-feiras você é uma banana – entoou ela, numa imitação cruel da voz mais grave de Selena. – Por que não trepa logo com ela e acaba com isso?
– Eu faria isso se pudesse – retrucou Richard. Essa verdade o entristeceu.
– Ah, ela não quer dar para você? Que tristeza. Faça-me um favor, trate de estuprá-la na sala de jogos e tire isso da cabeça.
– Puxa vida, caramba – Richard deixou escapar. – A irmandade feminista é mesmo poderosa. – No momento em que disse isso, soube que tinha ido longe demais.
– Como você ousa usar meu feminismo contra mim desse jeito? – disse Mary Jo, sua voz subindo uma oitava. – Isso foi muito cruel! Você sempre foi um babaca de um canalha cruel!
Selena estava postada sob o umbral da porta, observando-os.
– Richard – disse ela. – Acho que é melhor eu ir.
– Ah, não – retrucou Mary Jo, numa paródia furiosa de hospitalidade. – Fique! Não é nenhum trabalho! Fique uma semana! Fique um mês! Considere nossa casa seu hotel!
Richard acompanhou Selena até a porta da frente.
– Para onde você irá? – perguntou.
– Ah – respondeu ela –, sempre tem algum lugar. – Ela se deteve sob a luz da varanda, olhando para a rua. Aquilo *era* um hematoma. – Mas no momento não tenho dinheiro.
Richard puxou a carteira, deu tudo a ela. Desejou que tivesse mais.
– Vou pagar a você – disse ela.

* * *

Se ele tivesse de datar, Richard diria que aquela quinta-feira foi o dia em que seu casamento finalmente acabou. Apesar de ele e Mary Jo terem cumprido as formalidades de pedir desculpas, apesar de terem tomado mais do que alguns drinques, fumado um baseado e terem feito sexo de maneira fria e impessoal, nada se endireitou. Mary Jo o deixou pouco tempo depois, para sair em busca de um eu que ela afirmava que precisava encontrar. Levou o filho deles consigo. Richard, que nunca tinha dado muita atenção ao garoto, agora ficou reduzido a fins de semana nostálgicos e intermináveis com ele. Tentou se relacionar com várias mulheres, mas não conseguia se concentrar nelas.

Ele procurou Selena, mas ela havia desaparecido. Um editor de revista lhe disse que ela se mudara para o oeste. Richard sentia que a havia decepcionado. Tinha perdido a chance de ser um lugar de refúgio.

* * *

Dez anos depois, ele a viu de novo. Foi em 1980, mais um ano terminado com zero, ou outro ano ovo branco incandescente. Ele só repara nessa coincidência agora, enquanto arrumava as fichas de arquivo, como uma cartomante com cartas de baralho, sobre a superfície de sua mesa de trabalho.

Ele acabara de saltar do carro, depois de voltar, em meio ao tráfego pesado, da universidade, onde ainda se mantinha agarrado com unhas e dentes. Era meados de março, durante a época do derretimento da neve, uma época irritante e desagradável do ano. Havia lama, chuva e restos de lixo do inverno. O estado de espírito dele era semelhante. Recentemente tivera o manuscrito de *Carnalidade espiritual* devolvido por um editor, era a quarta recusa. A carta que o acompanhava dizia que ele havia falhado na abordagem dos textos. Na folha de rosto, alguém havia escrito de leve, a lápis e semiapagado, *tolamente romântico*. Ele suspeitava que fosse aquele picanço do Johanson, que tinha sido um dos leitores e que estava a fim de aprontar alguma para ele desde que Mary Jo se fora. Depois de um breve intervalo de queixo empinado e vida de solteira, ela se juntara com Johanson e eles moraram juntos por seis meses de *blitzkrieg*. Então, ela tentara tomar dele metade do valor da casa. Johanson culpava Richard por isso desde então.

Richard pensara nisso e na pilha de trabalhos de alunos em sua pasta: James Joyce de uma perspectiva marxista, ou estruturalismo truncado vazando da França para diluir ainda mais o cérebro estudantil. Os trabalhos teriam de estar corrigidos até o dia seguinte.

Richard sentiu um profundo prazer ao imaginar espalhá-los todos pela lama na rua e passar por cima deles com o carro. Diria que tinha sido um acidente.

Vindo na direção dele estava uma mulher baixa, atarracada, que vestia uma capa de chuva preta. Ela carregava uma bolsa grande de tapeçaria marrom; parecia examinar os números das casas na rua ou talvez as anêmonas e os pés de açafrão nos jardins. Richard só percebeu que era Selena depois de ela quase ter passado por ele.

– Selena – chamou, tocando-lhe no braço.

Ela se virou para ele com o rosto sem expressão, os olhos turquesa baços.

– Não – disse ela. – Esse não é o meu nome. – Então ela o examinou mais de perto. – Richard. É você? – Ou ela fingia prazer ou de fato o sentia. Mais uma vez, para ele, houve uma pontada de estranha alegria.

Constrangido, ele continuou parado. Não era de espantar que ela tivesse tido dificuldade de reconhecê-lo. Estava prematuramente grisalho, com excesso de peso; Mary Jo lhe dissera, na última ocasião desagradável em que a vira, que estava com cor de lesma.

– Não sabia que você ainda estava por aqui – disse ele. – Pensei que tivesse se mudado para o oeste.

– Viajei – respondeu ela. – Mas isso agora já acabou. – Havia uma rispidez em sua voz que ele nunca tinha ouvido antes.

– E seu trabalho? – perguntou ele. Era sempre a coisa certa a lhe perguntar.

– Que trabalho? – respondeu ela, e deu uma gargalhada.

– Sua poesia.

Ele começava a ficar preocupado. Ela parecia mais trivial, mais prática do que ele se lembrava, mas de alguma forma isso lhe parecia louco.

– Poesia – disse ela, com desdém. – Odeio poesia. É apenas isto. Isto é tudo que existe. Esta cidade estúpida.

Richard gelou de horror. O que ela estava dizendo, o que ela havia feito? Era como uma blasfêmia, era como um ato de profanação.

No entanto, como podia ele esperar que ela tivesse mantido a fé em algo em que ele próprio havia tão descaradamente fracassado? Até então ela mantivera o cenho franzido, mas agora seu rosto se contraía de ansiedade. Ela pôs a mão no braço dele, se ergueu nas pontas dos pés.

– Richard – sussurrou. – O que aconteceu conosco? Para onde foi todo mundo? – Uma névoa se elevou com ela, um odor. Ele reconheceu um cheiro doce de vinho, um laivo de cheiro de gato. Ele queria sacudi-la, tomá-la nos braços, conduzi-la para a segurança, fosse lá onde estivesse.

– Nós apenas mudamos, é só isso – disse, com delicadeza. – Ficamos mais velhos.

– Vejo mudança e decadência por toda parte – disse ela, sorrindo de uma maneira de que ele não gostou nem um pouco. – Não estou pronta para a eternidade.

Foi só depois que ela foi embora – recusou um chá e apressou-se para ir como se não pudesse esperar vê-lo pelas costas – que ele se deu conta de que ela citara a letra de uma canção folclórica. Era a mesma que ele ouvira ser cantada com a mini-harpa na cafeteria, na noite em que a vira pela primeira vez, de pé sob a luz do spot com seu xale de libélulas.

Aquela e um hino. Ele se perguntou se ela teria se tornado o que seus alunos chamavam de "religiosa".

Meses depois, ele soube que ela morrera. Então saiu uma reportagem no jornal. Os detalhes eram vagos. A fotografia é que capturara sua atenção: uma foto antiga dela, da orelha de um dos seus livros. Provavelmente nada havia de mais recente, porque há anos ela não publicava. Até mesmo sua morte pertencia a um tempo anterior; até as pessoas no mundo pequeno e fechado da poesia tinham em grande medida se esquecido dela.

* * *

Agora que está morta, contudo, ela se tornou muito respeitável. Em várias resenhas de revistas trimestrais especializadas o país foi duramente criticado por sua indiferença com relação a ela, por ter-lhe recusado o devido reconhecimento em vida. Há um movimento que reivindica que o nome dela seja dado a um pequeno parque, ou a uma bolsa de estudos, e o mundo acadêmico está fervilhando como moscas de berne. Um volume fino tinha sido lançado, de ensaios sobre a obra dela, um material de quinta, na opinião de Richard, fraco e superficial; dizem que outro está para sair.

Não é esse o motivo pelo qual Richard está escrevendo a respeito dela. Também não é para tirar o seu da reta, profissionalmente: vai ser demitido da universidade de qualquer maneira. Há novos cortes de pessoal sendo feitos, ele não é titular vitalício do cargo, sua cabeça vai rolar. É apenas porque ela é a única coisa a que ele ainda dá valor, a respeito de que quer escrever. Ela é sua última esperança.

Ísis na escuridão, escreve. *A Gênese*. Sente-se exaltado apenas por formar as palavras. Ele afinal existirá para ela, ele será criado por ela, afinal terá um lugar na mitologia dela. Não será o que ele outrora quis: não Osíris, não um deus de olhos azuis com asas chamejantes. As metáforas dele são mais humildes. Ele será apenas o arqueólogo; não parte da história principal, mas aquele que tropeça nela mais tarde abrirá seu caminho para suas próprias razões obscuras e gastas em meio à selva, transporá montanhas, atravessará o deserto, até por fim descobrir o templo pilhado e abandonado. No santuário em ruínas, sob a luz do luar, encontrará a Rainha do Céu e da Terra e do Mundo Subterrâneo jazendo em mármore branco despedaçado no chão. É ele quem vai peneirar os fragmentos em meio aos escombros, em busca da forma do passado. É ele quem vai dizer que tem significado. Isso também é uma vocação, isso também pode ser um destino.

Ele pega uma ficha de arquivo, escreve uma pequena nota de rodapé com sua letra desenhada e a repõe no mosaico de papel que está fazendo sobre o tampo da mesa. Seus olhos doem. Ele os fecha, descansa a testa sobre as duas mãos cerradas em punho, invoca seja lá o que for que restar de seu saber e talento, ajoelha-se ao lado dela na escuridão e mais uma vez junta as peças quebradas que a constituem.

O HOMEM DO BREJO

Julie rompeu com Connor no meio de um pântano. Silenciosamente, Julie revê isto: não exatamente no meio, não com água marrom turva, duvidosa, e folhas podres até os joelhos. Mais ou menos na beira do brejo; mais ou menos à distância de uma pedrada. Bem, numa pousada, para ser precisa. Ou nem sequer uma pousada. Em um quarto em um pub. O que estava disponível. E não em um pântano, de todo modo. Em um brejo. *Pântano* é quando a água entra por um lado e sai pelo outro, *brejo* é quando a água entra e fica retida. Quantas vezes Connor teve de explicar a diferença? Um bocado de vezes. Mas Julie prefere o som de *pântano*. É mais enevoado, mais assombrado. *Brejo* é uma palavra que se usa para indicar que algo gorou, ou que é sujo, quando se diz que um toalete é um *brejo*, sabe-se que será sujo e fedorento e que não vai haver papel higiênico.

De modo que Julie sempre diz: *rompi com Connor no meio de um pântano.*

* * *

Há outras coisas que ela também revê. Ela revê Connor. Ela revê a si própria. A esposa de Connor continua mais ou menos a mesma, mas ela foi uma invenção de Julie para começar, uma vez que Julie nunca a conheceu. De vez em quando, ela costumava se perguntar se ela realmente existia ou se era apenas uma ficção inventada por Connor, útil para manter Julie a distância. Mas, não, a esposa existia mesmo. Era real e se tornou mais real com o passar do tempo.

Connor mencionou a esposa, os três filhos e o cachorro logo no início, pouco depois que ele e Julie se conheceram. Bem, não quando se conheceram. Depois que dormiram juntos. Era quase a mesma coisa. Julie supõe, agora, que ele não tinha querido assustá-la ao tocar no assunto cedo demais. Tinha apenas vinte anos e era ingênua demais para sequer pensar em procurar indicações, como, por exemplo, a marca branca da aliança no dedo. Mas quando afinal ele acabou, constrangido, por fazer a revelação ou confissão, Julie não estava na condição de se deixar assustar. Já estava deitada numa cama de motel, parcialmente coberta por um lençol. Estava cansada demais para se deixar amedrontar e ao mesmo tempo espantada demais, mas também grata. Connor não era seu primeiro amante, mas tinha sido o primeiro amante adulto, o primeiro que não tratou sexo como uma espécie de ataque às calcinhas. Ele tratou o corpo dela com seriedade, o que a impressionou infinitamente.

Na ocasião – quando tinha sido mesmo? Vinte ou 25 anos atrás. Mais provável que fossem trinta. Era o princípio da década de 1960; exatamente naquele ano em que a moda eram cortes de cabelo bolha e batom branco, com linhas escuras traçadas a lápis ao redor dos olhos. Além disso, roxo era uma cor super na moda, embora Julie tivesse preferido o preto, mais rebelde. Ela pensava em si mesma como uma espécie de pirata. Uma assaltante de olhos escuros e cara de falcão, de cabelos cortados em camadas, que fazia ousadas invasões das fronteiras acomodadas de residências domésticas. Ateava fogo aos telhados, fugia com o butim, fazia o que bem entendia. Na época, estudava filosofia moderna, lia Sartre nas horas vagas, fumava Gitanes e cultivava uma aparência de desdém entediado. Mas, no íntimo, fervilhava de excitação desfocada e andava em busca de alguém a quem pudesse adorar.

Connor tinha sido esse alguém. Julie estava no último ano da universidade em Toronto e Connor era seu professor de arqueologia – um curso de uma hora por semana que você podia fazer no lugar de religião. Julie se apaixonou pela voz dele, rica e ligeiramente rouca, persuasiva e rascante, que subia e descia na escuridão como uma persistente mão acariciadora, enquanto ele mostrava slides de tumbas celtas. Então ela levara um amasso dele na sua sala, onde tinha ido deliberadamente tarde para falar sobre seu trabalho escrito de fim de semestre. Então eles acabaram no motel. Naquela época, coisas desse tipo aconteciam facilmente entre alunos e professores, sem temor de serem acusados de assédio sexual e perder seus empregos. Nem sequer existia a expressão "assédio sexual". Não se pensava nisso.

Na época, Julie não achava que a esposa, os três filhos e o cachorro tivessem alguma coisa a ver com ela e Connor. Era jovem demais para fazer essas ligações: a esposa era quase tão velha quanto sua mãe, e mulheres assim, na verdade, não tinham vida. Ela não conseguia imaginar Connor em qualquer contexto senão o dos quartos de motel onde eles se encontravam às escondidas, ou nos apartamentos das amigas de Julie, locais baratos, maltratados, mobiliados com colchões, decorados com embalagens de ovos pintadas de preto penduradas no teto e com castiçais para velas feitos com garrafas de Chianti. Ela não pensava nele como alguém que tivesse uma existência independente da sua: a mulher e os filhos eram apenas detalhes de subsistência tediosos, como escovar os dentes. Em vez disso, ela o via em glorioso e nobre isolamento, um homem de destaque, escolhido, como um astronauta, como um mergulhador numa campânula, como um santo numa pintura medieval, cercado por uma atmosfera áurea própria, um halo que envolvia o corpo dele totalmente. Ela queria estar lá dentro com ele, participar de sua radiância e aquecer-se à luz dele.

Por causa de seu deslumbramento inicial com Connor – ele era muito inteligente, sabia muita coisa sobre ossos antiquíssimos, sobre viagens ao exterior, sobre como preparar coquetéis –, ela não negociou tão duro com ele como poderia. Mas, naquela época, Julie não tivera sequer consciência de estar negociando os termos do relacionamento. Ela estivera possuída por uma noção qualquer de autossacrifício; não tinha pedido algo para si mesma, exceto que Connor continuasse a ser super-humano.

* * *

O primeiro motel foi há dois meses. Julie acha que amadureceu muitíssimo desde então. Senta-se na desconfortável poltrona de plush marrom em seu quarto no pub escocês da cidadezinha perto do brejo, ao lado da janela com as cortinas brancas sujas e a luz clara do norte que entra, fuma Gitanes e bebe chá frio de uma xícara que trouxe para o quarto, do café da manhã espetacularmente ruim, com o bacon mole e malpassado e os tomates grelhados queimados. Ela senta, fuma e faz tricô.

Fazer tricô é uma atividade que acabou de retomar, depois de ter aprendido quando criança com uma mãe que acreditava em virtudes domésticas femininas. Ela também aprendeu a fazer crochê, a trocar zíperes, a limpar prata, a fazer o banheiro brilhar. Essa foi a bagagem que ela descartou, assim que começou a ler Espinoza; há dois anos, ou um ano, ela teria desprezado fazer tricô. Mas não há muito o que fazer nesta cidadezinha quando Connor não está ali. Julie já subiu e desceu pela rua principal várias vezes. Já apanhou chuva. Já foi olhada com desdém pelos moradores vestidos de tweed. Já sentou na cafeteria, bebeu o café medonho e comeu os bolinhos de aveia com gosto de gordura. Já visitou a igreja antiquíssima: não havia muito que ver por ali. As janelas de vitrais coloridos devem ter sido tiradas quando os presbiterianos se apropriaram dela. Nomes de soldados mortos estão escritos na parede, como se Deus estivesse interessado nisso.

Fazer tricô é seu último recurso. Não importa o que mais possa faltar em cidadezinhas escocesas como esta, todas têm lojas de lã. Julie tinha ido à loja de lã, resistido a todas as perguntas sobre seu estado civil e estilo geral de vida e comprado o molde para fazer um suéter – que eles chamam de agasalho por aqui –, um par de agulhas grandes e uma boa quantidade de meadas de lã cinza-escuro. Ela enrolara as meadas em bolas de lã e depois tinha voltado à loja e comprado uma feia bolsa de tapeçaria com alças de madeira para guardá-las.

O que ela está tricotando é um suéter para Connor. Está fazendo a primeira manga. Depois de algum tempo, ela se dá conta de que tricotou a manga vinte centímetros mais comprida do que deveria. Fará com que Connor pareça um orangotango. Ele que reclame, pensa Julie. Deixa a manga como está e começa a outra. Pretende fazê-la igualmente comprida.

Enquanto Julie tricota, Connor está fora, inspecionando o homem do brejo. O homem do brejo é o motivo por que estão aqui. Quando foi anunciado o achado do homem do brejo, eles estavam nas ilhas Órcades. Connor admirara um círculo de pedras verticais e Julie fingira ser assistente dele. Aquilo tinha sido uma ideia brilhante de Connor. Permitia que ele deduzisse os gastos de Julie como despesas da expedição, mas não enganou ninguém por muito tempo; pelo menos não os barmen, pelo menos não as camareiras nas várias estalagens onde tinham se hospedado, que olham com desprezo para Julie, de uma maneira obstinada e hipócrita, apesar do fato de Julie e Connor terem tido o cuidado de reservar quartos separados. Talvez Julie devesse parecer mais diligente, talvez devesse andar com blocos de anotações e apressada de um lado para o outro.

A despeito dos olhares de desdém das camareiras e das insinuações dos barmen, Julie se divertiu um bocado nas ilhas Órcades. Nem mesmo os cafés da manhã a desanimaram, nem o mingau de aveia congelado e a torrada seca. Nem mesmo os jantares. Teria sido necessária uma grande quantidade de costelas de carneiro duras como pedra, uma grande quantidade de peixe frito esturricado, para abater seu espírito. Aquela era sua primeira viagem de travessia do oceano Atlântico; ela queria que as coisas fossem antiquadas e pitorescas. Mais importante, era a primeira vez em que ela e Connor ficavam sozinhos juntos por um período mais longo. Ela se sentia quase que abandonada à deriva com ele. Ele também sentia isso; se mostrava mais desinibido, menos nervoso com relação ao som de passos do lado de fora da porta; e embora ainda tivesse de se levantar e sair às escondidas no meio da noite, era confortador saber que era apenas para se esgueirar para o quarto ao lado.

Os campos estavam verdes, o sol brilhava, os círculos de pedras eram adequadamente misteriosos. Se Julie se postava bem no centro deles, fechava os olhos e ficava imóvel, tinha a impressão de ouvir uma espécie de zumbido. A teoria de Connor era que aqueles círculos não eram apenas grandes calendários primitivos inócuos, erigidos com o propósito de determinar os solstícios. Ele achava que eram sítios de rituais de sacrifícios humanos. Isso deveria tê-los tornado mais sinistros para Julie, mas não os tornou. Em vez disso, ela sentiu que tinha estabelecido uma conexão com seus ancestrais. A família de sua mãe era mais ou menos originária daquela parte do mundo, de algum lugar no norte da Escócia. Ela gostava de sentar em meio às pedras verticais e imaginar seus ancestrais correndo nus e cobertos por tatuagens azuis por ali, oferecendo taças de sangue aos deuses, ou lá o que fosse que faziam. Algum ritual picto sanguinário, indecifrável. O sangue os tornava autênticos, tão autênticos quanto os maias; ou no mínimo mais autênticos do que toda aquela história de clã, tecido de lã em padrões de xadrez e gaitas de fole, que Julie achava tediosos e sentimentais. Tinha havido um bocado daquilo na universidade, o suficiente para permanecer com ela por um bom tempo.

Mas então o homem do brejo foi descoberto e eles tiveram de fazer as malas e tomar o *ferry* para o continente, onde o tempo era mais chuvoso. Julie gostaria de ficar nas Órcades, mas Connor estava louco para seguir a pista. Ele queria chegar lá antes que o homem do brejo, nas palavras dele, fosse completamente arruinado. Ele queria chegar lá antes de todo mundo.

Aquele homem do brejo em particular tinha sido descoberto por um cavador de turfa, que o cortara acidentalmente com a lâmina afiada de sua pá e amputara-lhe os pés. Ele pensara que se tratava de uma vítima recente de homicídio. Tinha sido difícil para ele acreditar que o homem do brejo tinha dois mil anos de idade, tão perfeito era seu estado de conservação.

Algumas das pessoas do povo do brejo encontradas anteriormente não são grande coisa de se olhar, a julgar pelas fotografias delas que Connor havia mostrado a Julie. A água do brejo escureceu-lhes a pele e conservou-lhes os cabelos, mas com frequência os ossos se dissolveram e o peso da turfa as achatou, por completo, de modo que parecem roupas de couro surradas. Julie não sente a mesma ligação com eles que sentia com as pedras verticais. A ideia de sacrifício humano é uma coisa, mas os restos de um são outra bem diferente.

Antes desta viagem, Julie não sabia muita coisa sobre o povo do brejo, mas agora sabe. Por exemplo, esse homem do brejo morreu ao ser estrangulado com um laço de couro torcido e depois afundado no brejo, provavelmente como sacrifício à Grande Deusa Nerthus, ou alguém igual a ela, para assegurar a fertilidade das colheitas.

– Depois de algum tipo de orgia sexual – disse Connor, esperançosamente. – Aquelas deusas da natureza eram vorazes.

Ele prosseguiu e passou a dar exemplos de coisas que tinham sido oferecidas em sacrifício às deusas da natureza. Colares eram uma delas e também potes. Muitos potes e caldeirões tinham sido escavados dos brejos, aqui e ali ao redor do norte da Europa. Connor tem um mapa, com os sítios marcados e uma lista das coisas que foram encontradas em cada um deles. Ele parece pensar que Julie deveria ter memorizado aquela lista, que ela deveria ter seus detalhes na ponta da língua, e manifesta surpresa quando esse não é o caso. Dentre as outras virtudes, ou defeitos, dele – Julie começa a ter dificuldade de diferenciá-los –, Connor é muito pedagógico. Julie começou a desconfiar que ele está tentando moldar sua mente. Em que quer moldá-la é a questão.

Enquanto tricota, Julie faz uma lista mental de outras coisas que são moldadas. Pudins de Natal, anões de concreto que decoram jardins, gelatinas servidas na sobremesa, trêmulas, num translúcido cor-de-rosa forte e salpicadas com minúsculos marshmallows. Pensar nisso faz Julie recordar sua mãe e depois a esposa de Connor.

Para ela, é espantosa a maneira como essa esposa invisível encorpou, gradualmente adquiriu solidez e presença. No princípio de seus dois meses com Connor, a esposa era uma sombra descartável. Julie nem estava interessada o suficiente para revistar a carteira de Connor e procurar fotos de família enquanto ele estava no chuveiro.

Naquela ocasião, ela não se preocupava com isso, mas agora, sim. Escondida atrás da carteira de motorista há uma foto colorida da família inteira, tirada no jardim, no verão: a esposa, imensa em um vestido florido e com os olhos franzidos; os três meninos, com o cabelo vermelho de Connor, também de olhos franzidos, o cachorro, um labrador negro que sabia que não deveria olhar para o sol, com a língua para fora, babando. O caráter comum, a simplicidade dessa foto ofende Julie profundamente. A foto interfere em sua ideia de Connor, com o status dele de isolamento romântico; a foto o diminui e faz com que Julie se sinta, pela primeira vez, vulgar e furtiva. Irrelevante, acessória. Se eles estivessem todos num trenó e os lobos estivessem ganhando terreno, ela não tem dúvida – olhando para o cachorro, os meninos de cabelos ruivos, o gramado de casa suburbana – de que ela seria a primeira a ser atirada para fora. Comparada àqueles braços que emergem das mangas curtas do vestido florido da esposa – aqueles braços que carregavam roupa para lavar, que batiam nas crianças –, Julie, com seu cabelo preto de pirata e sua cinturinha de sessenta centímetros, é apenas um enfeite.

É muito bonito Connor dizer que sua esposa não o compreende. Mas aquela mulher robusta, que franze os olhos, parece já compreender muita coisa, coisa demais. Se ela e Julie se encontrassem, ela não levaria Julie a sério. Ela daria um olhar de relance para Julie, apenas um olhar, então riria baixinho e Julie simplesmente murcharia.

Caseira é a palavra. Esse é o ás na manga que a esposa tem, sua apólice de seguro. Apesar de a mulher parecer um pneu de caminhão, ela já demarcou o território. Ela tem o lar. Ela tem a casa, a garagem, a casinha de cachorro e o cachorro para botar dentro da casinha. Ela tem os filhos de Connor, forma com eles um único monstro invencível com quatro cabeças e 16 braços e pernas. Ela tem o armário onde Connor pendura as roupas e a máquina de lavar roupas onde as meias dele giram e se livram dos fiapos que acumularam dos tapetes de banheiro nos quartos que ele dividiu com Julie. Motéis são uma terra de ninguém: não são um território, não podem ser defendidos. Julie tem a atenção sexual de Connor, mas a esposa tem Connor.

* * *

Julie tricotou o suficiente por um dia; enrola ao redor das agulhas a segunda manga que acabou de começar a tricotar e enfia tudo na bolsa de tapeçaria. Decide que vai dar uma caminhada até o brejo, para se encontrar com Connor. Julie ainda não viu o brejo; ainda não viu o homem do brejo. Connor lhe passara a impressão de que só iria atrapalhar. Até ele abandonou a encenação de que ela seria uma assistente.

Ela corre o risco de ser tratada como uma interrupção, mas é um risco que agora está disposta a correr. O tédio é a mãe de toda invenção.

Ela pega a bolsa sobre a penteadeira lascada, olha-se no espelho maltratado e afasta o cabelo do rosto. Está começando a ficar com aquela aparência de quem não pega sol. Revira o armário em busca da capa de chuva, enfia o maço de Gitanes no bolso, tranca a porta, desce a escada, passa ao largo da faxineira, que lhe lança um olhar maléfico, e sai para a neblina.

Ela sabe onde fica o brejo; todo mundo sabe. Segue pela estrada, que é tão antiga que se entranhou na terra como um sulco, e leva apenas meia hora para caminhar até lá. Connor vai até lá em um carro alugado em Edimburgo por um dos outros arqueólogos. Não há esperança de alugar um carro naquela cidadezinha.

O brejo não parece muito um brejo. Parece mais um campo úmido; nele, a relva cresce alta e também pequenos arbustos. As cicatrizes marrom-chocolate dos cortes na turfa se abrem aqui e ali. Devia ser mais aquoso nos tempos do homem do brejo; mais como um lago. Mais conveniente para um afogamento.

Connor está ao lado de um abrigo improvisado construído com oleado. Há outro homem com ele. E vários outros mais adiante, na superfície do brejo, que mexem no corte de turfa, supõe Julie, para ver que outros tesouros poderão se revelar. Julie diz alô, mas não dá explicação para sua presença. Connor que explique. Ele lhe lança um olhar rápido, aborrecido.

– Como você chegou aqui? – pergunta, como se ela tivesse caído do céu.

– Caminhando – responde Julie.

– Ah, o vigor da juventude – diz o outro homem, com um sorriso.

Ele próprio é bastante jovem, ou pelo menos mais jovem do que Connor, um norueguês alto e louro. Outro arqueólogo. Ele parece alguém saído de um filme sobre vikings. O cheiro metálico da rivalidade está no ar.

– Julie é minha assistente – diz Connor. O norueguês sabe que não é.

– Ah, sim – diz em tom zombeteiro. Ele dá a Julie um aperto de mão de esmagar os ossos e a olha bem nos olhos, enquanto ela se encolhe. – Machuquei você? – pergunta com ternura.

– Posso ver o homem do brejo? – pergunta Julie.

O norueguês manifesta falsa surpresa pelo fato de ela ainda não tê-lo visto, na qualidade de uma assistente e tudo mais. Com um ar de proprietário – ele já estava na área, chegou ali logo depois dos escoceses, antes de Connor –, conduz Julie até a tenda.

O homem do brejo está estendido em um pedaço de lona, deitado enroscado de lado. As mãos dele têm dedos hábeis, finos, cada impressão digital está intacta. O rosto é um pouco chupado, mas está perfeitamente conservado; pode-se ver cada poro. A pele é marrom-escura, os fios curtos da barba e os chumaços de cabelo que escapam de um elmo de couro são de um vermelho assustadoramente vivo. As cores são os efeitos do ácido tânico no brejo, Julie sabe disso. Mas mesmo assim é difícil imaginá-lo em outras cores. Os olhos estão fechados. Contudo, ele não parece morto nem sequer adormecido. Em vez disso, parece meditar, se concentrar; os lábios estão ligeiramente franzidos, uma ruga de profunda reflexão se estende entre os olhos. Ao redor do pescoço está a tira dupla de couro que foi usada para estrangulá-lo. Os dois pés amputados foram postos ordenadamente ao seu lado, como chinelos esperando para serem calçados.

Por um momento, Julie sente aquela escavação, aquele descobrimento do homem do brejo, como uma profanação. Com certeza, deveria haver limites impostos ao desejo de saber, ao conhecimento apenas por si mesmo. Aquele homem está sendo violado. Mas o momento passa e Julie sai da tenda. Talvez seu rosto esteja meio verde: afinal, acabou de ver o corpo de um morto. Quando acende um cigarro, suas mãos estão trêmulas. O norueguês lança-lhe um olhar solícito e põe a mão sob o cotovelo dela. Connor não gosta disso.

Os três homens que estavam na área de corte de turfa voltam: um antropólogo físico escocês e dois operários com pás de cortar turfa. Alguém sugere o almoço. Os operários trouxeram comida e ficam para montar guarda à tenda. Os arqueólogos e Julie embarcam no carro alugado do norueguês. Não há lugar para comer senão o pub, de modo que é para lá que vão.

* * *

De almoço Julie come pão com queijo, que é a pedida mais segura, muito mais segura do que os ovos moles, malcozidos e apenas tépidos, e os pastéis escoceses de carne saturados de gordura. Os três homens falam sobre o homem do brejo. Não há qualquer dúvida de que ele foi oferecido em sacrifício. A questão é: a que deusa? E em que solstício? Ele foi morto no solstício de inverno, para fazer o sol voltar, ou no solstício de verão, para fazer as colheitas prosperarem? Ou talvez na primavera ou no outono? Um exame do conteúdo do estômago – que eles pretendem remover, não aqui e agora, porém mais tarde, em Edimburgo – revelará pistas. Sementes, grãos e coisas semelhantes. Isso já foi feito com outras pessoas do brejo que foram encontradas, aquelas que ainda tinham estômago. Julie fica muito satisfeita por ter se limitado a pão e queijo.

– Tem gente que diz que os mortos não falam – diz o norueguês, dando uma piscadela para Julie. Muitos de seus comentários têm sido dirigidos a Connor, mas destinados a ela. Por baixo da mesa, ele põe a mão, rapidamente, no joelho dela. – Mas esses homens do brejo têm muitos segredos maravilhosos para nos contar. Contudo, eles são tímidos, como outros homens. Precisam de um pouquinho de ajuda. Algum encorajamento. Não concorda?

Julie não responde. Não há como responder sem participar, bem debaixo do nariz de Connor, do que é uma flagrante cantada. É uma possibilidade, ou seria, se ela não estivesse apaixonada por Connor.

– Talvez coisas como conteúdo de estômagos deixem você nauseada? – pergunta o norueguês. – As coisas da carne. Minha mulher também não gosta delas. – Ele lhe dá um sorriso de hiena.

Julie sorri, acende um Gitane.

– Ah, você é casado? – pergunta ela, alegremente. – Connor também. Talvez vocês dois possam conversar sobre suas esposas.

Ela não sabe por que acabou de dizer isso. Ela não olha para Connor, mas sente a raiva dele vindo em sua direção como o calor de um forno. Ela recolhe sua bolsa e seu casaco, ainda sorrindo, e se retira.

O que está passando por sua cabeça é um dos axiomas da lógica: *ora, apenas o ser pode ser pensado, já que o não ser não é. Se não consigo ter uma ideia do que a coisa é, não posso pensá-la – e o que não pode ser pensado não é ser. Portanto o não ser não é.* Ela nunca ficou inteiramente convencida disso e agora está ainda menos convencida.

Connor não a segue de volta ao quarto. Ele não reaparece a tarde inteira. Julie tricota e lê, tricota e fuma. Ela está esperando. Alguma coisa mudou, ela mudou alguma coisa, mas ainda não sabe o quê.

Quando Connor afinal aparece, depois do cair da noite, está mal-humorado. Não diz nada sobre o comportamento rude dela. Não diz praticamente nada. Eles jantam com o norueguês e o escocês e os três conversam sobre os pés do homem do brejo. Em alguns casos de corpos encontrados, os pés estavam amarrados um no outro, para impedir que o morto andasse, retornasse à terra dos vivos, por vingança ou por algum outro motivo. Mas não desta vez; ou eles acham que não. O fato de os pés terem sido amputados pode ter interferido em alguma coisa, é claro. Cordas, tiras de pano.

O norueguês não está mais flertando; os olhares que lança a ela são especulativos, como se achasse que havia mais coisas a respeito dela do que imaginara e que gostaria de saber o quê. Julie pouco se importa. Come a costeleta de carneiro ossificada e não diz nada. Ela pensa no homem do brejo lá fora, debaixo do oleado. Dentre todos, naquele momento, ela preferiria estar com ele. Ele é mais interessante.

Ela pede licença e se retira antes da sobremesa. Connor, imagina, vai ficar lá, bebendo cerveja no pub, e ele fica.

* * *

Por volta das dez e meia, ele bate na porta de Julie como de hábito, então entra. Julie já está na cama, recostada nos travesseiros, tricotando. Ela esteve certa de que ele viria, mas, ao mesmo tempo, não tinha certeza.

Connor não diz nada. Tira o suéter, estende-o no encosto de uma cadeira, vagarosamente desabotoa a camisa. Ele não está olhando para Julie, mas para a imagem trêmula e apagada do espelho da penteadeira. Sua imagem refletida pelo espelho tem um ar aquoso, como se o fundo de um lago com folhas em decomposição fosse visível em relances abaixo dele, abaixo do rosto dele e da pele mais branca de seu torso. Nessa luz, seu cabelo vermelho fica desbotado.

– Estou ficando com pneus – diz ele, e bate de leve na barriga. Este quarto abafa sua bela voz, torna-a monótona. – É a praga da meia-idade. – Isto é um sinal: se ele estiver zangado com ela, não vai tocar no assunto. Eles seguirão adiante como se nada tivesse acontecido. Talvez nada tenha acontecido.

Se for assim para ela, tudo bem. Julie sorri.

– Não, não está – retruca. Ela não gosta que ele faça isso. Ele não deve olhar para si mesmo em espelhos nem se preocupar com sua aparência. Homens não devem fazer isso.

Connor lhe lança um olhar de censura.

– Um dia desses – diz ele –, você vai fugir com um desses jovens garanhões.

Ele já disse coisas desse tipo antes, sobre os futuros amantes de Julie. Ela não prestou muita atenção. Agora presta. Será que isso é por causa do norueguês; será que ele está querendo ser tranquilizado? Será que quer ouvi-la dizer que ele ainda é jovem? Ou estará ele lhe dizendo alguma coisa real? Julie nunca antes pensou nele como um homem de meia-idade, mas agora percebe que poderia haver uma diferença entre a imagem que ela faz dele e a imagem que ele tem de si mesmo.

Ele entra na cama mole, com algo semelhante a um suspiro de resignação. Cheira a cerveja e à fumaça do pub.

– Você está me deixando exausto – diz ele. Também já disse isso antes e Julie interpretou como um elogio sexual. Mas agora ele fala sério.

Julie apaga a luz da cabeceira. Houve um tempo em que não teria se preocupado com isso; houve um tempo em que não teria tido tempo. Houve um tempo em que Connor a teria acendido de volta imediatamente. Agora não acende. Ele não precisa vê-la, ela já foi vista o suficiente.

Meditativamente e sem ardor, ele começa a passar a mão ao longo do corpo dela: do joelho à coxa, ao quadril, do quadril ao joelho. Julie fica ali deitada, rija, os olhos bem abertos. O vento sopra em rajadas através das fendas ao redor da janela, punhados de chuva são lançados contra as vidraças. A claridade, vinda das poucas luzes da rua, vaza por baixo da porta e através da janela, e o espelho da penteadeira reluz como óleo escuro. Connor é apenas um corpo ao lado dela. As carícias dele não a excitam. As carícias a irritam, como uma lixa, como o arranhar das patas de um gato. Ela sente que foi rebaixada, contra sua vontade. O que para ela foi entrega e abandono, para ele foi apenas pecado. Pecado sujo, pecado de quinta categoria. Traição. Agora, ele se sente preso nessa armadilha. Ela não é mais um desejo para ele, é uma obrigação.

– Acho que deveríamos nos casar – diz Julie. Ela não tem ideia de onde saíram essas palavras. Mas, sim, isso é o que ela acha.

A mão de Connor para. Então subitamente é retirada, como se o corpo de Julie estivesse muito quente, quente como carvões, ou então muito frio, frio como gelo; como se Connor tivesse se descoberto na cama com uma sereia, toda escamas e limo escorregadio da cintura para baixo.

– O quê? – diz ele, numa voz chocada. Uma voz ofendida, como se ela o tivesse insultado.

– Esqueça – responde Julie.

Mas Connor não vai conseguir esquecer. Ela disse a coisa imperdoável, e de agora em diante é um caso perdido. Mas, de qualquer maneira, já era um caso perdido. A esposa não vista de Connor está na cama com eles, onde esteve desde o início. Agora se materializa, encorpa. As molas gemem com o peso dela.

– Vamos falar nisso amanhã – diz Connor. Ele se recuperou, ele está planejando. – Amo você – acrescenta. Ele a beija. Sua boca parece separada dele; macia, úmida, fresca. Parece bacon cru.

– Eu bem que gostaria de um drinque – diz Julie.

Connor tem uma garrafa de scotch em seu quarto. Grato por ela ter-lhe dado algo que fazer, uma coisa sem importância que pode oferecer a ela, em vez do que ela realmente quer, ele se levanta da cama, veste o suéter e as calças e vai buscar a garrafa.

No instante em que ele sai do quarto, Julie tranca a porta. Connor volta. Ele mexe na maçaneta, chama baixinho e bate, mas ela não responde. Fica deitada na cama, tremendo de pesar e raiva, esperando para ver se Connor a ama o bastante para chutar a porta, gritar. Se ela é importante a esse ponto. Ele não grita, não chuta. Ela não é importante. Depois de algum tempo, ele vai embora.

Julie se encolhe sob o monte de cobertas úmidas e tenta sem sucesso adormecer. Quando afinal consegue, sonha com o homem do brejo. Ele entra pela janela de seu quarto, um vulto, uma forma escura e tenra, uma forma de anseio incompreendido, escorregadia da chuva.

* * *

De manhã, Connor faz mais uma tentativa.

– Se você não abrir – diz ele, pela fechadura –, vou mandar arrombar a porta. Vou dizer que você se suicidou.

– Não seja pretensioso – diz Julie. Nesta manhã, ela não está mais triste. Está furiosa e determinada.

– Julie, o que foi que eu fiz? – pergunta Connor. – Pensei que estivéssemos nos dando bem. – Ele parece perplexo.

– Nós estávamos – diz Julie. – Vá embora.

Julie sabe que ele vai tentar pegá-la de tocaia no salão do café. Ela faz hora, espera até que ele se vá, o estômago ronca. Em vez de comer, ela faz a mala e de tempos em tempos olha pela janela. Afinal ela o vê partir para o brejo, no carro do norueguês. Há um ônibus que sai ao meio-dia que a levará até outro ônibus que a conduzirá até o trem para Edimburgo. Ela deixa ficar a bolsa de tapeçaria e o suéter inacabado. É tão bom quanto um bilhete.

* * *

De volta a Toronto, Julie prende o cabelo num coque-banana apressado, mas elegante. Compra um terninho de sarja de algodão e uma blusa branca e ilude a Companhia Telefônica Bell para que a contrate como trainee de pessoal. Ela deve aprender a treinar outras mulheres para o cargo de gerente de atendimento. Não pretende ficar naquele emprego por muito tempo, mas o salário é bom. Aluga um apartamento grande e vazio no último andar de uma casa. Não tem planos de longo prazo. Embora tenha sido ela quem deixou Connor, se sente abandonada por ele. À noite, escuta o rádio, cozinha refeições ligeiras e chora em cima do prato.

Depois de algum tempo, retoma as roupas pretas, à noite, e vai a clubes folclóricos. Ela não fuma mais Gitanes, porque eles assustam os homens. Julie retoma uma relação com um rapaz que conhecia do curso de Espinoza. Ele faz uma piada sobre mônadas sem janelas, compra uma cerveja para ela e lhe conta que morria de medo dela. Eles acabam na cama.

Para Julie, isso é como uma brincadeira na cama com uma ninhada de cãezinhos. Há o mesmo efeito de entusiasmo desajeitado, de mexe e remexe, de línguas descontroladas. Não é passional nem sequer sensual, mas é revigorante. Julie diz a si mesma que está gostando daquilo, e está. Ou estaria gostando, se não fosse por Connor. Ela quer que ele saiba disso. Ela gostaria muito. Melhor ainda teria sido o norueguês. Ela deveria ter aproveitado quando tivera a chance.

* * *

Connor volta de viagem no fim de agosto. Não demora muito a localizá-la e telefona.

– Senti saudades de você – diz ele. – Acho que deveríamos conversar.

– A respeito de quê? – pergunta Julie, em tom cauteloso. Ela achava que o havia superado, mas não é verdade.

– Por que não podemos voltar a como estávamos antes? – pergunta.

– E onde estávamos? – retruca Julie.

Connor suspira.

– Talvez devêssemos nos casar, afinal. Vou me divorciar dela. – Ele fala como se as palavras estivessem sendo arrancadas dele.

Julie começa a chorar. Ela chora porque não quer mais se casar com Connor. Não o quer mais. A divindade o está deixando, como se fosse ar. Ele não é mais um zepelim glorioso, maior do que a vida e livre nos céus. Logo ele será apenas um pedaço de borracha flácida e úmida. Ela está chorando o colapso dele.

– Eu vou até aí ver você – diz Connor, numa voz satisfeita, consoladora. Lágrimas significam que ele conseguiu sensibilizá-la.

– Não – diz Julie, e desliga.

* * *

Julie veste as roupas pretas, come rapidamente, encontra seus cigarros. Telefona para seu amante juvenil. Ela quer puxá-lo para si como um cobertor, quer abraçá-lo como se fosse um animal de pelúcia.

Julie sai do prédio e lá está Connor, esperando por ela. Ela o imaginou tanto que até se esqueceu de como ele é. Ele é mais baixo do que havia imaginado, mais flácido. Os olhos dele parecem fundos e também brilhantes demais, um tanto loucos. Foi nisso que ela fez com que ele se transformasse, ou será que ele sempre foi assim?

– Julie – diz ele.

– Não – diz Julie. Os joelhos das calças de veludo dele estão folgados. Esse é o único detalhe que Julie acha realmente repulsivo. O resto apenas a deixa fria e indiferente.

Ele estende uma das mãos na direção dela.

– Preciso de você – diz ele.

É uma frase batida, um verso de uma canção sentimental, mas ele realmente precisa dela. Está em seus olhos. Isso é a pior de todas as coisas até agora. Era de se imaginar que seria sempre ela quem precisaria dele; ele deveria estar muito acima de uma fraqueza tão grande como precisar de alguém.

– Não posso fazer nada – diz Julie.

Ela quer dizer que não pode fazer nada em relação ao fato de as coisas estarem como estão, que ela não sinta mais nada por ele; mas soa mais petulante, mais impiedoso do que ela pretendia.

– Santo Deus – exclama Connor.

Ele faz um movimento como se para agarrá-la. Ela se desvia e começa a correr. Está de calças pretas e de sapatos baixos pretos. Agora que diminuiu o cigarro é uma corredora razoável. O que ela espera, agora que está em plena fuga? Que ele finalmente vá embora, que ele nunca a alcance? Mas ele não foi embora, ele a está alcançando. Ela pode ouvir o bater dos pés dele na calçada, o ofegar de sua respiração. Ela mesma está arquejante, o ar ardendo na garganta; está perdendo velocidade.

Ela chegou a um cruzamento, há uma cabine telefônica na esquina. Entra nela, fecha a porta de correr, mete os pés na porta para travá-la, apoia-se no catálogo para manter a porta fechada. O cheiro de mijo antiquíssimo a rodeia. Então Connor está bem ali, do lado de fora, empurrando a porta, socando-a.

– Me deixe entrar – diz ele.

O coração dela bate disparadamente, em pânico.

– Não! Não! – grita ela.

Sua voz soa fraca, como se estivesse em um abrigo à prova de som. Ele pressiona o corpo inteiro contra a porta, estende os braços tanto quanto pode ao redor da cabine telefônica.

– Eu amo você! – grita ele. – Que diabo, será que não está me ouvindo? Eu disse que amo você!

Julie cobre as orelhas. Ela agora está realmente com medo dele, choraminga de medo. Ele não é mais uma pessoa que ela conheça; é o pesadelo infantil universal, a coisa má, violenta, com presas e monstruosa, que tenta derrubar a porta e entrar. Ele achata o rosto contra o vidro, em um gesto de desespero ou numa paródia de um beijo. Ela vê a ponta amassada de seu nariz, a boca deformada, os lábios arreganhados que mostram os dentes.

Julie se lembra de que está numa cabine telefônica. Sem tirar os olhos dele, enfia a mão na bolsa e cata moedas.

– Vou chamar a polícia – berra para ele. E chama.

* * *

Eles levaram algum tempo para chegar. Quando afinal chegaram, Connor tinha ido embora. Fosse lá o que ele queria, não queria ser apanhado em flagrante ao atacar sexualmente uma cabine telefônica. Ou pelo menos é assim que Julie descreve, quando conta a história atualmente.

De início, ela não contava a história para ninguém. Era dolorosa demais para ela, de uma maneira muito complicada. Além disso, Julie não sabia de que tratava. Seria a respeito do modo como alguém tinha se aproveitado dela, uma pessoa mais velha, mais experiente e mais poderosa? Ou será que dizia respeito a como ela se salvara de um ogro no último instante? Mas Connor não era um ogro. Ela o amara, inutilmente. Isto é que era a coisa dolorosa: que ela tivesse se enganado tão redondamente com ele. Que ela tivesse sido capaz, outrora, de tamanho e tão abjeto autoengano. Ou que ainda é capaz, porque de alguma forma ela ainda sente falta dele; dele ou de sua própria adoração equivocada por ele.

Então, depois que se casou, depois de ter-se divorciado, Julie começou a contar a história de Connor de vez em quando. Ela a contava tarde da noite, sempre para mulheres, depois que as crianças já estavam na cama e depois de alguns drinques. A história se tornou parte de uma troca, o preço que estava disposta a pagar por ouvir histórias similares. Essas eram histórias de mistério. Os objetos misteriosos nelas eram homens; homens e o comportamento obscuro deles. Pistas eram descobertas e examinadas, pontos de vista trocados. Soluções definitivas não foram encontradas.

Agora que se casou de novo, conta a história mais frequentemente. A essa altura, Julie se concentra na atmosfera – a chuva escocesa, a comida medonha no pub, os moradores antipáticos da cidadezinha, o brejo. Ela inclui mais elementos cômicos: o tricotar obsessivo, as mangas longas balançando, a cama mole cheia de saliências.

Quanto a Connor, como pode ela explicá-lo, ele e sua aura outrora áurea? Julie não tenta mais. Ela não se alonga ao falar do amor reverente que outrora sentiu por ele, que teria sido enjoativo relatado em voz alta. Não se alonga ao falar sobre a esposa, que não é mais a rival ameaçadora da história: Julie agora já foi também uma esposa. E sente uma simpatia dissimulada por ela.

Ela não se alonga ao falar sobre a perda. Deixa totalmente de fora qualquer dano que possa ter causado a Connor. Julie sabe que causou dano, que foi grave, pelo menos na época; mas como pode ser admitido sem parecer uma forma de vanglória perversa? Foi não intencional por parte dela; mais ou menos. De toda maneira, não cabe na história.

* * *

Julie se reclina para frente na cadeira, apoia os braços na mesa, acende um cigarro. Ainda fuma, embora não tanto. Com o passar dos anos, engordou no rosto e sua cintura se solidificou. Além disso, cortou o cabelo; não é mais uma juba, é curto atrás e dos lados, como está na moda, com um chumaço desfiado arredondado no alto da cabeça. Ela usa brincos de prata em forma de estrela-do-mar, um toque excêntrico, o último vestígio de seus dias de pirataria. Exceto por esses brincos, Julie se parece com qualquer mulher dessa idade que se poderia ver na rua, passeando com um cachorro ou fazendo compras, em um dos bairros recém-revitalizados.

– Só Deus sabe – diz ela – o que eu pensava que estava fazendo.
– Ela ri, uma risada triste, perplexa, que também é indulgente.

A história agora se tornou um relato a respeito de sua própria estupidez, ou, se quiserem, inocência, que brilha dessa distância com uma luz suave e abrandada. A história agora é como um artefato de uma civilização desaparecida, cujos costumes se tornaram obscuros. Mas, mesmo assim, cada um de seus detalhes físicos é claro para ela: Julie pode ver o espelho estragado no quarto, as fatias de torrada seca no café da manhã, as folhas de relva se movendo na superfície do brejo. De tudo isso ela se lembra perfeitamente. A cada vez que conta de novo a história ela se sente mais presente nela.

Connor, contudo, perde em substância a cada vez que ela o descreve em palavras. Ele se tornou mais insípido e mais coriáceo, mais vida escapa dele, ele se torna mais morto. A essa altura ele é quase uma anedota e Julie está quase velha.

MORTE POR PAISAGEM

Agora que os meninos estão crescidos e Rob está morto, Lois se mudou para um apartamento de condomínio em um dos prédios mais novos à beira do lago. Ela fica aliviada por não ter de se preocupar com o gramado do jardim, nem com a hera que enterra suas pequenas raízes musculosas entre os tijolos, nem com os esquilos que roem seu caminho para dentro do sótão e então comem o isolamento da fiação, nem com barulhos estranhos. O prédio tem um sistema de segurança e as únicas plantas vivas são as dos vasos no solário.

Lois está satisfeita por ter conseguido encontrar um apartamento grande o suficiente para acomodar seus quadros. Eles estão mais juntos uns dos outros do que ficavam na casa, mas essa arrumação dá às paredes uma aparência europeia: blocos de pinturas, acima e ao lado umas das outras, em vez de uma acima da cômoda, uma acima da lareira, uma no vestíbulo da frente, daquela velha maneira aceitável de salpicar arte por toda parte que não fica intrusiva demais. Desse modo causa mais impacto. Você sabe que aquilo não faz parte da mobília.

Nenhum dos quadros é muito grande, o que não significa que não sejam valiosos. São pinturas, ou esboços e desenhos, de artistas que não eram nem de longe tão conhecidos quando Lois começou a comprá-los quanto são agora. Os trabalhos deles mais tarde apareceram reproduzidos em selos ou pendurados em reproduções em silk-screen nos escritórios de diretores de escola, ou sob a forma de quebra-cabeças, ou em belos calendários impressos que são enviados por corporações como brindes de Natal para seus clientes menos importantes. Esses artistas pintaram principalmente nos anos 1920, 1930 e 1940; eles pintavam paisagens. Lois tem dois Tom Thomsons, três A.Y. Jacksons, um Lawren Harris. Ela tem um Arthur Lismer, tem um J. E. H. MacDonald. Tem um David Milne. Os quadros são pinturas de troncos de árvores retorcidos em uma ilha de pedra cor-de-rosa polida pelas ondas, com mais ilhas atrás; de um lago com margens ensolaradas, pouco arborizadas, de penhascos íngremes; de uma vívida margem de rio com um emaranhado de arbustos e duas canoas puxadas para terra, uma vermelha, uma cinza; de bosques amarelos de outono com o brilho azul gelado de um laguinho entrevisto através dos galhos entrelaçados.

Lois os havia escolhido. Rob não tinha interesse em arte, embora percebesse a necessidade de ter alguma coisa nas paredes. Ele deixava todas as decisões sobre decoração por conta dela, enquanto lhe dava o dinheiro, é claro. Por causa dessa sua coleção, os amigos de Lois – especialmente os amigos homens – lhe deram uma reputação de ter bom faro para investimentos em arte.

Mas esse não é o motivo por que ela comprou os quadros, todos aqueles anos antes. Lois os comprou porque os queria. Ela queria alguma coisa que havia neles, embora não tivesse podido dizer na época o que era. Não era paz: ela não os acha nem um pouco tranquilizadores. Olhar para eles a enche de uma inquietação indizível. A despeito do fato de que não há pessoas neles, nem mesmo animais, é como se houvesse alguma coisa, ou alguém, olhando para fora de dentro deles.

* * *

Quando tinha 13 anos, Lois fez uma viagem de canoa. Antes disso, tinha apenas passado a noite em casas de amigas. Aquela deveria ser uma longa viagem pela mata cerrada sem trilhas, como descrevia Cappie. Foi a primeira viagem de canoa de Lois e a última.

Cappie era a chefe da colônia de férias para onde Lois era mandada desde os nove anos. Chamava-se Camp Manitou; era uma das melhores, para meninas, embora não fosse a melhor. Garotas de sua idade cujos pais possuíam dinheiro para pagar eram rotineiramente mandadas para aquelas colônias de férias que tinham uma semelhança genérica entre si. Havia uma preferência por chamá-las com nomes indígenas e tinham líderes enérgicas, amistosas, que eram chamadas de Cappie ou Skip ou Scottie. Nesses acampamentos de colônia de férias, você aprendia a nadar bem, a velejar, a remar uma canoa e talvez a montar um cavalo ou a jogar tênis. Quando não estava fazendo essas coisas, você podia ir a aulas de arte e artesanato e fazer cinzeiros de barro feiosos e pesadões para sua mãe – na época, as mães fumavam mais – ou braceletes de fios de barbantes coloridos trançados.

* * *

Animação e alegria eram exigidas em todos os momentos, mesmo no café da manhã. Gritos altos e o bater de colheres nas mesas eram permitidos, e até encorajados, em intervalos rituais. Barras de chocolate eram racionadas para controlar cáries e espinhas. À noite, depois do jantar, no salão do refeitório ou, em ocasiões especiais, ao ar livre, em um círculo infestado de mosquitos ao redor da fogueira, havia cantorias. Lois ainda se lembra de *My Darling Clementine* e de *My Bonnie Lies Over the Ocean*, com representações gesticuladas: um ondular de mãos para "o oceano", duas mãos juntas sob a face para "deitada". Ela nunca conseguirá esquecê-las, o que é uma ideia triste.

Lois acha que ainda reconhece mulheres que frequentaram aquelas colônias de férias e eram boas naquelas atividades. Elas têm uma dureza no aperto de mão, mesmo agora; uma maneira de ficar de pé, com as pernas plantadas firmemente e mais separadas do que é habitual; uma maneira de avaliar você, para ver se você seria boa dentro de uma canoa – e na parte da frente, não na de trás. Elas ficariam na de trás. Mas chamariam a parte de trás de popa.

Ela sabe que colônias de férias daquele tipo ainda existem, embora Camp Manitou não exista mais. Elas são uma das poucas coisas que não mudaram muito. Agora oferecem cursos de esmaltagem em cobre e de confecção de peças de vidro sem utilidade feitas em fornos elétricos, embora, a julgar pelas produções das netas de suas amigas, os padrões artísticos não tenham melhorado.

Para Lois, que o conhecera no primeiro ano depois da guerra, Camp Manitou parecia antiquíssimo. As construções de paredes de toras de madeira com cimento branco entre os troncos, o mastro cercado por um anel de pedras caiadas, o píer maltratado e cinzento se projetando para dentro do Lago Prospect, com os amortecedores de pneus revestidos de cabos entretecidos e os aros enferrujados para amarras, os canteiros redondos impecáveis, plantados com petúnias perto da porta do escritório, deviam ter estado lá desde sempre. Na verdade, datava apenas da primeira década do século XX; a colônia tinha sido fundada pelos pais de Cappie, que acreditavam que acampar numa colônia de férias fortalecia o caráter, do mesmo modo que tomar banho de chuveiro frio, e a tinham passado para a filha como herança e como obrigação.

Lois se deu conta, mais tarde, de que deve ter sido difícil para Cappie manter Camp Manitou em atividade durante a Depressão e depois durante a guerra, quando o dinheiro não circulava facilmente. Se fosse uma colônia de férias para pessoas muito ricas, em vez de apenas para a classe média abastada, teria havido menos problemas. Mas devia haver um número suficiente de Velhas Companheiras, com filhas mulheres, para manter a colônia em operação, embora não inteiramente impecável: a mobília estava maltratada, a pintura dos acabamentos descascada, os telhados tinham goteiras. Havia espalhadas pelo refeitório fotografias desbotadas dessas Velhas Companheiras, com roupas de banho enormes e que deixavam à mostra as gorduras, as pernas sardentas, ou então de pé, de braços dados, com velhas roupas de jogar tênis com saias largas.

No salão de refeições, acima da lareira de pedra que nunca era usada, havia uma imensa cabeça de alce empalhada, com poucos pelos, que de alguma forma parecia carnívora. Era uma espécie de mascote; seu nome era Monty Manitou. As veteranas da colônia espalhavam histórias de que era mal-assombrada e que voltava à vida à noite, depois que as luzes fracas e oscilantes eram apagadas ou tinham se apagado devido a mais uma das muitas falhas do gerador. Lois inicialmente tivera medo da cabeça empalhada, mas depois que se habituara com ela deixara de ter.

Cappie era igual: você tinha de se habituar com ela. Possivelmente tinha uns 40 anos, ou 35, ou 50. Tinha cabelo castanho-amarelado que parecia ter sido cortado com uma cuia. A cabeça dela se projetava para frente, balançava e virava como a de uma galinha enquanto andava a passadas largas pelo acampamento, segurando blocos de anotações e ticando coisas escritas neles. Ela parecia o pastor na igreja deles. Ambos sorriam muito e viviam ansiosos porque queriam que as coisas corressem bem; ambos tinham o mesmo tipo de pele que parecia lavada demais e pescoços magros. Mas tudo isso desaparecia quando Cappie liderava uma sessão de cantoria ou qualquer outra coisa. Então ela ficava feliz e segura de si, o rosto sem graça quase luminoso. Ela queria ser motivo de alegria. Nessas ocasiões, ela era amada; nas outras, apenas confiável.

Inicialmente, houvera muitas coisas de que Lois não gostava em Camp Manitou. Ela detestava o caos barulhento e o bater de colheres do refeitório, as cantorias desordenadas em que se esperava que você berrasse para mostrar que estava se divertindo. Na sua casa não se permitiam gritos. Ela detestava a necessidade de escrever cartas bem comportadas para seus pais afirmando que estava se divertindo. Ela não podia reclamar porque estar na colônia custava muito caro.

Ela não gostava muito de ter de se despir em um quarto cheio de outras garotas, mesmo sob a luz mortiça, embora ninguém prestasse atenção, nem de dormir num chalé com mais sete garotas, algumas das quais roncavam porque tinham problema de adenoides ou porque estavam resfriadas, outras tinham pesadelos ou molhavam a cama e choravam por causa disso. O beliche de baixo fazia com que ela se sentisse emparedada, mas tinha medo de cair do de cima; Lois tinha medo de altura. Sentia saudades de casa e desconfiava de que os pais se divertiam mais quando ela não estava lá, embora a mãe lhe escrevesse toda semana, dizendo que sentia sua falta. Tudo isso quando ela estava com nove anos. Ao completar 13 já gostava da colônia. Àquela altura, já era uma veterana.

* * *

Lucy era a melhor amiga dela na colônia de férias. Lois tinha outras amigas no inverno, quando havia escola e roupas de lã que espetavam e ficava escuro de tarde, mas Lucy era sua amiga de verão.

Ela havia aparecido no segundo ano, quando Lois tinha dez anos, e era uma gaio-azul. Chapins-de-cabeça-preta, gaios-azuis, graúnas e martins-pescadores eram os nomes que designavam os diferentes grupos de idade em Camp Manitou, uma espécie de sistema de clãs totêmico. Naqueles dias, pensa Lois, eram pássaros para as garotas, animais para os garotos: lobos e assim por diante. Embora alguns animais e pássaros fossem adequados e alguns, não. Nunca abutres, por exemplo; nunca gambás ou ratos.

Lois ajudou Lucy a desfazer a mala – um baú de latão –, a guardar as roupas dobradas nas prateleiras de madeira e a fazer a cama. Tinha posto Lucy no beliche do alto, bem acima dela, onde podia ficar de olho nela. Lois já sabia que Lucy era uma exceção a uma porção de regras; já se sentia um pouco dona da outra.

Lucy era dos Estados Unidos, de onde vinham os livros de histórias em quadrinhos e os filmes. Ela não era de Nova York nem de Hollywood ou Buffalo, as únicas cidades americanas cujos nomes Lois conhecia, e sim de Chicago. A casa dela ficava na margem do lago com portões que davam para um gramado. Eles tinham uma empregada. A família de Lois só tinha uma faxineira duas vezes por semana.

O único motivo por que Lucy tinha sido mandada para *aquela* colônia de férias (ela lançou um olhar de ligeiro desdém ao redor da cabana, fazendo pouco dela e também ofendendo Lois) era que a mãe dela passara férias ali quando menina. A mãe dela era canadense, mas tinha se casado com o pai dela, que usava um tapa-olho, como um pirata. Ela mostrou a Lois o retrato dele que guardava na carteira. Ele tinha perdido o olho na guerra. "Estilhaços", explicou

Lucy. Lois, que não tinha muita certeza do que eram estilhaços, ficou tão impressionada que só conseguiu dar um gemido. Seu pai, com dois olhos, que nunca havia sido ferido, parecia sem graça, em comparação.

– Meu pai joga golfe – aventurou-se, afinal.
– *Todo mundo* joga golfe – disse Lucy. – *Minha mãe* joga golfe.
A mãe de Lois não jogava. Lois levou Lucy para ver as outras casas, o píer de natação e o salão do refeitório com a cabeça maléfica de Monty Manitou, já sabendo que não estariam à altura.

Aquele foi um mau começo; mas Lucy era uma garota de bom temperamento e aceitou Camp Manitou com o mesmo dar de ombros casual com que parecia aceitar tudo. Ela aproveitaria o lugar tanto quanto fosse possível, sem deixar que Lois esquecesse que era isso que estava fazendo.

Entretanto, havia coisas que Lois sabia que Lucy não sabia. Lucy coçava as picadas de mosquito e tinha de ir para a enfermaria para ser tratada com Ozonol. Ela tirava a camiseta quando velejava e, embora a conselheira a obrigasse a tornar a vestir, se queimava demais, ficava muito vermelha, com um X das alças cruzadas do maiô que se destacava em um branco assustador; ela deixava Lois descascar os pedaços de pele queimada sussurrantemente fina de seus ombros. Quando cantavam *Alouette* andando pelo campo, ela não sabia qualquer das palavras da letra em francês. A diferença era que Lucy não se importava com as coisas que não sabia, enquanto Lois sim.

Durante o inverno seguinte, e nos invernos subsequentes, Lucy e Lois escreveram uma para a outra. As duas eram filha única, numa época em que isso era considerado uma desvantagem, então nas cartas fingiam ser irmãs, até mesmo gêmeas. Lois tinha de se esforçar um pouco para isso, porque Lucy era bem loura, de pele translúcida e grandes olhos azuis como os de uma boneca, e Lois não tinha nada de extraordinário – era apenas uma pessoa ligeiramente alta, meio magrela, de cabelos acastanhados e com sardas. Elas assinavam as cartas LL, com os dois Ls entrelaçados como um monograma numa toalha. (Lois e Lucy, pensa Lois. Como nossos nomes nos datam. Lois Lane, a namorada do Super-homem, repórter ambiciosa; *I Love Lucy*. Agora estamos obsoletas, é a vez das pequenas Jennifers, Emilys, Alexandras, Carolines e Tiffanys.) Elas eram mais efusivas em suas cartas do que eram em pessoa. Enchiam as margens das páginas de "Bjs" e "Abs", mas quando se reencontravam nos verões era sempre um choque. Elas tinham mudado muito ou Lucy tinha mudado. Era como ver alguém crescer aos solavancos. De início, era difícil pensar em coisas para dizer.

Mas Lucy sempre tinha uma ou duas surpresas, alguma coisa para mostrar, alguma maravilha para revelar. No primeiro ano, tinha uma fotografia de si mesma usando um tutu, com o cabelo preso em um coque de bailarina no alto da cabeça; ela saiu fazendo piruetas ao redor do píer de natação, para mostrar a Lois como era, e quase caiu dentro d'água. No ano seguinte, tinha abandonado o balé e passara para a equitação. (Em Camp Manitou não havia cavalos.) No outro ano, sua mãe e seu pai se divorciaram, tinha um padrasto, um com os dois olhos, e uma casa nova, embora a empregada fosse a mesma. No ano subsequente, quando elas deixaram o grupo dos gaios-azuis e entraram para o das graúnas, ela ficou menstruada, logo na primeira semana de colônia de férias. As duas haviam surrupiado fósforos da conselheira, que fumava escondido, e feito uma pequena fogueira atrás do banheiro mais distante, ao cair da noite. Agora podiam fazer fogueiras de todos os tipos; tinham aprendido a fazê-las e acendê-las nas aulas de acampamento. Naquela fogueira, queimaram um dos absorventes higiênicos usados de Lucy. Lois não tinha muita certeza de por que tinham feito aquilo, nem de quem tinha sido a ideia. Mas ela se lembra do sentimento de profunda satisfação que lhe deu ver o enchimento branco queimar e o sangue chiar, como se algum ritual sem palavras tivesse sido cumprido.

Elas não foram apanhadas, mas, na verdade, raramente eram apanhadas em qualquer de suas transgressões na colônia de férias. Lucy tinha olhos bem grandes e era excelente mentirosa.

* * *

Neste ano, Lucy está diferente de novo: mais lenta, langorosa. Não está mais interessada em escapulir para circular depois do escurecer, para roubar cigarros da conselheira ou negociar barras de chocolate no mercado negro. Ela está pensativa, difícil de acordar de manhã. Não gosta do padrasto, mas também não quer ir morar com o pai, que tem uma nova esposa. Ela acha que a mãe pode estar tendo um caso amoroso com um médico; não tem certeza, mas os viu dando uns amassos no carro dele, na entrada da garagem, quando o padrasto não estava em casa. Bem feito para ele. Ela odeia a escola particular. Tem um namorado de 16 anos que trabalha como assistente de jardineiro. Foi assim que o conheceu: no jardim. Ela descreve para Lois como é quando ele a beija – meio emborrachado inicialmente, mas depois os joelhos ficam bambos. Ela foi proibida de vê-lo e ameaçada com colégio interno. Por isso quer fugir de casa.

Lois tem pouco a oferecer em troca. Sua vida é plácida e satisfatória, mas não há muito que possa dizer com relação à felicidade.

– Você é tão sortuda – diz Lucy, um tanto presunçosamente. Ela poderia muito bem dizer *tediosa*, porque é assim que faz com que Lois se sinta.

* * *

Lucy está apática com relação à viagem de canoa, de modo que Lois tem de disfarçar o próprio contentamento. Na noite que antecede a partida, ela se arrasta para o círculo em volta da fogueira como se estivesse indo coagida e senta-se com um suspiro de resignação, exatamente como Lucy.

Cada excursão de canoa que partiu da colônia recebeu uma despedida de Cappie, da líder da seção e das conselheiras, com a presença da seção inteira. Cappie pintou três riscas vermelhas horizontais em cada uma das faces com batom. Pareciam três marcas de arranhões feitos com garras. Ela botou um círculo azul na testa feito de tinta de caneta-tinteiro, amarrou um lenço de algodão torcido na cabeça, enfiou em torno dele uma fileira de penas meio desfiadas e se cobriu com um cobertor vermelho e preto da Hudson Bay. As conselheiras, também envoltas em cobertores, mas só com duas riscas vermelhas em cada face, batucaram em tantãs feitos com caixas de queijo redondas, de madeira, com couro bem esticado em cima, preso com pregos. Cappie era a Chefe Cappeosota. Todas tinham de dizer "Hau!" quando ela entrava no círculo e se postava no centro com a mão levantada.

Ao recordar isso, Lois acha inquietante. Ela sabe de coisas demais a respeito dos índios: é por causa disso. Sabe, por exemplo, que não deveriam nem sequer ser chamados de índios e que eles já têm preocupações de sobra sem precisar que outras pessoas se apropriem de seus nomes e se vistam como eles. Tudo isso foi uma forma de roubo.

Mas ela se lembra também que houve um tempo em que ignorava tudo isso. Houve um tempo em que adorava a fogueira do acampamento, a luz saltitante que iluminava o círculo de rostos, o som dos falsos tantãs, pesado e acelerado como um coração assustado; ela adorava Cappie com o cobertor vermelho e as penas, solene como deveria ser uma chefe, levantando a mão e dizendo:

– Saudações, minhas graúnas. – Não era engraçado, não era fazer troça de ninguém. Ela queria ser índia. Queria ser aventureira, pura e aborígine.

* * *

– Vocês vão partir para a grande água – diz Cappie. Assim é que ela imagina, tudo é como imagina que os índios falam. – Vocês irão para onde homem algum jamais pisou. Vocês partirão por muitas luas.

Isso não é verdade. Elas vão ficar fora apenas uma semana, não muitas luas. O percurso que farão de canoa está claramente demarcado, elas o estudaram em um mapa e já existem locais para acampamento preparados com nomes que são usados ano após ano. Mas quando Cappie diz isso – e apesar da maneira como Lucy revira os olhos – Lois sente a água se estendendo, com as costas se contorcendo em curvas na distância de ambos os lados, imensas e um pouco assustadoras.

– Vocês vão trazer de volta muito *wampum** – diz Cappie. – Façam bonito na guerra, minhas bravas, e capturem muitos escalpos.

Essa é mais uma das ficções dela, de que elas são garotos, sanguinários. Mas essa é uma brincadeira que não pode ser brincada por meio da simples substituição da palavra *squaw* – mulher índia. Realmente, não funciona de jeito algum.

Cada uma delas tem de se levantar, dar um passo adiante e ter uma linha vermelha riscada na horizontal nas faces por Cappie. Ela lhes diz que devem seguir os caminhos de seus ancestrais (os quais, com certeza absoluta, nunca teriam pensado na possibilidade de enveredar por um lago aberto, a bordo de uma canoa, apenas por divertimento, pensa Lois, olhando pela janela de seu apartamento e se recordando da coleção de daguerreótipos da família e retratos em tom sépia na penteadeira de sua mãe – os homens muito sérios em camisas engomadas e paletós pretos, as mulheres de roupas debruadas com seus penteados austeros e sua respeitabilidade espartilhada).

No fim da cerimônia, todas elas se levantaram, deram as mãos ao redor do círculo e cantaram vésperas. Aquilo não tinha nada a ver com índios, pensa Lois. Mais parecia um toque de recolher de corneta em um posto militar, saído de um filme. Mas Cappie nunca tinha sido uma pessoa de se preocupar com consistência nem com arqueologia.

* * *

Depois do café na manhã seguinte, elas partiram do píer principal, em quatro canoas, três em cada uma. As riscas de batom não saíram completamente e ainda aparecem ligeiramente rosadas, como queimaduras que cicatrizam. Elas usam chapéus de brim branco de velejar, por causa do sol, e camisetas de listras finas. E shorts claros folgados com as bainhas dobradas. A garota que vai no meio segue

---

* Conchas usadas como dinheiro pelos indígenas. (N. da T.)

ajoelhada, apoiando o traseiro contra os sacos de dormir enrolados. As conselheiras que as acompanham são Pat e Kip. Kip é racional e prática; Pat é mais fácil de ser levada na conversa ou de enganar. Há gordas nuvens brancas no céu e uma leve brisa. Clarões se elevam das pequenas ondas. Lois está na proa da canoa de Kip. Ela ainda não sabe fazer muito bem uma remada em J e terá de ficar na proa ou no meio durante a viagem inteira. Lucy está atrás dela; a remada em J de Lucy é ainda pior. Ela espirra água em Lois com o remo, uma espirrada de água bem grande.

– Você vai ver, vou me vingar – diz Lois.

– Havia uma mosca-varejeira no seu ombro – diz Lucy.

Lois se vira para olhar para ela, para ver se está sorrindo. Elas têm o hábito de esguichar água uma na outra. Lá para trás, a colônia de férias desapareceu atrás da primeira longa ponta de rocha e árvores retorcidas. Lois tem a sensação de que uma corda invisível se partiu. Elas estão flutuando livres, sozinhas, soltas. Abaixo da canoa, o lago desce, mais profundo e mais frio do que era um minuto antes.

– Nada de brincadeiras na canoa – adverte Kip. Ela enrolou as mangas da blusa de malha até os ombros; os braços são morenos e fortes, o queixo é determinado, a remada perfeita. Ela parece saber exatamente o que faz.

As quatro canoas se mantêm próximas umas das outras. Elas cantam, roucamente e com ar de desafio, *The Quartermaster's Store*, *Clementine* e *Alouette*. É mais berrar do que cantar.

Depois disso, o vento fica mais forte, sopra enviesado contra as proas e elas têm de imprimir toda sua energia para avançar pela água.

* * *

Teria havido alguma coisa importante, alguma coisa que pudesse dar um tipo de motivo ou pista para o que aconteceu em seguida? Lois se lembra de tudo, cada detalhe; mas de nada adianta.

Elas pararam ao meio-dia para nadar e almoçar e prosseguiram à tarde. Afinal, chegaram a Little Birch, o primeiro local de acampamento para passar a noite. Lois e Lucy fizeram a fogueira, enquanto as outras montavam as tendas de lona grossa. O lugar para a fogueira já estava preparado, com pedras achatadas e empilhadas que formavam um U. Uma lata queimada e uma garrafa de cerveja tinham sido largadas dentro dela. A fogueira apagou e elas tiveram de reacendê-la.

– Tratem de se apressar – disse Kip. – Estamos mortas de fome.

O sol baixou no horizonte e à luz rosada do entardecer elas escovaram os dentes e cuspiram a espuma da pasta no lago. Kip e Pat puseram toda a comida que não era enlatada em um saco, numa mochila de lona, e a penduraram numa árvore, para o caso de haver ursos.

Lois e Lucy não dormiram numa tenda. Elas imploraram para dormir ao ar livre; assim, poderiam conversar sem que as outras ouvissem. Se chovesse, disseram a Kip, prometiam que não iriam se arrastar ensopadas para dentro da tenda e respingar nas pernas de todo mundo: se enfiariam debaixo das canoas. Sendo assim, conseguiram o que queriam.

Lois tentava encontrar uma posição confortável em seu saco de dormir, que tinha o cheiro de bolor das coisas guardadas e o acre odor adocicado do suor dos que dormiram ali antes. Ela se enroscou, com o suéter enrolado debaixo da cabeça para servir de travesseiro e com a lanterna dentro do saco de dormir para que não rolasse para longe. Os músculos doloridos dos seus braços davam pequenas estaladas, como elásticos prestes a arrebentar.

Ao lado dela, Lucy se revirava. Lois podia ver o ligeiro luzir ovalado de seu rosto branco.

– Tem uma pedra espetando minhas costas.

– As minhas também – disse Lois. – Quer ir para a tenda? – Ela não queria, mas era correto perguntar.

– Não – respondeu Lucy. Ela se aquietou no saco de dormir. Depois de um momento, disse: – Seria bom não voltar.

– Para a colônia? – perguntou Lois.

– Para Chicago – respondeu Lucy.

– E o seu namorado? – perguntou Lois. Lucy não respondeu. Dormia ou fingia que dormia.

Morte por paisagem 117

Havia lua e um movimento de árvores. No céu havia estrelas, camadas de estrelas que desciam e desciam. Kip dizia que quando as estrelas estavam muito brilhantes, como naquela noite, em vez de enevoadas, queria dizer que haveria mau tempo depois. No lago havia dois mergulhões, um chamando o outro, com suas vozes insanas, chorosas. Na ocasião, não pareceu um som de pesar. Foi apenas um som.

* * *

Na manhã seguinte, o lago estava liso e calmo. Elas deslizaram pela superfície espelhada e deixaram para trás esteiras em forma de V; era como se voassem. À medida que o sol subia mais alto, ficou quente, quase quente demais. Havia moscas-varejeiras nas canoas, que pousavam em um braço ou em uma perna nua, para uma picada rápida. Lois desejou vento.

Elas pararam para o almoço no local de acampamento seguinte, chamado Lookout Point. Era assim denominado porque, embora o acampamento propriamente dito ficasse em terreno baixo, perto da água, em uma projeção de rocha achatada, havia um penhasco perpendicular nas vizinhanças e uma trilha que levava ao topo. O topo era o mirante, embora o que se devesse avistar de lá não estivesse muito claro. Kip dizia que era apenas uma vista.

Mas, mesmo assim, Lois e Lucy decidiram fazer a escalada. Elas não queriam ficar paradas por ali, à espera do almoço. Não era a vez delas de cozinhar, embora não tivessem evitado grande coisa ao não fazê-lo, porque preparar o almoço não era nada de muito complicado, apenas desembrulhar o queijo e pegar o pão e a manteiga de amendoim, mas Pat e Kip sempre tinham de encenar a dureza da vida na selva e ferver um bule de água para fazer chá.

Elas disseram a Kip para onde iam. Era preciso sempre avisar a Kip para onde se ia, mesmo que fosse logo ali, um bocadinho mais para dentro da mata para catar gravetos secos para servir de lenha. Nunca se podia ir a lugar algum sem uma companheira.

– Tudo bem – disse Kip, que, agachada junto da fogueira, alimentava-a com galhos. – Quinze minutos para o almoço.

– Para onde elas vão? – perguntou Pat. Ela trazia o bule de latão com água do lago.

– Ao mirante – respondeu Kip.

– Tenham cuidado – disse Pat. Ela disse isso meio que por descargo de consciência, porque era o que sempre dizia.

– Elas são veteranas – disse Kip.

* * *

Lois consulta o relógio: são dez para o meio-dia. Ela é a encarregada de controlar o relógio; Lucy é desligada com o tempo. Elas sobem pela trilha, que é de terra seca e pedras, grandes pedregulhos arredondados cinza-rosados ou fendidos com bordas dentadas. Delgados abetos-do-canadá e abetos-vermelhos se elevam de ambos os lados da trilha, o lago são fragmentos de azul à esquerda. O sol está diretamente acima; não há sombras em lugar algum. O calor as ataca vindo de cima e de baixo. A floresta está seca e crepita.

Não é longe, mas uma subida íngreme, e elas estão suando quando chegam ao alto. Enxugam o rosto com os braços nus, sentam-se com cuidado num rochedo quente de escaldar, a um metro e meio da borda, mas perto demais para Lois. É um mirante de verdade, um despenhadeiro que desce até o lago e com uma vista que se estende até muito longe sobre a água, lá de onde elas vieram. É espantoso para Lois que elas tenham vindo tão longe, percorrido toda aquela imensidão de água, sem algo para impeli-las exceto os próprios braços. Faz com que se sinta forte. Existem muitas coisas diferentes que ela pode fazer.

– Seria um mergulho e tanto daqui – diz Lucy.

– Você teria de ser louca – retruca Lois.

– Por quê? – diz Lucy. – A água é realmente muito profunda. Desce direto.

Ela se levanta e dá um passo para mais perto da borda. Lois sente uma pontada no estômago, do tipo que sente quando um carro passa depressa demais sobre um buraco.

– Não – diz.

– Não o quê? – retruca Lucy, olhando ao redor com ar travesso. Ela sabe como Lois se sente com relação à altura. Mas então volta.
– Preciso fazer xixi – diz.
– Tem papel higiênico? – pergunta Lois, que nunca sai sem papel. Tira um pedaço do bolso do short.
– Obrigada – diz Lucy.

Ambas são peritas em fazer xixi no mato: fazer bem depressa de modo que os mosquitos não ataquem, as calcinhas entre os joelhos, agachadas com os pés separados para não molhar as pernas, viradas na direção para onde sopra o vento. A sensação de estar exposta, como se alguém estivesse olhando para você por trás. A etiqueta dita que quando se está acompanhado de alguém, não se olha. Lois se levanta e começa a andar de volta, descendo pela trilha, de modo a ficar fora de vista.

– Espera por mim? – pede Lucy.

* * *

Lois desceu pela trilha e passou por cima e ao redor de pedregulhos, até não poder mais ver Lucy; então esperou. Ela ouvia as vozes das outras, conversando e rindo, lá em baixo, perto da costa. Uma voz estava gritando:

– Formigas! Formigas!

Alguém devia ter sentado em um formigueiro. Ao longe, no meio da floresta, um corvo crocitava, uma única nota rouca.

Ela consultou o relógio: era meio-dia. Foi então que ela ouviu o grito.

Desde então, ela repassou aquilo, em sua mente, tantas vezes que o primeiro grito verdadeiro foi obliterado, como uma marca de pegada pisoteada por outras pegadas. Mas Lois tem certeza (ela está quase confiante, está quase segura) de que não foi um berro de medo. Não um urro. Mais como um grito de surpresa, interrompido antes da hora. Breve, como um latido de cachorro.

– Lucy? – chamou Lois. Então gritou: – Lucy!

A essa altura, ela subia de volta e passava por sobre as pedras da trilha. Lucy não estava lá em cima. Nem em lugar algum à vista.
– Pare de brincadeiras – disse Lois. – Está na hora do almoço.
Mas Lucy não se levantou, nem saiu escondida de trás de um pedregulho e apareceu, sorrindo, de trás de uma árvore. A luz do sol estava por toda parte; as rochas pareciam brancas.
– Isto não tem graça! – disse Lois.
E não tinha. O pânico crescia dentro dela, o pânico de uma criança pequena que não sabe onde as maiores estão escondidas. Ela ouvia seu coração bater. Olhou rapidamente ao redor, deitou-se no chão e olhou por cima da borda do penhasco. Sentiu-se congelar. Não havia nada.
Ela retomou a descida da trilha, aos tropeções; respirava depressa demais; estava apavorada demais para chorar. Sentia-se péssima – culpada e pesarosa, como se tivesse feito alguma coisa terrível, por engano. Uma coisa que nunca poderia ser reparada.
– Lucy desapareceu – disse a Kip.
Kip levantou o olhar da fogueira, aborrecida. A água no bule de latão fervia.
– Como desapareceu, o que quer dizer com isso? – perguntou. – Foi aonde?
– Não sei – respondeu Lois. – Ela sumiu.
Ninguém tinha ouvido o grito, mas também ninguém tinha ouvido Lois chamando. Elas estavam conversando, na beira da água.
Kip e Pat subiram até o mirante e deram uma busca, gritaram, assopraram os apitos. Nenhuma resposta.
Então desceram e Lois teve de contar exatamente o que havia acontecido. As outras garotas sentaram em círculo e a ouviram. Ninguém disse nada. Todas elas pareciam assustadas, especialmente Pat e Kip. Elas eram as líderes. Não se perdia uma menina do grupo assim, sem motivo.
– Por que você a deixou sozinha? – perguntou Kip.
– Eu estava logo abaixo na trilha – respondeu Lois. – Já expliquei. Ela precisava ir ao banheiro. – Ela não dizia fazer xixi na frente de pessoas mais velhas do que ela.

Morte por paisagem

Kip parecia revoltada.
— Talvez ela tenha saído pela floresta e se perdeu — disse uma garota.
— Talvez ela esteja fazendo isso de propósito — disse outra.
Ninguém acreditava em qualquer dessas teorias.
Elas saíram nas canoas, fizeram buscas ao redor da base do penhasco e perscrutaram as profundezas da água. Mas não tinha havido som de pedras caindo; não tinha havido um som de choque com a água. Não havia qualquer indício, absolutamente nada. Lucy tinha simplesmente desaparecido.
Aquilo foi o fim da viagem de canoa. Elas levaram para voltar os mesmos dois dias que tinham levado para chegar, apesar de terem uma remadora a menos. E não cantaram.
Depois disso, a polícia foi em um barco a motor, com cães farejadores; eram da Polícia Montada e os cães eram pastores-alemães, treinados para seguir rastros na floresta. Mas desde aquele dia havia chovido e eles nada encontraram.

* * *

Lois está sentada no escritório de Cappie. Seu rosto está inchado de chorar, ela viu isso no espelho. A essa altura, ela se sente anestesiada; tem a sensação de que se afogou. Ela não pode continuar ali. Foi um choque grande demais. Amanhã seus pais virão para levá-la embora. Várias das outras garotas que estavam na viagem de canoa também serão levadas para casa. Outras terão de ficar, porque seus pais estão na Europa. Ou não puderam ser contatados.
Cappie está carrancuda. Elas tentaram abafar o ocorrido, mas é claro que todo mundo na colônia sabe. Logo os jornais saberão também. É impossível esconder a notícia, mas o que se pode dizer? O que se pode dizer que faça algum sentido? "Garota desaparece em plena luz do dia, sem deixar vestígios." Ninguém acredita. Haverá insinuações de outras coisas, coisas piores. Negligência, no mínimo. Mas elas sempre foram tão cuidadosas... A falta de sorte pesará ao redor de Camp Manitou como uma neblina; pais o evi-

tarão, em favor de outros lugares mais afortunados. Lois pode ver Cappie pensando em tudo isso, mesmo através de seu entorpecimento. É o que qualquer pessoa pensaria.

Lois está sentada na cadeira de madeira no escritório de Cappie, ao lado da velha escrivaninha de madeira, acima da qual está pregado o quadro de avisos com os papéis, presos com tachinhas, com as atividades rotineiras da colônia de férias, e contempla Cappie através das pálpebras inchadas. Cappie agora sorri, um sorriso de quem quer confortar alguém. A atitude dela é casual demais: ela está em busca de alguma coisa. Lois já viu aquela expressão no rosto de Cappie quando ela fareja um contrabando de barras de chocolate ou caça aquelas que teriam escapulido da cabana durante a noite.

– Conte-me mais uma vez – diz Cappie –, desde o começo.

A essa altura, Lois já contou sua história tantas vezes, para Pat e Kip, para Cappie, para a polícia, que já a conhece de cor, palavra por palavra. Ela conhece a história, mas não acredita mais nela. Tornou-se apenas uma história.

– Já contei – disse. – Ela queria ir ao banheiro. Dei a ela o meu papel higiênico. Desci para a trilha e esperei por ela. Então ouvi uma espécie de grito...

– Sim – diz Cappie, sorrindo confiante –, mas antes disso. O que vocês disseram uma para a outra?

Lois pensa. Ninguém lhe perguntou isso antes.

– Ela disse se poderia mergulhar dali. Ela disse que a água era muito profunda.

– E o que você disse?

– Respondi que era preciso ser louca.

– Você estava zangada com Lucy? – pergunta Cappie, em tom encorajador.

– Não – responde Lois. – Por que estaria zangada com Lucy? Não estava zangada com Lucy. – Ela fica com vontade de chorar de novo. As ocasiões em que, de fato, esteve zangada com Lucy já foram apagadas. Lucy foi sempre perfeita.

– Às vezes a gente fica zangada sem saber que está zangada – diz Cappie, como se para si mesma. – Às vezes a gente fica realmente

Morte por paisagem   123

zangada sem saber que está. Às vezes a gente faz coisas sem ter a intenção de fazer ou sem saber o que vai acontecer. A gente perde a paciência.

Lois tem apenas 13 anos, mas não demora muito para perceber que Cappie não se inclui em nada disso. Por *a gente* está se referindo a Lois. Está acusando Lois de ter empurrado Lucy do alto do penhasco. A injustiça disso a atinge como um tabefe.

– Eu não! – exclama.

– Não o quê? – pergunta Cappie baixinho. – Não o quê, Lois?

Lois faz a pior coisa, começa a chorar. Cappie lhe lança um olhar de predador que agarrou a presa. Ela conseguiu o que queria.

* * *

Mais tarde, depois de já adulta, Lois conseguiu compreender do que tratava aquela conversa. Ela viu o desespero de Cappie, a necessidade que tinha de uma história, uma história de verdade com um motivo; qualquer coisa exceto o vazio sem sentido que Lucy tinha deixado para que ela enfrentasse. Cappie queria que Lois fornecesse o motivo, que Lois fosse o motivo. Não era nem mesmo para os jornais ou para os pais, pois ela nunca faria aquela acusação sem provas. Era para si mesma: alguma coisa para explicar a perda de Camp Manitou e tudo pelo qual ela havia trabalhado, os anos de entreter crianças mimadas, puxar saco de pais e fazer papel de idiota com penas enfiadas no cabelo. Camp Manitou, de fato, estava perdido. Não sobreviveu.

Lois descobriu tudo isso vinte anos depois. Mas já era tarde demais. Era tarde demais, mesmo após dez minutos, quando ela deixou o escritório de Cappie e caminhou de volta para a cabana para fazer a mala. As roupas de Lucy ainda estavam lá, dobradas nas prateleiras, como se à espera. Ela sentiu que as outras garotas na cabana a observavam com olhares especulativos. *Será que ela seria capaz? Ela deve ter feito.* Durante o resto da vida ela flagrou pessoas observando-a daquela maneira.

Talvez elas não pensassem isso. Talvez estivessem apenas com pena dela. Mas ela se sentia como se tivesse sido julgada e condenada e foi isto que ela guardou consigo para sempre: a percepção de que tinha sido escolhida, condenada por algo que não era sua culpa.

* * *

Lois está sentada na sala de seu apartamento e toma uma xícara de chá. Através da janela que vai quase do chão ao teto, tem uma vista ampla do Lago Ontário, com sua pele de luz cinza-azulada enrugada, e dos salgueiros-chorões da Centre Island sacudidos pelo vento, que é silencioso a esta distância e deste lado da vidraça. Quando não há poluição demais, ela pode ver a margem oposta, a costa estrangeira; no entanto, hoje está obscurecida.

Talvez ela pudesse sair, descer, fazer umas compras; não há muita coisa na geladeira. Os meninos dizem que ela precisa sair mais. Mas ela não está com fome e se movimentar, sair deste espaço, está se tornando cada vez mais um esforço.

Lois mal consegue se lembrar, agora, de ter tido seus dois meninos no hospital, de amamentá-los quando bebês; ela mal consegue se lembrar de se casar ou de como era a cara de Rob. Mesmo na ocasião, Lois nunca sentiu que estivesse prestando plena atenção. Estava quase sempre muito cansada, como se estivesse vivendo não uma vida, mas duas: a sua vida e outra, uma vida sombria que pairava ao seu redor e que não se permitia ser realizada – a vida que teria acontecido se Lucy não tivesse dado um passo para o lado e desaparecido do tempo.

Lois nunca ia para o norte, para o chalé da família de Rob, nem para lugar algum com lagos, árvores silvestres e os gritos de mergulhões. Ela nunca ia a lugar algum que ficasse perto disso. Mesmo assim, era como se sempre estivesse à escuta, à espera de outra voz, a voz de uma pessoa que deveria ter estado lá, mas não estava. Um eco.

Enquanto Rob estava vivo, enquanto os meninos estavam crescendo, ela podia fingir que não ouvia aquele espaço vazio de som. Mas agora não resta mais muita coisa para distraí-la.

Lois dá as costas para a janela e olha para seus quadros. Lá está a ilha rosada, no lago, com as árvores entrelaçadas. É a mesma paisagem através da qual elas remaram, naquele verão distante. Ela viu filmes de viagem daquela região, fotografias aéreas; parece diferente vista do alto, maior, mais desesperançada: lago após lago, poças azuis aleatórias em meio à mata verde-escura, as árvores como cerdas.

Como se poderia encontrar qualquer coisa lá, depois que fosse perdida? Talvez se eles desmatassem tudo, drenassem tudo, pudessem encontrar os ossos de Lucy, algum dia, onde quer que estejam escondidos. Alguns ossos, alguns botões, a fivela de seu short.

Mas uma pessoa morta é um corpo; um corpo ocupa espaço, existe em algum lugar. Você pode vê-lo; você o põe numa caixa e o enterra e então está numa caixa enterrada. Mas Lucy não está numa caixa, nem na terra. Como não está em lugar algum definido, ela poderia estar em qualquer lugar.

E estes quadros não são pinturas de paisagens. Porque não existem paisagens por lá, não no ordenado sentido europeu de paisagem, com uma colina suave, um rio que se curva, um chalé, uma montanha ao fundo, um céu dourado ao entardecer. Em vez disso, existe um emaranhado, um labirinto que retrocede, no qual você pode ficar perdido quase que no mesmo instante em que saiu da trilha. Não existe fundo em qualquer daquelas pinturas, não existem paisagens; apenas uma grande quantidade de primeiros planos que avançam para trás e para trás, infinitamente, e envolvem você em suas voltas e curvas de árvore, galho e rocha. Não importa quanto você avance para trás, haverá mais. E as próprias árvores quase não são árvores; elas são correntes de energia, carregadas de cor violenta.

Quem sabe quantas árvores havia no penhasco antes de Lucy desaparecer? Quem contou? Talvez houvesse mais uma, depois.

Lois fica sentada na cadeira e não se move. A mão com a xícara está erguida a meio caminho da boca. Ela ouve alguma coisa, quase ouve: um grito de reconhecimento ou de alegria.

Ela olha para os quadros, olha para dentro deles. Cada um é um retrato de Lucy. Não se pode exatamente vê-la, mas ela está lá, por trás da ilha cor-de-rosa ou da que está atrás dessa. Na pintura do penhasco ela é escondida pelo ninho de rochas caídas na direção da base; na margem do rio ela está agachada debaixo da canoa virada. Na floresta em tons de amarelo do outono ela está atrás da árvore que não pode ser vista por causa das outras árvores, lá, ao lado da lasca azul do laguinho; mas se você entrasse no quadro e encontrasse a árvore, seria a árvore errada, porque a árvore certa estaria mais adiante.

Todo mundo tem de estar em algum lugar e este é o lugar onde Lucy está. Ela está no apartamento de Lois, nos buracos que se abrem para dentro na parede, não como janelas, mas como portas. Ela está lá. Está inteiramente viva.

TIOS

҉

Quando tinha quase cinco anos, Susanna dançou sapateado numa caixa de queijo. A caixa era cilíndrica e de madeira, por fora enfeitada com papel crepom e fitas vermelhas cruzadas para parecer um tambor. Havia mais duas com garotas em cima, mas os enfeites eram azuis. A de Susanna era a única vermelha. Ela estava entre as duas e era a mais jovem e a menor. Teve de ser colocada em cima da caixa. Ao fundo, para trás, havia três fileiras de garotas que não eram boas o suficiente para estar em cima das caixas.

Foi para um recital. Susanna usava meias soquetes e sapatos brancos e uma fita de cabelo vermelha, um vestido de marinheira com um galão vermelho cuidadosamente costurado ao redor da gola quadrada por sua mãe, que conseguia se arrancar de sua letargia diária para ocasiões e roupas especiais. Antes do recital, Susanna ficou superexcitada nos bastidores e teve de ir ao banheiro três vezes; mas depois que entrou no palco, sob as luzes, ficou bem e não errou um compasso.

A canção era *Anchor's Aweight*. Tudo para meninas naquele ano era em estilo militar, porque ainda estavam em guerra. Nas revistas havia fotografias de mulheres de shorts brancos de corte de marinheiro, blusas amarradas com um nó sob o busto que deixavam a barriga de fora e chapéus de marinheiro enviesados na cabeça, olhando para o lado com expressões impudentes ou com biquinhos de surpresa. Dizia-se que aquelas mulheres e aquelas roupas eram uma uva de bonitas, o que também se dizia a respeito de Susanna. Ela não entendia muito bem o que havia de tão bonito numa uva. Ela as achava difíceis de comer por causa dos caroços. Mas sabia que estava sendo elogiada.

Eram as tias que diziam isso. Elas vinham com os maridos, os tios, sentavam na primeira fila e abraçavam e beijavam Susanna sem sinceridade, com seus braços rígidos e suas faces empoadas. Os tios falavam pouco e não abraçavam nem beijavam. Mas Susanna se desvencilhava das tias e corria para ser levada embora do auditório coberta de glória, balançando como um macaquinho entre dois dos tios. Eram os tios que contavam.

A mãe de Susanna também vinha, é claro. O pai dela não vinha porque tinha desaparecido na guerra. Ninguém dizia *morto*, de modo que Susanna achava que ele estava perdido, andando sem saber para onde ir, em algum lugar – ela imaginava um terreno baldio, como o que havia no fim da rua, onde ela era proibida de brincar –, tentando encontrar o caminho de casa.

Susanna ensaiava seu número de sapateado nas tardes de domingo, para os tios. Era verão e eles sentavam na varanda da frente depois do jantar. Isso era na época em que as pessoas ainda sentavam nas varandas, em cadeiras de balanço ou balanços de varanda. A varanda da casa de Susanna tinha ambos; os tios usavam as cadeiras. Costumavam sentar ao sol, piscando como ursos, tomando um copo de cerveja cada. Eles só bebiam um ou dois copos de cerveja e nunca bebiam nada mais forte; mesmo assim, as tias não achavam que devessem fazer isso na varanda, onde as outras pessoas podiam ver. Os tios não lhes davam atenção. Eles piscavam e continuavam bebendo.

Havia três tios, todos louros, meio calvos, de faces vermelhas. Eram homens grandes. Não se dizia "gordos" quando se falava de homens. Eles eram fortes também; quando vinham para aparar a grama do jardim da mãe de Suzanna – eles se revezavam para fazê-lo –, usavam apenas uma das mãos para empurrar a máquina de cortar grama. Podiam estender um braço e Susanna sentar nele, se firmando contra os pescoços maciços cor de beterraba. Eles não eram ricos, mas viviam com conforto. Era assim que a mãe de Susanna dizia e Susanna achava que isso estava certo: eles pareciam poltronas confortáveis. Um deles era dono de uma loja de ferragens, outro era gerente de banco, o terceiro estava no ramo de seguros. Era por isso que as tias se preocupavam com a cerveja.

A conversa deles na varanda era mínima, de modo que havia muito espaço para Susanna, com seu vestido amarelo de algodão, de alcinhas e babados, cantarolar a canção, bater os pés, saltar para cima e para baixo, sapatear com as pontas dos dedos dos pés e os calcanhares, fazer as reverências. Os tios sorriam radiantes, batiam palmas e depois ela podia sentar em um dos colos enormes e sentir o cheiro de cerveja, sabonete, loção pós-barba, e revirar-lhes os bolsos em busca dos chicletes que estariam escondidos ali, ou persuadi-los a fazer truques de mágica. Cada um tinha um truque diferente. Um sabia soprar anéis de fumaça. Outro sabia transformar o lenço em um camundongo que saltava sobre seu braço. O terceiro cantava *Oh, Susanna* com uma voz engraçada de mulher, guinchada e triste, fazendo caretas lúgubres enquanto cantava. Era talvez a única ocasião em que o rosto dele mudava de expressão.

– *Oh, Susanna, não chores por mim...* – Ele fingia que chorava e Susanna fingia consolá-lo. Isso e aquelas tardes criaram um alto padrão de diversão e encantamento que em anos posteriores ela teve dificuldade de igualar.

De vez em quando, a mãe de Susanna aparecia na varanda.

– Susanna, não fique se exibindo – ralhava. Ou: – Susanna, não amole os seus tios.

– Ela não dá trabalho – respondia um dos tios.

Mas na maioria das vezes a mãe de Susanna ficava lavando pratos com as tias, na cozinha, que, na opinião de Susanna, era o lugar onde todas elas deveriam ficar.

Eram as tias que traziam a maior parte da comida para os jantares de domingo. Elas chegavam com assados, tortas merengue de limão, biscoitos, potes de picles feitos por elas. A mãe de Susanna às vezes cozinhava umas batatas ou fazia uma salada de verduras com gelatina. Não se esperava muita coisa dela, porque era uma viúva de guerra; ela ainda estava se recuperando da perda e tinha uma criança para criar sozinha. Na aparência, isso não parecia incomodá-la. Era alegre, roliça e lenta por temperamento. Os tios tinham se juntado para comprar-lhe a casa, porque ela era a irmã caçula, todos tinham sido criados juntos numa fazenda, eram muito unidos. As tias tinham muita dificuldade de aceitar isso. Costumavam abordar o assunto à mesa de jantar, por meio de referências oblíquas sobre como se tinha de economizar tostões para pagar duas hipotecas. Os tios olhavam para as esposas com reprovação desconcertada e passavam o prato para a mãe de Susanna para serem servidos de mais uma porção de purê de batatas. Não se podia deixar uma irmã, pessoa do seu sangue, na rua para passar fome. Susanna sabia disso porque tinha ouvido um tio falar assim, enquanto ele andava pesadamente no caminho da entrada, em direção ao carro.

– Vocês não precisavam comprar uma casa tão grande – retrucou a tia. – É quase tão grande quanto a nossa. – O salto de sapato ressoava no cimento, enquanto ela se apressava para acompanhá-lo. Todas as tias eram mulheres pequeninas, vigorosas e de pernas curtas.

Susanna estava no gigantesco balanço de vime branco da varanda. Ela parou de se balançar e encolheu-se toda, de modo que sua cabeça ficasse fora de vista, para ouvir a conversa.

– Ora, vamos, Adele – disse o tio. – Você não iria querer que elas morassem numa choupana.

– Ela poderia arranjar um emprego. – Aquilo era um insulto e a tia sabia disso. Significaria que o tio não tinha condições de prover as necessidades delas.

– Quem tomaria conta de Susanna? – retrucou o tio, detendo-se enquanto procurava as chaves. – Não seria você, com certeza.

Havia um tom de amargura na voz do tio que era novo para Susanna. Ela sentiu pena dele. Da tia não sentia nenhuma pena.

* * *

Os tios tinham filhos, mas eram todos garotos e mais velhos. Eles andavam em bando. Recebiam ordens de sentar direito, de tirar o dedo da orelha. Eram criticados por estar de unhas sujas. Eram proibidos de responder. "Não se meta a sabichão", ouviam. Eles se vingavam nos gatos da vizinhança, no terreno baldio, com pedras e atiradeiras. Quando vinham para o jantar de domingo, ignoravam Susanna ou a encaravam de seus lugares, do outro lado da mesa, com desdém impessoal. Susanna se mantinha fora do caminho deles e ao alcance das sombras protetoras lançadas pelos tios no assoalho da varanda. Os tios cuidariam dela, sabia que era valiosa para eles. Contudo, em outro sentido, era sem importância. Na verdade, não importava realmente se ela se sentava direito ou não. Ela podia enfiar o dedo na orelha, podia se meter a sabichona. Podia fazer tudo o que quisesse e ainda continuaria sendo uma uva de bonita.

Quando chegou à idade de frequentar a escola, os mais sentimentais dentre seus professores tentavam fazer-lhe mimos, porque ela não tinha pai.

– Mas eu tenho três tios – dizia, e eles sacudiam a cabeça e suspiravam. Mas três era melhor do que um.

* * *

Em certo sentido, Susanna tinha um pai. Ele estava em duas fotografias: uma dele sozinho, na cornija acima da lareira com seus carvões de vidro que se acendiam quando se ligava a tomada, uma na penteadeira da mãe, os dois juntos. Em ambas as fotos ele estava de uniforme. Na fotografia da cornija da lareira, ele estava circunspecto e sério, os olhos castanhos no rosto magro olhavam fixamente para frente, com uma expressão que deixava Susanna incomodada. Às vezes parecia ser de anseio, noutras, de determinação; ou medo, ou raiva.

No verão em que completou dez anos, Susanna decidiu passar a botar uma flor na frente da fotografia dele todos os dias. As flores eram sempre malmequeres, porque eram as únicas que sua mãe se dera ao trabalho de plantar, numa fileira dispersa, cheia de ervas, ao longo dos dois lados do caminho da entrada. Susanna cumpriu o ritual da flor por quase um mês. A mãe dela achou que era porque amava o pai, ou isso foi o que Susanna a ouviu contar às tias na cozinha. Mas não era. Como poderia ela amar uma pessoa que não chegara a conhecer? As flores eram porque ela não o amava, mas vivia apavorada de que ele descobrisse. Ela não queria que ele lesse seus pensamentos, como se sabia que Deus fazia; de modo que por que não pessoas mortas, que estavam no mesmo lugar? Durante esse período, a expressão dele pareceu ser de puro e intenso ressentimento. Ele odiava o fato de estar morto e de Susanna ainda estar viva.

Por vezes, ela se permitia a velha fantasia de que ele estava apenas perdido, de que ia voltar. Mas e se voltasse? Ela teve vários pesadelos a respeito disso, desse retorno: uma longa sombra entrando pela porta de seu quarto, um par de olhos maléficos. Ele poderia não gostar dela.

Na fotografia da penteadeira, ele estava diferente. Para começar, estava mais bonito. Olhava para o chão, sorria como se encabulado. A mãe dela, de faces rosadas e com apenas 18 anos, jovem demais, como nunca se cansava de dizer, segurava o braço dele, contemplava a câmera com um sorriso malicioso, pensativo e comovente, que Susanna nunca tinha visto em seu rosto no dia a dia. Essa fotografia era um desapontamento, porque era uma fotografia de casamento, mas a mãe de Susanna vestia roupa e chapéu comuns, não um vestido longo branco. A mãe de Susanna havia explicado que era por causa da guerra. Que naquela época as pessoas se casavam depressa, não tinham tempo para todos os preparativos.

Susanna atribuía aquilo à preguiça: na verdade, tinha sido porque sua mãe não quisera se dar ao trabalho. Ela também pegava atalhos e passava por cima de coisas nas tarefas domésticas. Susanna tinha visto as tias criticando-a ao olhar a parte do piso da cozinha que ficava debaixo da mesa, ou ao tirar um bolo de toalhas de chá da gaveta onde tinham sido enfiadas de qualquer maneira e redobrá-las cuidadosamente, ou ao arrancar ervas do meio dos malmequeres maltratados, enquanto seguiam pelo caminho de pedras. Em alguns sentidos, as tias consideravam a casa de Susanna como delas. Deliberadamente, davam de presente de Natal à mãe de Susanna aventais elegantes, mas isso não adiantava. Os aventais também eram enfiados em gavetas e a mãe de Susanna passava horas no banho, ou deitada na cama desfeita, de calcinha, lendo revistas femininas, ou fazendo as unhas, sentada diante do espelho da penteadeira, mesmo que não fosse sair, e a roupa suja se acumulava em pilhas rançosas nos cantos do quarto. Até mesmo seus projetos de costura com frequência acabavam por não ser concluídos; havia vestidos cortados e pregados com alfinetes embolados em trouxas e enfiados atrás do revisteiro; havia fiapos de linha soltos no divã que se colavam na roupa quando você se levantava.

A parte boa era que ela não esperava que Susanna ajudasse muito. Quando Susanna completou 12 anos e começou a ter aulas de economia doméstica na escola, ela às vezes fazia uma limpeza em defesa própria ou atazanava a mãe com queixas. Isso também não surtia efeito.

Susanna não era preguiçosa, embora não dedicasse grande esforço às toalhas de chá. Aquilo era trabalho de tias. Ela era magra e de músculos fortes, mais parecida com o lado da família do pai, e tinha a energia que combinava com isso. Na nona série, ela fazia salto em altura e depois disso jogava vôlei. Fazia parte do Clube de Teatro, que encenava peças de um ato que não contivessem linguajar duvidoso, e também operetas de Gilbert e Sullivan, intercaladas ocasionalmente por *Oklahoma!* e *Brigadoon*. Os tios vinham assistir, sentavam na primeira fila, sorriam e batiam palmas. Eles agora estavam mais velhos, com as caras mais vermelhas, quase que completamente carecas. Ainda vinham para cortar a grama, embora, a essa altura, tivessem um cortador elétrico. Susanna inclinava a cabeça para um lado, sorria travessamente para eles e cantava e dançava; no entanto, ela sabia que cantar e dançar não era mais suficiente para agradá-los.

Um dos tios, o que tinha a loja de ferragens, a chamou num canto, certo domingo, e disse que ela possuía uma cabeça sobre os ombros e que deveria usá-la. Outro, o bancário, disse que saber como fazer contabilidade por partidas dobradas nunca tinha feito mal a ninguém em qualquer tipo de trabalho e ensinou a ela como fazer. O terceiro disse que ela não deveria se desperdiçar casando cedo demais e que uma mulher que soubesse como ganhar a vida nunca teria de depender de ninguém. Susanna sabia que eles estavam falando sobre a mãe dela. Prestou atenção.

Nos últimos anos do ensino médio, Susanna estudou muito e teve bom desempenho – "teve bom desempenho" era o que os tios diziam –, e ganhou uma bolsa de estudos parcial para a universidade. Os tios pagaram o resto. Os filhos deles não tinham se saído tão bem quanto se esperava. Um se tornara bailarino.

Pouco depois de Susanna se formar, de beca preta e com os tios aplaudindo e as tias ao lado deles sorrindo seus sorrisinhos forçados porque sabiam quanto aquilo tinha custado, os tios morreram, um depois do outro. Eles tinham continuado a ser grandes comilões, amantes de rosbife e galinha frita, de creme de leite batido e de grandes fatias de torta. Nunca emagreceram, só se tornaram mais moles. Todos morreram de repente, de ataque do coração, e por algum tempo Susanna teve a sensação de que o mundo havia emudecido.

* * *

Cada um dos tios havia deixado algum dinheiro para a mãe de Susanna e também algum para Susanna. Não muito, mas foi demais para as tias, que achavam que dinheiro suficiente já havia sido gasto com a mesma. Quando, pouco depois, a mãe dela se casou de novo, com um homem que havia conhecido por intermédio dos tios – um viúvo, que havia trabalhado com telhados, mas que agora estava aposentado – e foi viver na Califórnia, elas ficaram ainda mais revoltadas. O crime mais grave da mãe de Susanna foi vender a casa e ficar com todo o dinheiro. Elas achavam que deveria ter ido para elas, por tudo que os tios haviam investido. O fato de o viúvo ser abastado tornou as coisas piores. Elas viram a riqueza dele como uma afronta pessoal.

Aquilo foi um alívio para Susanna: ela não tinha mais de fingir gostar delas. Conseguiu um emprego em Toronto, um cargo pouco importante em um dos grandes jornais diários, compilando obituários, anúncios de nascimento e relatos de casamento e fazendo pesquisas como quebra-galho de todos. Ela estava marcando passo. O dinheiro dos tios estava bem empregado no banco. Ela poderia tê-lo usado para prosseguir nos estudos, fazer uma pós-graduação ou se profissionalizar em algo; tinha boas notas para tanto. Mas, embora fosse boa em uma porção de coisas, nada havia em particular que quisesse fazer.

O mesmo acontecia em relação aos homens. Tivera namorados ao longo dos anos, àquela altura até alguns amantes, mas eram da mesma idade que ela e Susanna tinha dificuldade de levá-los a sério. Ela lhes contava piadas quando a conversa se tornava pessoal demais, quando queriam saber o que ela realmente sentia por eles; ela provocava, fazia perguntas impudentes, invadia-lhes a privacidade. Susanna tinha um talento especial para parecer estar carinhosamente interessada, embora não estivesse. Curiosa seria um termo mais correto. Ela presumia que flertar fosse inofensivo e que os homens sempre fariam sua vontade. Houve algumas cenas desagradáveis. Rapazes zangados a tinham empurrado para cantos de cozinha em festas, ou para o quarto onde os casacos estavam empilhados, e a acusaram de estar iludindo-os e enganando-os. Ela escapara por um triz, um par de vezes, de carros estacionados. Caíra na gargalhada durante uma proposta de casamento; não tivera a intenção de ser cruel, mas a ideia lhe parecera engraçada. O homem atirara uma travessa em sua direção, mas estava bêbado. Tinha sido em mais uma festa e isso era o que homens faziam em festas, naquela época.

A reação de Susanna nessas ocasiões nunca era de raiva, apenas de surpresa. A surpresa era que ela, de alguma forma, não tivesse conseguido agradar.

* * *

No jornal havia um homem que ela realmente admirava. O nome dele era Percy Marrow. Ele cuidava da maioria das coisas culturais: não que houvesse muitas em Toronto, naquela época. Mas se uma peça estreava na cidade, era Percy quem escrevia a crítica; ou uma companhia de dança da Inglaterra, ou um quarteto de cordas em turnê. Percy era conhecido por fazer viagens a Nova York, embora o jornal não pagasse por elas. Isso lhe dava um perfil cosmopolita: ele gostava de denunciar os gostos provincianos e a chatice do povo de Toronto. Ele também escrevia sobre jazz, cinema e, por vezes, falava de algum livro. Fazia essas coisas porque mais ninguém no jornal queria fazê-las.

– Percy faz os programas de viado – era como era explicado para Susanna na redação, que ela precisava atravessar para chegar a sua mesa atravancada com pilhas de notícias de casamentos e de mortes recentes.

A redação se orgulhava de ser dura com as pessoas. Percy Marrow era conhecido lá, pelas costas, como Vegê, que era diminutivo de vegetal. Isso era cruel, porque de fato descrevia sua silhueta. Visto de longe, que era o único ponto privilegiado de onde Susanna o via, ele parecia Humpty Dumpty, ou o Sr. Weatherbee, o diretor careca de escola secundária, com silhueta de ovo, nos livros de história em quadrinhos da *Turma do Archie*. A foto de sua cabeça, que aparecia acima de sua coluna "Coisas a fazer na cidade", parecia uma batata descascada, com feições pequeninas coladas, os óculos antiquados de meia armação e um pequeno tufo de cabelos ralos no topo.

– Não seja malvado assim – disse Susanna, quando ouviu pela primeira vez o apelido. – Ele não é gordo. Ele só é *grande*.

– Susie-Q está defendendo Vegê – disse Marty, o editor de esportes. – O Vegê é uma abelhinha operária. Sabe cuidar de si.

– O Vegê é um pateta metido a besta – disse Bill, que era um cockney importado de Londres que fazia cobertura de notícias escabrosas, tais como assassinatos. Ele era o mascote esquerdista do jornal, desculpado porque era estrangeiro. – Todas essas bichinhas metidas a artistas são.

– Bichinhas gordinhas metidas a artista – disse Cam, que cobria políticos e era o mais cínico deles.

Susanna, que geralmente trocava piadas com eles, se viu com raiva. Ela achava que eles tinham inveja porque Percy Marrow sabia muito mais coisas do que eles, coisas mais interessantes. Mas não foi boba de dizer isso. Passou por eles e foi para sua mesa, cruzando o ar carregado de fumaça de cigarros, barulhento e caótico, seguida por assovios e o som de beijos estalados, como era habitual. Ela não via grande futuro para si mesma nos obituários. Começou a cercar Percy Marrow. Observou suas idas e vindas e finalmente conseguiu se apresentar a ele no bebedouro. Ficou impressionada com ele, mas não intimidada. Contou-lhe que apreciava muito seu trabalho e que o via como uma espécie de modelo. Ela sugeriu que almoçassem juntos: quem sabe ele poderia lhe dar algumas dicas? Susanna estava preparada para que ele lhe desse um chega para lá, afinal, quem era ela? Mas depois de um momento, durante o qual o rosto redondo dele registrou algo semelhante a horror, ele aceitou. Ele pareceu ser reservado, quase tímido. Susanna teve a impressão de que não estava habituado a receber elogios.

Na rua, ele caminhava vagarosamente, o bico dos sapatos para fora, como um pinguim. Foram a um restaurante onde ninguém da redação apareceria. Susanna achou que ele poderia pedir um vinho exótico – ela esperava que ele também conhecesse alguma coisa a respeito disso –, mas não pediu. Ele explicou-lhe que nunca bebia quando trabalhava e pediu dois copos de água. Susanna gostou daquilo: era uma inversão dos valores da redação. Os rapazes de lá voltavam do almoço fedendo como destilarias; ou mantinham garrafas de bolso na gaveta.

Susanna foi diretamente ao ponto. O que ela queria era uma chance, uma oportunidade para mostrar do que era capaz. Mais ninguém no jornal lhe daria isso. Ela sabia que era competente para fazer mais do que registrar nascimentos e mortes. Se não fosse boa, ele poderia apenas mandá-la de volta e não haveria ressentimentos.

Percy Marrow a contemplou por cima das lentes de seus óculos em meia-lua. Ele estava pensando. Tirou os óculos e limpou-os com a ponta da gravata. As mãos dele eram pequenas; como muitos homens grandalhões, tinha mãos e pés delicados. Visto de perto,

Tios 139

era muito mais moço do que parecia no jornal. Não tinha cinquenta anos de jeito algum. Provavelmente não era mais do que dez anos mais velho do que ela; ou talvez cinco. Era difícil dizer por causa de sua silhueta.

Talvez ela pudesse tentar escrever algumas críticas de arte, disse ele, afinal. Não gostava muito dessa parte e lhe faria um favor. Poderia cuidar disso à noite e continuar com o trabalho habitual. Assim, arriscaria muito.

– Mas não sei nada sobre arte – disse Susanna, um tanto assustada. Imaginara alguma coisa mais ao estilo de uma coluna, com sua foto acima.

– Você não precisa saber – respondeu Percy. – Vou lhe dar algumas amostras. – Ele fez uma pausa para examinar suas ervilhas. – Estão cozidas demais – sentenciou. Era exigente com a comida.

– Apenas se lembre de uma coisa, esta ainda é uma cidade pequena. Todos os artistas se conhecem e se detestam. Você vai descobrir como é fácil ser odiada.

– Por escrever críticas ruins? – perguntou Susanna.

– Não. Por escrever boas críticas.

Pela primeira vez Percy sorriu para ela. Foi um sorriso estranho. Não combinava muito bem com sua timidez. Havia uma sugestão de malícia no sorriso, como se ele soubesse que ela estava se metendo numa situação difícil e se divertisse com a ideia.

Mas aquilo foi apenas um lampejo e ela rapidamente concluiu que havia se enganado. No instante seguinte, o rosto dele assumiu a expressão plácida habitual; como um Buda, pensou ela, ou uma morsa benigna, sem as presas e o bigode.

* * *

Ao longo dos meses seguintes, Percy a transformou numa espécie de protegida. Ambos eram de cidades pequenas, talvez fosse por isso. Talvez fosse por isso que ela se sentia tão à vontade com ele. Percy a ajudou nas primeiras críticas, comentando o formato, o estilo; ele sugeriu abordagens e a elogiou quando em sua opinião se saía bem. Susanna, lá com seus botões, achava que suas críticas eram fraudulentas, mas isso era algo que ninguém poderia afirmar, tendo em vista como eram as outras críticas de arte. Ela aprendeu a usar uma porção de adjetivos. Eles vinham em pares, bom e ruim. O mesmo quadro podia ser vigoroso ou caótico, estático ou imbuído de valores clássicos, dependendo de mero capricho. Ela recebeu sua primeira carta de ressentimento e a leu para Percy no almoço. Os almoços deles não passaram despercebidos na redação.

– Então você está a fim do Vegê? – perguntou Bill.

– Não seja idiota – respondeu Susanna, em tom mais defensivo do que deveria. – Ele é casado.

Era verdade. Ela havia conhecido a mulher de Percy, ao esbarrar com os dois no elevador. Percy gaguejou ao apresentá-las. A esposa dele era uma mulher baixa, de olhos penetrantes, que deixou claro para Susanna que não gostava dela.

– Casado? Ah, conte tudo! Ele anda ciscando fora do terreiro? Chocante!

– Eu também faria o mesmo se tivesse uma mulher como aquela. Nós a chamamos de Cisto Humano.

– O Vegê é cheio de cistos.

– Se eu engordasse noventa quilos você transaria comigo, querida?

– Susie-Q está transando para subir na vida. Já vimos as suas críticas de arte aviadadas. Com texto assinado e tudo, muito bem.

– Escutem só esta: "Lírico, traço despojado e boa distribuição de massa espacial".

– De onde tirou isto, de um anúncio de cinta? Me parece um belo de um traseiro.

– Ela pegou o Vegê pelos colhões.

– Se é que ele tem algum colhão.

– Se é que lhe *resta* algum.

– Não encham o saco – disse Susanna, usando o linguajar vulgar deles. A redação inteira vaiou.

Eles estavam errados, é claro. Nada desse tipo acontecia. Era verdade que Susanna se sentia protetora com relação a Percy, mas era como se ele fosse da família. Naquele momento, ela estava saindo com um novo namorado. Um homem que trabalhava numa agência de publicidade, que usava echarpes e cujo hobby eram carros esportivos. Ela sentia por ele o que considerava como paixão sexual, mas subjacente a isso achava que ele era uma pessoa supérflua. Percy ainda era o homem mais inteligente que jamais conhecera. Era assim que o descrevia para seus amigos, pois agora tinha muitos. E Percy também era gentil.

Ele tinha começado a lhe dar conselhos sobre como se vestir. Tinha opiniões a respeito desse tema, do mesmo modo que tinha a respeito de muitos outros; agora que ele havia se habituado com ela, Susanna estava ouvindo mais de suas opiniões. Ela esperava com prazer os encontros deles: nunca sabia que conselho ou fofoca, que sugestão ou tesouro ele poderia ter guardado para lhe dar. Percy os distribuía moderadamente, um de cada vez, como se fossem balas.

Surgiu uma vaga para uma coluna. Era no caderno feminino, mas mesmo assim, uma coluna. De qualquer maneira, naquela época já havia um princípio de movimento feminino. Era uma área que começava a ficar quente. O caderno feminino já não se resumia mais a receitas, moda e conselhos sobre desodorantes. As mulheres começavam a criar estardalhaço.

A coluna foi oferecida a Susanna, que a aceitou.

– Foi você que sugeriu? – perguntou ela a Percy. Mas ele sorriu, manteve o rosto inescrutável e limpou os óculos.

* * *

Susanna investiu parte do dinheiro dos tios em roupas e parte para comprar uma linha telefônica de número confidencial, fora da lista. Agora que seu retrato estava no jornal, acima de sua coluna, ela tinha começado a atrair ligações pornográficas. Susanna cometeu o erro de contar isso a Bill e durante uma semana a redação inteira se revezou para ligar para ela no telefone do jornal, fazendo sons de respiração ofegante. Ela estava ficando cheia deles.

Sua coluna era caracterizada pelo frescor e pela leveza jovial. Essas foram as palavras que Percy usou para defini-la. Informal e espirituosa, mas com conteúdo de peso, incisiva. Ele achava que ela abordava os assuntos em debate, mas de maneira questionadora e equilibrada. Sem fanatismo. Ele a parabenizou e depois de alguns meses mencionou o fato de que havia uma vaga em uma das grandes estações de rádio. O programa se chamava *Em profundidade*. Eles queriam alguém que fizesse entrevistas sobre temas da atualidade; procuravam por uma mulher. Poderia ser perfeito para ela.

– Nunca fiz nada desse tipo antes – disse Susanna, esperando ouvir palavras de encorajamento.

– Não importa – disse Percy. – Eles precisam de alguém que saiba improvisar e que pareça calorosa e amistosa. Você é perfeitamente capaz de fazer isso, não é? Porque é genuíno. – Ele havia tirado os óculos e estava limpando as lentes. Levantou a cabeça; seus olhos pareciam desprotegidos. Havia algo de lacrimoso e suplicante neles que a alarmou.

Ela riu.

– Sou capaz de fingir qualquer coisa. – respondeu. – Vou fazer uma tentativa.

Ela conseguiu o emprego. O jornal ofereceu uma festa de despedida para ela, na redação. Era o mês de junho; eles serviram gim-tônica em copos de papel.

– Um brinde a Susie, que nunca perdeu a esportiva!

– Também nunca me deu bola, azar o meu!

– Ei, florzinha, onde está seu amigo Vegê?

– Ele não pôde vir.

– A mulher dele não deixou. Entendeu? Ah, ah.

– Cale a boca, seu pateta boca suja. A Susie agora é grã-fina.

A seu modo, eles estavam tristes por vê-la partir. Susanna ficou emocionada.

Quando a festa acabou e Susanna se encaminhava para a porta, Bill se aproximou dela.

– Quer dizer que o velho Vegê tirou você daqui do jornal, hein?

– O que quer dizer? – perguntou Susanna. – O que consegui é um belo emprego!
– Não era disso que eu estava falando – retrucou Bill. – Você estava boa demais. Estava começando a ofuscá-lo.
– Isso não é nada generoso de sua parte – disse Susanna.
– Talvez eu seja um cavalo velho cínico – disse Bill. – Mas cuide-se. Você está começando a crescer e aparecer demais.
– Como assim, acha que isso é areia demais para o meu caminhão? – perguntou Susanna, em tom brincalhão.
– Não – respondeu Bill. – Para a *ideia* que ele faz de seu caminhão. – Ele a beijou nas faces. – Vai fundo.

* * *

No programa de rádio, Susanna se revelou um talento. Todo mundo disse isso. Alguns diziam que era impetuosa, outros que era desinibida, mas todos concordavam que sua maior qualidade era que não se deixava impressionar ou intimidar pelo poder. Ela não tinha medo de perguntar qualquer coisa a quem quer que fosse, mesmo que fosse gente da realeza, e às vezes era. A entrevista seguia em um tom amistoso e familiar enquanto o dignitário visitante – o político, o cientista, o especialista ou astro de cinema – se colocava à vontade, então vinha a estocada – alguma pergunta inesperada de Susanna, tipo quem lavava a roupa suja, ou se ele achava que estupradores deviam ser castrados – e tudo era posto em cima da mesa. Houve algumas quase catástrofes, alguém se levantou e foi embora, até que Susanna aprendeu a modificar seu estilo impulsivo.

Ela rapidamente conquistou uma grande audiência. As pessoas a ouviam porque ela fazia as perguntas que elas nunca teriam tido a coragem ou a inocência de fazer. Além disso, também havia o valor do choque: da boca de Susanna poderia sair qualquer coisa. Havia quem a achasse intrometida demais, até inconsequente, mas, de qualquer maneira, a ouviam. E quanto mais bem-sucedido se tornava o programa, mais as pessoas realmente importantes queriam estar nele. Havia uma fila.

Percy Marrow escreveu uma coluna intitulada "Oh, Susanna". Ele afirmava que ela era a democracia em ação.
Naturalmente, ela agora o via com menos frequência. Saíam poucas vezes para almoçar, embora ela se mantivesse sempre em contato com ele por telefone. Ele ajudava com sugestões e dicas para o programa.
– Qual é a última? – costumava perguntar. Ele sempre tinha alguma coisinha para ela.
Ela ouvia, fazia anotações; mas também gostava do som da voz dele. Era tranquilizador; fazia com que se sentisse alguém de valor. Por trás daquela voz percebia o coro invisível de seus tios mortos, observando-a lá da escuridão, governando-a, aprovando tudo que ela fazia.

* * *

Depois de uma década, quando as pessoas já a estavam chamando de uma instituição nacional, Susanna fez a transição para a televisão. Gostou ainda mais.

O programa de rádio tinha sido descontraído. Os técnicos faziam caretas através do vidro ou punham cocô de cachorro de plástico no café dela: eles gostavam de tentar tirá-la do sério no ar. Na televisão, não havia nada disso e também nada de usar blusões velhos de ginástica. Era estar sempre bem maquiada e sempre bem-vestida e nada de brincadeiras. O rosto dela era bom. Por sorte, não era bonita demais; a extrema beleza desconcerta as pessoas. Em vez disso, ela parecia saudável, vitaminada. Digna de confiança.

O programa de televisão era um encerramento do primeiro bloco de horário nobre, chamava-se *Circulando*. Ela achava as luzes ofuscantes e a tensão estimulante e embora andasse de um lado para o outro nervosamente antes de cada tomada, depois que começava a contagem regressiva sentia-se plenamente sob controle. Ela tentou manter certo ar de improviso que tinha no rádio e, de maneira geral, conseguiu. Havia menos espaço para cada tema, é claro: as pessoas passavam mais tempo ouvindo do que passariam assistindo. Seus amigos diziam que o nariz dela se franzia imediatamente antes de ela fazer a pergunta mortal. Ela assistiu às fitas: eles estavam certos. Mas não havia muita coisa que pudesse fazer a respeito disso e não parecia importante.

Nesse meio-tempo, Susanna finalmente havia se casado. Tinha convidado a mãe para o casamento, mas recebeu uma resposta vaga. Pouco depois disso, a mãe se foi. Susanna não pensou naquilo como uma morte, e sim como um desbotamento gradual, como na estampa de um tecido lavado. Era a continuação de algo que, de qualquer modo, já vinha acontecendo em sua vida.

O marido de Susanna era presidente de uma corporação e tinha o inverossímil nome de Emmett. Susanna não tinha muita certeza do que a companhia dele fazia; parecia principalmente comprar outras companhias. Ele era 15 anos mais velho do que ela e já tinha três filhos de um casamento anterior, de modo que ela não se sentiu pressionada a ter outros. Susanna era uma boa madrasta; Emmett dizia que ela era como uma irmã mais velha para eles. Seus amigos mais ligados à arte achavam Emmett difícil de conviver, um careta engomadinho tedioso, e se perguntavam por que ela fizera uma coisa daquelas, quando poderia ter escolhido quem quisesse. Mas isso não era segredo para Susanna. Emmett era sólido. Ele era uma pessoa com quem se podia contar, sabia de coisas que ela não sabia e a adorava.

Susanna e Emmett compraram uma grande casa em Rosedale e Susanna mandou decorá-la; as paredes foram pintadas de modo a complementar a vasta coleção de pinturas impressionistas de Emmett. Alguns dias, quando tomava café com Emmett no terraço com vista para o jardim muitíssimo bem cuidado, Susanna mal conseguia acreditar que tinha crescido naquela outra casa, a casa branca retangular com o balanço na varanda, os malmequeres maltratados e a lingerie de sua mãe espalhada em pilhas perfumadas no chão. Entre as duas casas havia uma enorme lacuna, quase como um lapso de memória. A casa branca ficava do outro lado, se apagando; como uma miragem, como sua mãe. Os tios, contudo, ainda estavam vívidos e nítidos.

Susanna e Emmett davam jantares festivos nos quais Emmett falava pouco. Eles convidavam toda sorte de pessoas. Emmett apreciava exibir as artísticas luzes brilhantes para seus amigos de negócios e Susanna gostava de ter uma visão geral para o programa. Percy Marrow e sua esposa inicialmente foram convidados para algumas das festas, mas não deu certo. A esposa estava sempre agastada e embora Susanna o pegasse pelo braço e o apresentasse a todo mundo como se ele fosse uma celebridade, Percy ficava amuado.

– Sinto saudades de nossos almoços – dizia a ele.

Mas Percy baixava a cabeça e não respondia. Quando ela o deixava para ir cumprimentar outros convidados, o apanhava olhando para ela de viés; um olhar curioso de exame e avaliação; ou talvez temeroso ou aborrecido. Incompreensível. Susanna sentia-se magoada. O que tinha acontecido com a intimidade e ajuda mútua que havia entre eles?

* * *

Numa ocasião, ele telefonou para ela. Já fazia algum tempo que ela não o via nem falava com ele, embora, de vez em quando, ainda lesse seus artigos no jornal. Ele estava começando a se repetir. Ficando velho, refletiu ela. Isso estava fadado a acontecer.

– Susanna. Pensei que talvez pudéssemos atrair você de volta para o jornal, para fazer uma coluna especial. Ser uma espécie de colunista convidada. Pagaríamos bem, é claro.

Susanna não tinha intenção de voltar a escrever qualquer coisa para um jornal. Ela se lembrava de ser trabalho pesado. Mas achava que seria cortês demonstrar algum interesse.

– Ah, Percy, que gentileza sua pensar em mim. A respeito de quê?

– Bem, pensei que poderia ser sobre o movimento de libertação das mulheres.

– Ah, não, o temível movimento de libertação das mulheres! Quero dizer, sei que o movimento merece, mas já não se escreveu tudo que havia para escrever? Fizemos uma série inteira há dois anos.

– Esta seria sob um ângulo diferente. – Houve uma pausa; ela o imaginou limpando os óculos. – Seria sobre... agora que o movimento de libertação da mulher já atingiu suas metas, será que não está na hora de falar sobre os homens e as maneiras como foram prejudicados por ele?

– Percy – respondeu ela, cuidadosamente –, de onde foi que você tirou a ideia de que o movimento de libertação da mulher atingiu suas metas?

Mais uma pausa.

– Bem, existem muitas mulheres bem-sucedidas por aí.

– Como, por exemplo?

– Você.

– Ah, Vegê... ah, Percy, eu não poderia. – Agora pus tudo a perder, pensou ela. Eu o chamei de *Vegê*. – Eu fiz os levantamentos por todo o país, fiz entrevistas de interesse pessoal. O que dizer das diferenças de salários entre homens e mulheres no mesmo cargo? E das estatísticas de estupro? E de todas aquelas mães solteiras vivendo de salário-família? Elas são o grupo de crescimento mais rápido abaixo da linha da pobreza! Não creio que *essa* fosse uma meta, e você? Se escrevesse um artigo dizendo isso, seria apedrejada. – Ela estava falando um pouco demais, escondendo o jogo, receosa de ferir os sentimentos dele.

– Não foi ideia minha – disse ele, friamente. – Recebi instruções para convidar você. – Ela desconfiou de que ele estivesse mentindo.

* * *

Só voltou a vê-lo anos depois. Era a festa de despedida dele do jornal. Bill tinha telefonado convidando-a.

– O velho Vegê está indo embora – disse. – Achamos que você gostaria de vir.

– É mesmo? Ele não pode estar se aposentando. Não tem idade para isso. O que aconteceu?

– Digamos apenas que foi uma decisão mútua – disse Bill, que agora era diretor executivo.

– Isso é triste – disse Susanna.
– Não se preocupe com o velho Vegê – disse Bill. – Ele está bastante animado. Já tem outros planos.

* * *

Susanna pegou um táxi para ir à festa. Emmett estava fora da cidade, por isso ela foi sozinha. Usou seu casaco de pele porque era dezembro; era um casaco de vison preto, presente de Emmett. Quando estava na calçada, pagando o táxi, alguém cuspiu no casaco. Ela fez um lembrete mental para não voltar a usá-lo em público, apenas em festas privadas, onde havia entradas para carros.

O jornal ainda continuava no mesmo prédio, mas por dentro tudo estava diferente. Revestimento de aglomerado de madeira lustroso estava na moda. A redação tinha sido totalmente reformada. Não havia mais a bagunça e a barulheira, nem o crepitar ruidoso das máquinas de escrever. Agora eram só computadores, com as telas luminosas verde-água, silenciosos como tubarões. Se havia piadas sujas circulando, eram todas aos sussurros. Mas ninguém fumava; não que se pudesse ver.

Bill, agora inteiramente grisalho, era a única pessoa que ela conhecia. Depois revelou-se que conhecia outras, mas tinham sido tão transformadas pela idade, e pela adição e subtração de pelos faciais, que não as reconhecera.

Percy estava muito alegre. Ficara mais bonitão depois de mais velho do que fora quando mais jovem. Era como se sua silhueta tivesse sido uma vestimenta larga, ele tivesse crescido e agora lhe caísse bem. Usava colete e um relógio de bolso; os óculos se aninhavam na ponta do nariz; parecia Ben Franklin. Susanna sentiu uma onda de afeto por ele.

– Ah – disse ele –, a estrela – e segurou as mãos dela e a exibiu. Quando isso acabou, Susanna falou com ele reservadamente.

– Não está triste por estar indo embora? – perguntou. – Depois de todos estes anos?

– Nem um pouco – respondeu ele. – Estava na hora. Há outras coisas que quero fazer. – Ele deu um sorrisinho de quem tem segredos.
– O que vai fazer primeiro? – perguntou ela, delicadamente. Estava preocupada com ele. Como ganharia dinheiro?
– Vou escrever minhas memórias – respondeu ele. – Já tenho uma editora. Eles vão me dar um adiantamento generoso.
– Ah – disse ela dubiamente –, parece fascinante.
– Na verdade, é – respondeu ele. – Não é tanto a meu respeito, é a respeito das pessoas que conheci. Há um bocado de gente interessante na minha vida. – Uma pausa. – Você está no livro.
– Estou? Por quê?
– Não seja tímida – respondeu ele. – Você é uma mulher importante. Você causou um bocado de sensação. – Mais uma pausa.
– Acho que você vai gostar. – Ele deu um sorriso alegre, mas alerta, como um colegial de meia-idade com uma surpresa escondida no bolso.

– Que gentileza sua me incluir – disse ela. Seria como o artigo "Oh, Susanna" que ele tinha escrito sobre o programa de rádio, sem dúvida. Sobre a sua verve e sua coragem. Ela apertou o braço dele e lhe deu um beijo na face, de despedida.

* * *

Quando o livro de Percy foi lançado seis meses depois, foi Bill quem telefonou para ela para comentar.
– Chama-se *Altitudes estelares* – disse. – É todo sobre os esquisitões famosos que ele conheceu e se as roupas de baixo deles fedem. Você não vai gostar do livro.
– Por quê? – perguntou ela, não acreditando nele. Ele sempre tivera birra com Percy.
– Eu diria que ele acaba com você – respondeu Bill. – Não é apenas uma pequena menção. São vinte páginas sobre você. Não sabia que o velhote era capaz de tanto ódio.
– Ah, tudo bem – disse ela, recuperando o fôlego, tentando descartar o assunto com uma risada. – Quem vai ler?

– O jornal publicou um excerto – respondeu ele. – Do negócio a respeito de você. Quase a coisa inteira.
– Por que eu? – perguntou ela. A decisão devia ter sido dele.
– É evidente – respondeu ele. – Você é a pessoa mais proeminente por aqui, pelo menos para as pessoas locais, e ele pega pesado com você.
– Seu merda!
– Trate de crescer, Susanna. Você sabe como é o ramo. Isso vende jornal. Mas achei que devia avisar você.
– Muito obrigada – disse ela.

Bateu o telefone e saiu para comprar o jornal. Havia uma grande fotografia dela, uma menor de Percy e um cabeçalho em letras maiúsculas: A BRUXA DESMASCARADA. Ela o levou para o escritório, fechou a porta e avisou à telefonista que estava numa reunião.

Estava tudo lá – o primeiro encontro deles, a amizade, quase todas as conversas que tinham tido. Percy tinha uma espécie de memória total dos fatos. Mas estava tudo distorcido. Como se jogara em cima dele no bebedouro quando ainda era uma garota inexperiente e interiorana, praticamente babando de ambição. Como ele a havia descoberto sozinho e a treinara ao longo de suas primeiras tentativas e erros. Como boas oportunidades tinham se apresentado para ela; como nunca mais procurara seus velhos companheiros de jornal. Como o caminho dela ficara cheio de mortos e feridos em cima dos quais ela pisara, em seu ímpeto de subir na vida. Uma garota de cidade pequena com um coração de pedra. E quanto à sua aparente simpatia que se manifestava sem esforço, o charme entusiástico e infantil, o rosto de professorinha de jardim de infância saudável que fotografava tão bem, era tudo falso, calculado e feito com luzes e espelhos. Havia até uma insinuação – embora ele não chegasse a dizer explicitamente – de que ela se casara com Emmett por dinheiro.

Nada havia sobre como ela o defendera, na redação, das coisas que diziam dele pelas costas; de como ficara ao lado dele e confiara nele. Isto era o pior: ela confiara nele. Supunha que ele era mais velho, receptivo, que tinha apreço por ela. Em vez disso, era maldoso, cruel. Mesquinho e malicioso. Ela não conseguia compreender como pudera se deixar enganar tanto por ele, por tantos anos.

Susanna foi para casa e entrou na banheira, onde chorou durante meia hora com as bolhas de sabão ao seu redor. Então ligou para a emissora.

– Preciso cancelar o programa de amanhã. Consigam uma substituta ou coisa assim. Estou com febre.

– O que você tem? Nada sério, espero. – Ela já podia ouvir as especulações, as perguntas não feitas.

– Quem se importa? – respondeu ela. – Diga que é leucemia.

Então ligou para Bill no jornal.

– Por que ele fez aquilo comigo? – perguntou. – Sempre fui tão boazinha com ele.

– Vá dizer a um cafajeste para ser bonzinho – respondeu Bill. – Avisei você. Vamos, reaja, esqueça isso, você já teve más críticas na imprensa.

– Não más assim – disse ela. – Não de um *amigo*.

– Que amigo? – disse Bill. – Encare a verdade, Susie. Ele tem inveja de você.

– Por que ele tem inveja? – perguntou Susanna. – Homens não deveriam ter inveja de mulheres.

– Por que não?

– Porque eles são *homens*! – Porque sou a mais pequenina, porque sou a mais moça, ela estava pensando. Porque eles são maiores.

– Todo mundo no universo tem inveja de você, Susie-Q – disse Bill, com voz cansada. – Você tem tudo. Até *eu* tenho inveja de você. Apenas tenho modos diferentes de demonstrar isso, como ser o primeiro a contar a você sobre o livrinho malvado do Vegê. Ajudaria se você quebrasse uma perna ou tivesse espinhas. Sabe de uma coisa, as pessoas não pensam em você como humana.

– Não é justo – disse Susanna. Ela estava chorando novamente.

– Deixe isso pra lá, ele já está recebendo o troco. Já vi duas entrevistas. Ele fica tentando falar a respeito de si mesmo, mas tudo que os repórteres querem perguntar a ele é a respeito de você. É como ver uma formiga tentando sair de uma xícara de chá.

– O *quê* a respeito de mim?
– Se você usa calcinhas elásticas. Se as suas garras se acendem no escuro. Se na verdade você é uma supercadela. Ele pigarreia, tenta desconversar e diz que você pode ser uma pessoa legal de vez em quando.
– Ah, que maravilha. Vou ter de *viver* com isto.
– Não leve tão a sério, Susie – disse Bill. – É apenas o velho Vegê. Ninguém se interessa pelo que ele diz, verdade. Você é gente fina, uma pessoa bacana. Só anda um pouquinho esnobe ultimamente, mas é gente fina.
– Obrigada, Bill – disse Susanna. Sentia-se estranhamente grata.

* * *

Ela se meteu na cama de robe e com uma caixa de lenços de papel e tentou assistir a um seriado policial na televisão. Achou que ver gente se matando ajudaria. Mas não conseguiu se concentrar, então desligou o aparelho. Estava tremendo. Sentia-se traída, desolada. Tinha sido desprestigiada, exposta a um vexame público, não tinha mais cara, como diziam os japoneses. Eles sabiam. Ela sentia como se seu rosto, tão cuidadosamente preparado e alimentado, lhe tivesse sido arrancado.

Quando Emmett chegou a casa, encontrou-a no quarto escuro. Ela se agarrou a ele e chorou e chorou.

– Querida, o que houve? – perguntou. – Nunca vi você assim.
– Você acha que sou uma boa pessoa? – perguntou ela, enquanto ele a ninava e lhe acariciava os cabelos. Ela não confiava mais em si mesma para saber o que ele pensava a respeito dela.

Depois de algum tempo, ela parou de chorar e assoou o nariz. Pediu a ele que não acendesse a luz; sabia que seu rosto estava todo inchado.

– Talvez não me lembre corretamente de minha vida inteira – disse a ele. – Talvez tenha me enganado a respeito de todo mundo.
– Vou buscar um drinque para você – disse Emmett, como se falasse com uma criança doente. – Vamos conversar sobre o assunto. –Acariciou-lhe a mão e saiu do quarto.

* * *

Susanna ficou recostada na cama, contemplando o anoitecer na parede oposta. Estava de volta ao auditório, no recital, em sua roupa de marinheira e com o cabelo balançando no laçarote vermelho do rabo de cavalo, em cima da caixa de queijo sob o clarão dos spots, pulava para cima e para baixo e sorria como um macaquinho treinado, fazia um papel de idiota. Atrevida e obsoleta; uma exibida, uma criança detestável. Será que tinha sido assim que os tios a tinham visto, o tempo todo?

Mas os tios não estavam lá, na primeira fila onde deveriam ter estado, sorrindo radiantes para ela, aplaudindo. Em vez disso estava apenas a mãe, com o vestido da fotografia do casamento, olhando para o lado, como se para as coxias, entediada com a dança dela. Ao lado dela estava sentado o pai de Susanna, que afinal voltara para casa da guerra, do terreno baldio. Ele estava de uniforme. O rosto dele era magro e cheio de ressentimento. Ele a encarava com ódio.

A ERA DO CHUMBO

O homem esteve enterrado por 150 anos. Eles escavaram um buraco no cascalho congelado, bem fundo no pergelissolo, e o puseram lá para que os lobos não o alcançassem. Ou pelo menos é o que se imagina. Quando eles cavaram o buraco, o pergelissolo ficou exposto ao ar, que era mais quente, derretendo-se. Mas congelou de novo, depois que o homem foi enterrado, de modo que quando foi trazido à superfície estava completamente envolto em gelo. Eles tiraram a tampa do caixão e foi como aquelas cerejas marasquinas que se costumava congelar em cubos de gelo para fazer elegantes coquetéis tropicais: uma forma vaga, assomando através de uma nuvem sólida. Então eles derreteram o gelo e ele veio à luz. Está quase igual a quando foi enterrado. A água congelada afastou seus lábios dos dentes num rosnado atônito e ele é de uma cor bege em vez de rosada, como uma mancha de molho madeira numa toalha, mas tudo ainda está lá. Ele tem até globos oculares, embora não sejam brancos, e sim do tom marrom-claro de chá com leite. Com esses olhos manchados de chá, ele contempla Jane: um olhar indecifrável, inocente, feroz, espantado, mas contemplativo, como um lobisomem meditando, apanhado pelo clarão de um relâmpago na exata fração de segundo de sua transformação tumultuada.

* * *

Jane não assiste muito à televisão. Costumava assistir mais. Costumava assistir a seriados humorísticos, à noite, e quando era universitária gostava de assistir a filmes de sessão da tarde sobre hospitais e gente rica, como modo de procrastinar. Por algum tempo, há não muito tempo, ela assistia aos noticiários da noite e via os desastres com os pés encolhidos no divã, com uma manta sobre as pernas, e tomava leite quente com rum para relaxar antes de se deitar. Era tudo uma forma de fuga.

Mas o que se pode ver na televisão, a qualquer hora do dia, está se aproximando muito de sua existência; embora em sua vida nada fique acomodado naqueles compartimentos arrumadinhos, comédia aqui, romance batido e lágrimas sentimentais ali, acidentes e mortes violentos em clipes de trinta segundos que eles chamam de bites, como se fossem barras de chocolate para morder. Em sua vida, é tudo misturado. *Rir, eu pensei que fosse morrer*, Vincent costumava dizer, há muito, muito tempo, numa voz que imitava a banalidade de mães; e é assim que está começando a ser. De modo que atualmente, quando ela liga a televisão, pouco depois desliga. Mesmo os comerciais, com sua cotidianidade surrealista, começam a parecer sinistros, a sugerir significados ocultos em seu conteúdo, escondidos atrás de sua fachada de limpeza, delícia, saúde, poder e velocidade.

Esta noite deixa a televisão ligada, porque aquilo a que ela está assistindo é bem diferente do que geralmente vê. Nada há de sinistro por trás daquela imagem do homem congelado. É inteiramente ela mesma. *O que você vê na tela é o que você obtém*, como Vincent também costumava dizer, e fazia-se de vesgo, arreganhava os dentes de um lado e apertava o nariz até transformá-lo em um focinho saído de filme de horror. Embora, com ele, nunca fosse.

* * *

O homem que eles desenterraram e descongelaram era jovem. Ou ainda é: difícil saber que tempo verbal deveria ser aplicado a ele, é tão insistentemente presente... Apesar das distorções causadas pelo gelo e da emaciação doentia, pode-se ver sua juventude, a ausência de enrijecimento, de desgaste pelo uso. De acordo com as datas cuidadosamente pintadas em sua placa identificadora, tinha apenas vinte anos. O nome dele era John Torrington. Ele era, ou é, marinheiro, um homem do mar. Contudo, não era um marinheiro robusto, era um oficial subalterno, um daqueles suboficiais da baixa hierarquia de comando. O fato de estar no comando nada tinha a ver com a aptidão física.

Ele foi um dos primeiros a morrer. Foi por isso que teve um caixão, uma placa identificadora de metal e uma cova profunda no pergelissolo – porque, no começo, eles ainda tinham a energia e a piedade para essas coisas. Deve ter havido uma cerimônia religiosa antes de seu enterro e preces. À medida que o tempo passou, se tornou nebuloso e as coisas não melhoraram, eles devem ter passado a conservar a energia para si mesmos, e também as preces. As preces deixaram de ser rotina, se tornaram desesperadas e depois desesperançadas. Os mortos posteriores tiveram apenas montes de pedras empilhadas sobre os túmulos e os muito posteriores nem isso. Acabaram como ossos, como as solas das botas e como um botão visto ocasionalmente, respingado sobre o implacável terreno pedregoso e congelado, sem qualquer vegetação, na trilha que seguia para o sul. Era como as trilhas de contos de fadas, que deixava para trás uma esteira de migalhas de pão, sementes ou pedras brancas. Mas, nesse caso, nada havia brotado, se iluminado à luz do luar e formado um caminho miraculoso rumo à vida; não se seguira qualquer resgate. Dez anos haviam se passado antes que alguém tivesse os primeiros indícios do que acontecera com eles.

* * *

Todos tinham estado juntos na Expedição Franklin. Jane raramente prestava muita atenção à história, exceto quando coincidia com seu conhecimento de peças de mobília e imóveis antigos – "mesa de colheita do século XIX" ou "localização privilegiada, mansão georgiana, restauração impecável" –, mas ela sabe o que foi a Expedição Franklin. Os dois navios com seus nomes azarentos são estampas de selos postais – o *Terror* e o *Erebus*. Ela também estudou essa expedição na escola, com outras expedições desastrosas. Não muitos daqueles exploradores pareciam ter se saído muito bem naquelas aventuras. Sempre ficavam com escorbuto ou perdidos.

O que a Expedição Franklin procurava era a Passagem do Noroeste, uma rota marítima aberta pelo topo do Ártico de modo que os comerciantes pudessem chegar à Índia partindo da Inglaterra sem ter de contornar a América do Sul inteira. Essa rota era desejada porque custaria menos e aumentaria a margem de lucro. Isso era muito menos exótico do que Marco Polo ou as nascentes do rio Nilo; não obstante, a ideia de exploração a atraía na época: entrar em um navio e apenas ir para algum lugar, um lugar não mapeado, nos confins do desconhecido. Lançar-se no terror; descobrir coisas. Havia algo de ousado e nobre nisso; apesar de todas aquelas perdas e de todos aqueles fracassos, ou talvez por causa deles. Era como fazer sexo, no ensino médio, naqueles anos antes da pílula, mesmo que se tomassem precauções. Isto é, se você fosse uma garota. Se você fosse um rapaz, para quem tal risco era quase mínimo, você tinha de fazer outras coisas; coisas com armas ou grandes quantidades de álcool, ou veículos em alta velocidade, algo que no colégio dela na Toronto suburbana, naquela época, no princípio dos anos 1960, significavam canivetes, cerveja e pegas pelas ruas principais nas noites de sábado.

Naquele momento, contemplando a televisão enquanto o losango de gelo gradualmente se derrete, e a silhueta do corpo do jovem marinheiro se torna mais clara e se define, Jane se lembra de Vincent, aos 16 anos e com mais cabelo na época, arqueando uma sobrancelha, levantando o lábio numa expressão de arremedo de zombaria, dizendo: "Franklin, meu caro, não estou nem aí."* Ele falou em voz alta o suficiente para ser ouvido, mas a professora de história, sem saber o que mais podia fazer, o ignorou. Era difícil

---

* Trocadilho com o nome da expedição e uma fala do filme *E o vento levou...* (*Gone with the Wind*, 1939), em que Rhett Buttler, o personagem de Clark Gable, diz para Scarlet O'Hara, a personagem de Vivien Leigh: "Frankly, my dear, I don't give a dime" (Francamente, minha querida, não dou a mínima). (N. da T.)

para os professores manter Vincent na linha, porque ele nunca parecia ter medo de nada que pudesse lhe acontecer.

Ele tinha olhos fundos mesmo naquela época; com frequência parecia ter passado a noite em claro. Mesmo naquele tempo, Vincent parecia um velho muito jovem ou uma criança devassa. As olheiras sob os olhos eram a parte velha, mas, quando sorria, tinha lindos dentes pequeninos e muito brancos, como nos anúncios de comida para bebês. Fazia piada de tudo e era adorado. Não era adorado da maneira como outros rapazes eram adorados, aqueles rapazes com lábios inferiores pronunciados, cabelos penteados com brilhantina e um ar estudado de ameaça latente. Vincent era adorado como um animal de estimação. Não um cachorro, mas um gato. Ele ia para onde queria e ninguém era seu dono. Ninguém o chamava de Vince.

Por estranho que fosse, a mãe de Jane gostava dele. Ela geralmente não aprovava os rapazes com quem Jane saía. Talvez ela o aprovasse porque estivesse evidente para ela que não haveria perigo de Jane sair com ele: não haveria mágoas, angústia, nada de oneroso. Nenhuma das coisas a que ela chamava de *consequências*. Consequências: o peso do corpo, a carne crescendo ao redor como uma trouxa, a minúscula cabecinha de duende cercada por babados no carrinho. Bebês e casamento, nessa ordem. Era assim que ela via homens e seus desejos furtivos, invasivos e ameaçadores, porque Jane tinha sido uma consequência. Tinha sido um erro, tinha sido um bebê da guerra. Tinha sido um crime pelo qual precisara pagar, muitas e muitas vezes.

Quando chegou aos 16 anos, Jane já ouvira o suficiente a respeito disso para caber em muitas vidas. No relato de sua mãe sobre como as coisas eram, você era jovem por um tempo brevíssimo e então caía. Despencava para o chão como uma maçã madura demais e se esborrachava, caía e tudo em você também caía. Ficava de pés chatos, bexiga caída, com prolapso do útero e seu cabelo e seus dentes caíam. Era isso o que ter um bebê fazia com você. Submetia você à força da gravidade.

A era do chumbo

É assim que ela ainda se lembra de sua mãe: um pendular abatimento e declínio. Os seios flácidos, os sulcos ao redor da boca. Jane evoca sua imagem: lá está ela, como de costume, sentada à mesa da cozinha com uma xícara de chá esfriando, exausta depois de seu turno de trabalho como vendedora numa loja de departamentos de Eaton, de pé o dia inteiro atrás do balcão de joias com o traseiro enfiado numa cinta e os pés inchados espremidos nos sapatos de salto médio obrigatórios, sorrindo seu sorriso invejoso e desaprovador para as clientes mimadas que torciam o nariz para as peças de lixo reluzente que ela nunca teria dinheiro para comprar. A mãe de Jane suspira, mordisca o espaguete enlatado que Jane esquentou para ela. Palavras silenciosas saem dela em baforadas como pó de talco velho: *o que se poderia esperar*, sempre uma afirmação, nunca uma pergunta. Dessa distância, Jane tenta sentir pena, mas não consegue.

Quanto ao pai de Jane, tinha fugido de casa quando ela estava com cinco anos e deixado sua mãe entregue ao abandono. Era assim que a mãe dela descrevia – "fugiu de casa" –, como se ele tivesse sido uma criança irresponsável. De vez em quando chegava dinheiro, mas isso tinha sido a única contribuição dele para a vida da família. Jane se ressentia disso, mas não o culpava. A mãe dela inspirava em quase todo mundo que a conhecia um desejo violento de fugir.

* * *

Jane e Vincent costumavam sentar no quintal atravancado da casa de Jane, que era um daqueles pequenos bangalôs de janelas estreitas e paredes de estuque do tempo da guerra, no sopé da colina. No topo da colina ficavam as casas mais ricas e as pessoas mais ricas: garotas que tinham suéteres de caxemira, pelo menos um, em vez do Orlon e da lã de carneiro que Jane conhecia. Vincent morava mais ou menos a meio caminho da subida da colina. Ele ainda tinha um pai, pelo menos em teoria.

Eles costumavam sentar encostados na cerca dos fundos, perto dos tufos altos de amores-de-moça que se passavam por jardim, tão longe da casa quanto podiam estar. Eles bebiam gim, subtraído por Vincent da coleção de bebidas alcoólicas do pai e trazido às escondidas em um velho frasco de bolso militar que ele havia encontrado em algum canto. Eles imitavam suas mães.

– Eu me aperto e economizo, me mato de trabalhar e o que recebo em troca? Nenhum agradecimento – dizia Vincent, em tom irritadiço. – De você nem um pingo de ajuda, meu filho. Você é igualzinho a seu pai. Livre como os pássaros, fora de casa a noite inteira, só faz o que quer, pouco se importa com os sentimentos dos outros. Agora trate de levar o lixo para fora.

– Isso é o que o amor faz com a gente – respondia Jane, na voz resignada e carregada de sua mãe. – Espere só e verá, minha filha. Um dia desses você cairá desse seu cavalo de imprudência e superioridade.

Quando Jane dizia isso, e ainda que estivesse zombando, podia imaginar o amor, com A maiúsculo, descendo do céu na direção dela como um pé gigantesco. A vida de sua mãe tinha sido um desastre, mas, na opinião pessoal dela, um desastre inevitável, como nas canções e nos filmes. Era tudo culpa do Amor e, diante da face do Amor, o que se podia fazer? O amor era um rolo compressor. Não havia como evitá-lo, ele passava por cima de você e você saía esmagado.

A mãe de Jane esperava, temerosa e fazendo advertências, mas com uma espécie de prazer maligno que a mesma coisa acontecesse com Jane. Toda vez que ela saía com um rapaz diferente, sua mãe o inspecionava como o agente em potencial da desgraça. Ela não confiava na maioria daqueles rapazes; não confiava em suas bocas agressivas, suculentas, em seus olhos semicerrados sob a fumaça que subia dos cigarros, desconfiava de seu jeito lento e despreocupado de andar, das roupas que usavam – justas demais e cheias demais: cheias demais do corpo deles. Era assim que eles pareciam mesmo quando não estavam fazendo cara de mau e se mostrando, mesmo quando estavam tentando parecer interessados, industriosos e bem-educados para a mãe de Jane, se despedindo na porta da frente, vestindo suas camisas, gravatas e ternos bem passados de encontros importantes. Eles não tinham como mudar sua aparência, como eles eram. Eram indefesos; um beijo em um canto escuro os reduzia à mudez; eram sonâmbulos andando em seus corpos líquidos. Jane, por outro lado, estava bem desperta.

Jane e Vincent não saíam exatamente juntos. Em vez disso, faziam troça de sair juntos. Quando o caminho estava livre e a mãe de Jane não estava em casa, Vincent aparecia na porta com o rosto pintado de amarelo-vivo, Jane vestia seu robe de trás para frente, eles pediam comida chinesa e assustavam o entregador. Depois comiam com pauzinhos, desajeitadamente, sentados de pernas cruzadas no chão. Ou então Vincent aparecia vestido num terno puído, de trinta anos, de chapéu-coco e bengala, e Jane revirava o armário em busca de um velho chapéu de ir à igreja de sua mãe, com violetas de pano amassadas e um véu, e eles iam para o centro da cidade e circulavam por lá fazendo comentários em voz alta sobre os transeuntes, fazendo de conta que eram velhos, ou pobres ou loucos. Era desconsideração e de mau gosto e era exatamente disso que eles gostavam.

Vincent levou Jane ao baile de formatura e eles escolheram juntos o vestido dela numa das lojas de roupas de segunda mão que Vincent frequentava, tendo ataques de riso quando pensavam no choque que tinham esperanças de causar. Ficaram indecisos entre um vestido vermelho chamejante com lantejoulas e paetês e um preto bem justo nos quadris, que deixava as costas nuas e tinha um enorme decote em V na frente, e acabaram escolhendo o preto para combinar com o cabelo de Jane. Vincent mandou para ela uma orquídea verde-limão de aspecto venenoso, da cor dos olhos dela, disse ele, e Jane pintou as pálpebras e as unhas de verde para combinar. Vincent usou gravata-borboleta branca, casaca e uma cartola, todos ligeiramente puídos, saídos da rede de brechós Sally Ann e ridiculamente grandes para ele. Eles dançaram tango no salão do ginásio, apesar de a música não ser tango, sob as flores de papel de seda, e abriram uma faixa negra em meio a um mar de tule em cores pastel, os rostos sérios, projetando uma imagem brega de ameaça sexual, Vincent com o longo colar de pérolas de Jane cerrado entre os dentes.

Os aplausos foram principalmente para ele, por causa da maneira como era adorado. Embora fossem em grande maioria das garotas, pensa Jane. Mas ele parecia ser bastante estimado entre os rapazes também. Provavelmente lhes contava piadas sujas, no famoso vestiário. Vincent conhecia muitas piadas sujas.

Enquanto ele inclinava Jane para trás, deixou cair as pérolas e sussurrou na orelha dela:

– Sem cinto, sem alfinete, sem toalhas e sem atrito.

Isso era de um anúncio de tampões, mas também era o lema deles. Era o que ambos queriam: liberdade do mundo de suas mães, do mundo das precauções, do mundo de fardos e destino e das pesadas repressões femininas sobre a carne. Eles queriam uma vida sem consequências. Até recentemente tinham conseguido.

* * *

Os cientistas agora já derreteram todo o comprimento do jovem marinheiro, pelo menos sua camada superior. Verteram água morna em cima dele, delicada e pacientemente; eles não querem descongelá-lo abruptamente demais. É como se John Torrington estivesse dormindo e eles não quisessem sobressaltá-lo.

Agora os pés dele foram revelados. Estão descalços. E são brancos, e não bege; parecem os pés de alguém que esteve andando num chão frio, em um dia de inverno. Esta é a qualidade da luz que eles refletem: sol de inverno, de manhã bem cedinho. Existe alguma coisa intensamente dolorosa para Jane na ausência de meias. Eles poderiam ter-lhe deixado as meias. Mas talvez outros precisassem delas. Os polegares de seus pés estão amarrados com uma tira de pano; o locutor diz que isso era para manter o corpo corretamente preparado para o enterro, mas Jane não acredita. Os braços dele estão amarrados ao corpo, os tornozelos também estão amarrados. Você faz isso quando não quer que a pessoa saia andando por aí.

Essa parte é quase demais para Jane; a faz se lembrar de coisas demais. Ela estende a mão para o controle remoto para trocar de canal, mas por sorte o programa (é apenas um programa, é apenas mais um programa) corta para dois historiadores, que analisam as roupas. Há um *close-up* da camisa de John Torrington, uma camisa simples de algodão, listrada de azul e branco, de colarinho alto, com botões de madrepérola. As listras são estampadas, e não tecidas; se tivessem sido tecidas a camisa seria mais cara. As calças são de linho cinza. Ah, pensa Jane. Guarda-roupa. Ela se sente melhor: isso é algo que conhece bem. Ela adora a solenidade, a reverência com que as listras e os botões são debatidos. Um interesse no vestuário do presente é frivolidade, um interesse pelo vestuário do passado é arqueologia; um detalhe que Vincent teria apreciado.

* * *

Depois do ensino médio, tanto Jane quanto Vincent ganharam bolsas para a universidade, embora parecesse que Vincent estudara menos e se saíra melhor do que ela. Naquele verão, eles fizeram tudo juntos. Conseguiram empregos temporários na mesma lanchonete, iam ao cinema juntos depois do trabalho, embora Vincent nunca pagasse a entrada de Jane. Eles ainda se fantasiavam com roupas antigas de vez em quando e fingiam ser um casal excêntrico, mas não se sentiam mais despreocupados e cheios de invenções absurdas. Estava começando a lhes ocorrer que era possível que eles um dia acabassem exatamente assim.

Em seu primeiro ano na universidade, Jane parou de sair com outros rapazes: ela precisava de um emprego de meio expediente para ajudar a pagar os estudos e isso, somado aos trabalhos de casa da faculdade e Vincent, ocupava todo seu tempo. Ela achava que talvez estivesse apaixonada por Vincent. Achava que talvez eles devessem fazer amor, descobrir. Nunca tinha feito isso antes, não até o fim; estivera temerosa demais do caráter não merecedor de confiança dos homens, da gravidade do amor, temerosa demais das consequências. Ela achava, contudo, que poderia confiar em Vincent.

Mas as coisas não seguiram por esse caminho. Eles andavam de mãos dadas, mas não se abraçavam; eles se abraçavam, mas não se acariciavam; eles se beijavam, mas não davam amassos. Vincent gostava de olhar para ela, mas gostava tanto disso que nunca fechava os olhos. Ela fechava os dela, depois abria e lá estava Vincent, os olhos brilhando à luz do poste da rua ou da lua, perscrutando-a inquisitivamente como se esperasse para ver que estranha coisa feminina ela faria a seguir, para sua diversão deliciada. Fazer amor com Vincent não parecia de forma alguma possível.

(Mais tarde, depois que ela se atirou na corrente de opinião que tinha engrossado até se tornar um rio no fim dos anos 1960, não dizia mais "fazer amor"; dizia "fazer sexo". Mas dava no mesmo. Você fazia sexo e o amor era feito quer você gostasse ou não. Você acordava numa cama, ou mais provavelmente num colchão, com um homem junto de você e se descobria se perguntando como seria se continuasse a fazer aquilo. Naquele ponto, Jane começava a olhar para o relógio. Ela não tinha intenção de ser abandonada. Ela é que partiria. E ia embora.)

Jane e Vincent seguiram para cidades diferentes. Eles escreviam cartões-postais um para o outro. Jane fazia várias coisas. Era a gerente de uma loja de uma cooperativa produtora de alimentos, cuidava da parte financeira de um minúsculo teatro em Montreal, era a editora executiva de uma pequena editora, cuidava da publicidade de uma companhia de dança. Tinha uma cabeça boa para detalhes e para fazer render pequenas quantias – ter de economizar para pagar os estudos na universidade tinha sido muito instrutivo – e empregos desse tipo geralmente estavam disponíveis se você não pedisse um salário alto demais. Jane não via motivo para se prender ou para assumir qualquer tipo de compromisso capaz de prejudicar o desenvolvimento da alma, fosse com qualquer coisa ou qualquer pessoa. Era o começo dos anos 1970; o velho mundo pesado das mulheres de cintas e precauções e consequências tinha sido varrido para longe. Havia uma porção de janelas que se abriam, uma porção de portas: você podia olhar lá dentro, depois entrar e então sair.

A era do chumbo

Ela viveu com vários homens, mas em cada um dos apartamentos sempre havia caixotes de papelão que lhe pertenciam, que ela acabava por nunca desempacotar; e ainda bem, porque assim ficava muito mais fácil se mudar e ir embora. Quando passou dos trinta, decidiu que talvez fosse bom ter um filho, em algum momento, mais tarde. Tentou encontrar uma maneira de fazer isso sem se tornar uma mãe. A mãe dela tinha se mudado para a Flórida e lhe enviava longas cartas, às quais Jane com frequência não respondia, cheias de reclamações.

Jane se mudou de volta para Toronto e achou a cidade dez vezes mais interessante do que quando a deixara. Vincent já estava lá. Ele tinha voltado da Europa, onde estudara cinema; tinha aberto um pequeno estúdio de design. Ele e Jane se encontraram para almoçar e nada havia mudado: havia o mesmo ar de conspiração entre eles, a mesma sensação do potencial deles de causar afronta. Eles poderiam ainda estar sentados no jardim de Jane, ao lado dos amores-de-moça, bebendo o gim proibido e se divertindo.

Jane se viu frequentando os círculos de Vincent, ou será que eram órbitas? Vincent conhecia muitíssimas pessoas, pessoas de todos os tipos; algumas eram artistas, algumas queriam ser e algumas queriam conhecer as que eram artistas. Algumas tinham dinheiro para começar, algumas ganhavam muito dinheiro; todas gastavam. Havia muito mais conversas sobre dinheiro naqueles dias ou entre aquelas pessoas. Poucas delas sabiam como administrá-lo e Jane se viu ajudando-as. Assim criou um pequeno negócio entre elas, administrando o dinheiro delas. Ela recebia o que havia a receber, investia ou guardava em segurança, dizia a elas quanto podiam gastar, dava-lhes uma renda mensal. Ela observava com interesse as coisas que elas compravam, preenchendo as faturas de pagamento de compras: que peças de mobília, que roupas, que objetos. Aquelas pessoas se deliciavam com seu dinheiro, ficavam encantadas com ele. Para elas, era como leite com biscoitos, depois da escola. Observando-as brincar com seu dinheiro, Jane se sentia responsável, indulgente e um pouco matrona. Ela administrava e guardava o próprio dinheiro cuidadosamente e por fim acabou por comprar um sobrado geminado.

Todo esse tempo ela estava, mais ou menos, com Vincent. Eles tentaram ser amantes, mas não conseguiram. Vincent aceitara aquele plano porque Jane o quisera, mas ele era esquivo, não fazia declarações. O que tinha funcionado com outros homens não funcionava com ele: apelo aos seus instintos protetores, cenas de ciúmes fingidos, pedidos para abrir tampas de frascos emperradas. Sexo com ele era mais como um exercício musical. Ele não conseguia levar aquilo a sério e a acusava de ser solene demais. Jane achava possível que ele fosse gay, mas tinha medo de lhe perguntar; tinha pavor de se tornar irrelevante para ele, de se sentir excluída. Eles levaram meses para voltar ao normal.

Ele agora estava mais velho, ambos estavam. Vincent tinha entradas na fronte e seus olhos brilhantes e inquisitivos estavam ainda mais fundos. O que acontecia entre eles continuava a parecer uma corte, mas não era. Ele estava sempre lhe trazendo coisas: algo novo e exótico para comer, uma nova bizarrice para ver, a última fofoca de que soubera, que Vincent lhe apresentava como se fosse um presente, com cerimônia, como se fosse uma flor. Ela, por sua vez, o apreciava. Apreciar Vincent era como um exercício de ioga; era como apreciar uma anchova ou uma pedra. Ele não era para o gosto de todo mundo.

* * *

A imagem de uma gravura em preto e branco é mostrada na televisão, depois outra; é a versão do século XIX de si mesmo, em águas-fortes. Sir John Franklin, mais velho e mais gordo do que Jane imaginava; o *Terror* e o *Erebus*, totalmente presos no gelo. No alto Ártico, 150 anos atrás, no auge do inverno. Não há absolutamente sol, lua; apenas as sussurrantes "luzes do norte", como música eletrônica, e as pequeninas e duras estrelas.

O que se fazia para ter amor, num navio daqueles, num momento daqueles? Furtivas carícias solitárias, sonhos confusos e pesarosos, a sublimação de romances. O habitual entre aqueles que se tornaram solitários.

Lá embaixo, no porão de carga, rodeado pelos rangidos do casco de madeira, John Torrington jaz morrendo. Ele deve ter sabido que estava morrendo; você pode ver isso no rosto dele. Ele dirige a Jane o olhar da cor de chá repleto de censura perplexa. Quem segurou a mão dele, quem leu para ele, quem lhe trouxe água? Quem, se é que houve alguém, o amou? E o que eles lhe disseram sobre lá o que fosse que o estava matando? Consumpção, febre cerebral, pecado original? Todas aquelas causas vitorianas, que não significavam nada e eram as causas erradas. Mas devem ter sido confortadoras. Se você está morrendo, você quer saber por quê.

* * *

Nos anos 1980, as coisas começaram a declinar. Toronto já não era mais tão divertida. Havia gente demais, muita gente pobre demais. Você as via pedindo esmola nas ruas, que estavam entupidas de vapores nocivos e carros. Os estúdios baratos dos artistas foram derrubados ou convertidos em reservados e caros espaços para escritórios; os artistas migraram para outro lugar. Ruas inteiras foram destruídas ou derrubadas. O ar ficou carregado de pó de cimento trazido pelo vento.

As pessoas estavam morrendo. Estavam morrendo cedo demais. Um dos clientes de Jane, dono de uma loja de antiguidades, morreu quase que da noite para o dia de câncer ósseo. Outra, advogada especializada na área de entretenimento, provava um vestido numa butique e teve um ataque cardíaco. Ela caiu dura, eles chamaram uma ambulância, mas ela chegou morta ao hospital. Um produtor de teatro morreu de Aids e depois um fotógrafo; o amante do fotógrafo se matou com um tiro, por tristeza ou porque sabia que seria o próximo. Um amigo de um amigo morreu de enfisema, outro de pneumonia viral, outro de hepatite contraída numa temporada de férias nos trópicos, outro de meningite cérebro-espinhal. Era como se eles tivessem sido debilitados por algum agente misterioso, algo como um gás sem cor, inodoro e invisível, de modo que qualquer germe que calhasse de aparecer podia invadir seus corpos, dominá-los.

Jane começou a reparar em notícias no jornal pelas quais antes passava direto. Bosques de bordo morrendo por causa de chuva ácida, hormônios na carne de boi, mercúrio no peixe, pesticida nas verduras, frutas borrifadas com veneno, Deus sabia o que na água potável. Ela contratou um serviço de entrega de água mineral engarrafada e se sentiu melhor durante algumas semanas, então leu no jornal que aquilo não lhe serviria para muita coisa, porque o que quer que fosse tinha contaminado tudo. Cada vez que você inalava respirava um pouco daquilo. Ela pensou em se mudar para fora da cidade, então leu sobre áreas de despejo de resíduos tóxicos, lixo atômico, escondidos aqui e ali no campo e disfarçados por árvores luxuriantes, enganadoramente verdes e farfalhantes.

* * *

Vincent morreu há menos de um ano. Ele não foi posto no pergelissolo nem congelado. Ele foi para o Necrópolis, o único cemitério de Toronto cujo ambiente geral ele aprovava; teve bulbos de flores plantados em cima de sua sepultura, por Jane e outros. Principalmente por Jane. No presente momento, John Torrington, recém-descongelado depois de 150 anos, provavelmente tem melhor aparência do que Vincent.

Uma semana antes do 33º aniversário de Vincent, Jane foi visitá-lo no hospital. Estava internado para exames. Coisa nenhuma. Estava internado por causa do indizível, por causa do desconhecido. Estava internado por causa de um vírus mutante que ainda nem sequer tinha nome. O vírus estava lhe subindo aos poucos pela espinha e, quando chegasse ao cérebro, o mataria. Não estava, como diziam os médicos, respondendo ao tratamento. Ficaria internado até que isso acontecesse.

Seu quarto estava branco, invernal. Ele jazia deitado em um leito de gelo, por causa da dor. Um lençol branco o cobria, os pés magros e brancos se espetavam para fora abaixo da ponta do lençol. Estavam descorados e frios. Jane olhou para ele deitado em um leito de gelo como um salmão e começou a chorar.

A era do chumbo

– Ah, Vincent – disse ela. – O que vou fazer sem você? Aquilo lhe pareceu horrível. Parecia Jane e Vincent zombando de livros obsoletos, de filmes obsoletos, de suas mães obsoletas. Também parecia egoísta: ali estava ela, se preocupando consigo mesma e com seu futuro, quando era Vincent quem estava doente. Mas era verdade. Haveria absolutamente muito menos coisas a fazer sem Vincent.

Vincent levantou o olhar para ela; as olheiras estavam cavernosas.

– Anime-se – retrucou, em voz não muito alta, porque agora não podia falar muito alto. A essa altura, ela estava sentada, inclinada para frente; segurava uma das mãos dele. Era magra como uma garra de pássaro. – Quem disse que vou morrer? – Ele passou um momento pensando naquilo, então se corrigiu. – Você tem razão – disse. – Eles me pegaram. – Eles eram os Devoradores de Almas vindos do espaço sideral. Eles diziam: "Tudo o que eu quero é seu corpo."

Jane chorou mais. Era pior, porque ele estava tentando ser engraçado.

– Mas o que *é*? – perguntou ela. – Eles já descobriram?

Vincent sorriu seu sorriso costumeiro, animado, de distanciamento, de divertimento. Lá estavam seus belos dentes, juvenis como sempre.

– Quem sabe? – disse ele. – Deve ter sido alguma coisa que comi.

Jane ficou sentada ali com as lágrimas lhe escorrendo pelo rosto. Sentia-se desolada: deixada para trás, encalhada. As mães deles finalmente tinham-nos apanhado e provado que estavam certas. Afinal havia consequências; mas eram as consequências de coisas que você nem sabia que tinha feito.

* * *

Os cientistas estão de volta na tela. Eles estão muito animados, as bocas sérias estremecem, poder-se-ia quase dizer que estão radiantes. Eles sabem por que John Torrington morreu; eles sabem, finalmente, por que a Expedição Franklin foi um tamanho fracasso. Eles cortaram pedacinhos de John Torrington, uma unha, uma mecha de cabelo, puseram-nos nas máquinas de análise e obtiveram as respostas.

Há uma tomada de uma velha lata de comida em conserva, aberta de modo a mostrar a emenda da solda da tampa. Parece o invólucro de uma bomba. Um dedo aponta: foram as latas as responsáveis, uma nova invenção naquela época, uma nova tecnologia, a suprema defesa contra a inanição e o escorbuto. A Expedição Franklin estava maravilhosamente aprovisionada de latas, cheias de carne e sopa e soldadas com chumbo. A expedição inteira teve envenenamento por chumbo. Ninguém soube. Ninguém pôde sentir o gosto. O chumbo invadiu-lhes os ossos, os pulmões, os cérebros, enfraqueceu-os e tornou seu raciocínio confuso, de modo que no fim aqueles que ainda não tinham morrido no navio partiram numa jornada idiota pelo terreno gelado e pedregoso, puxando um bote salva-vidas carregado de escovas de dentes, sabão, lenços e chinelos, um monte de tralha inútil. Quando foram encontrados, dez anos depois, eram esqueletos em casacos esfarrapados, jazendo onde tinham caído. Estavam voltando para os navios. Aquilo que andaram comendo os matara.

* * *

Jane desliga a televisão e entra na cozinha – toda branca, reformada no ano retrasado, as bancadas fora de moda, de açougueiro dos anos 1970, haviam sido arrancadas e retiradas – para preparar um leite quente com rum. Então decide que não quer mais; de qualquer maneira, não vai dormir. Tudo ali parece sem dono. O forno elétrico, tão perfeito para jantares solitários, o micro-ondas para os legumes, a máquina de café expresso – eles estão ali à espera da partida de Jane, por esta noite ou para sempre, de modo a assumir suas aparências definitivas e reais de objetos desnecessários à deriva no mundo físico. Eles poderiam perfeitamente ser os escombros de uma nave espacial explodida, voando em órbita ao redor da lua.

Ela pensa no apartamento de Vincent, tão cuidadosamente arrumado, repleto dos objetos pessoais belos ou dos deliberadamente feios que ele outrora amara. Jane pensa no closet dele, com suas roupas estranhas tão particulares, agora vazias dos braços e das pernas dele. Tudo agora foi desfeito, vendido, dado. Cada vez mais a calçada na frente de sua casa fica coberta de copinhos plásticos, latas de refrigerante amassadas, embalagens de comida para viagem. Ela cata tudo, joga no lixo, mas eles aparecem de novo da noite para o dia, como uma esteira deixada por um exército em marcha ou pelos residentes em fuga de uma cidade sob bombardeio, que descartam os objetos que outrora se pensava serem essenciais, mas agora são pesados demais para carregar.

PESO

※

Estou ganhando peso. Não estou ficando maior, apenas mais pesada. Isso não aparece na balança: tecnicamente, continuo a mesma. Minhas roupas ainda me vestem bem, de modo que não é o tamanho, o que eles dizem sobre gordura ocupar mais espaço do que músculos. O peso que sinto está na energia que consumo para me locomover: andar pela calçada, subir a escada, ao longo do dia. Está na pressão em meus pés. É uma densidade das células, como se eu bebesse metais pesados. Nada que se possa medir, embora existam as pequenas protuberâncias de carne habituais que precisam ser tornadas mais firmes, mais musculosas, mais trabalhadas com malhação. *Trabalhada*. Tudo está se tornando trabalhoso demais.

Certos dias, tenho a impressão de que não vou conseguir. Vou ter um fogacho, um acidente de carro. Vou ter um ataque de coração. Vou pular da janela.

Isso é o que estou pensando enquanto olho para o homem. Ele é um homem rico, desnecessário dizer: se não fosse rico, nenhum de nós estaria aqui. Ele tem dinheiro demais e vou tentar tomar-lhe algum. Não para mim mesma; estou muito bem, obrigada. É para o que costumávamos chamar de caridade e que agora chamamos de boas causas. Para ser precisa, um abrigo para mulheres agredidas pelos maridos. Chama-se A Casa de Molly. Tem esse nome em homenagem a uma advogada assassinada pelo marido com um martelo. Era o tipo de homem bom com ferramentas. Tinha uma bancada de trabalho no porão. O torno, a torquês, a serra elétrica, tudo.

Fico curiosa de saber se este outro homem, sentado tão cautelosamente do outro lado da toalha de mesa, também tem uma

Peso 173

bancada de trabalho no porão. Ele não tem mãos para isso. Não tem calos nem pequenos cortes. Não vou contar a ele sobre o martelo, nem sobre os braços e as pernas espalhados aqui e ali pela província, em galerias, em clareiras na floresta, como ovos de Páscoa ou as pistas de alguma grotesca caça ao tesouro. Sei com que facilidade tais homens podem se apavorar com tais possibilidades. Sangue de verdade, do tipo que grita com você do chão.

Já passamos pela fase de fazer os pedidos, que envolveu a lastimável apresentação e o uso de óculos de leitura por nós dois, para ler o cardápio luxuoso. Pelo menos, temos uma coisa em comum: nossa visão está indo embora. Agora sorrio para ele, giro a base de minha taça de vinho e minto judiciosamente. Isso não é nem coisa de que goste, digo a ele. Acabei envolvida nisso porque tenho dificuldade de dizer não. Faço isso por uma amiga. Isso é verdade, Molly era minha amiga.

Ele sorri e relaxa. *Bom*, ele está pensando. Não sou uma daquelas mulheres sérias e entusiasmadas, do tipo que faz sermões e críticas e abre a porta dos próprios carros. Ele está certo, esse não é meu estilo. Mas ele poderia ter percebido isso pelos meus sapatos. Mulheres assim não usam sapatos como os meus. Não sou, para resumir em uma palavra, estridente e o instinto dele de me convidar para almoçar foi justificado.

Esse homem tem um nome, é claro. O nome dele é Charles. Ele já disse "Pode me chamar de Charles". Quem sabe que outras delícias me esperam? Pode ser que haja um "Chuck" mais adiante ou um "Charlie". *Charlie é meu benzinho. Chuck, meu gatão*. Acho que vou ficar com Charles.

As entradas chegaram, sopa de alho-poró para ele, uma salada para mim, de endívias com maçãs e nozes, com um véu fino de um molho muito leve, como diz o menu. Com um *véu fino*. Tanto pior para as noivas. O garçom é mais um ator desempregado, mas sua graça e seu charme são desperdiçados com Charles, que não responde quando recebe a ordem de apreciar sua refeição.

– Saúde – diz Charles, levantando o copo. Ele já disse isso antes, quando o vinho foi servido. Está pegando pesado. Quais são as

probabilidades de eu chegar ao fim deste almoço sem menção ao ponto principal?
Charles está se preparando para contar uma piada. Os sintomas estão todos lá: o ligeiro enrubescimento, a contração do músculo do maxilar, o franzir ao redor dos olhos.
– O que é marrom e branco e fica bem com um advogado?
Já ouvi a piada antes.
– O quê?
– Um pit bull.
– Ah, essa é horrível. Ah, você é terrível.
Charles permite à sua boca um sorriso semicircular. Então diz em tom de desculpas:
– Não estava me referindo a mulheres advogadas, é claro.
– Não exerço mais a profissão, se lembra? – Mas talvez ele estivesse se referindo a Molly.

* * *

Será que Molly teria achado aquela piada engraçada? Provavelmente. Com certeza, a princípio. Quando estávamos na faculdade de direito, dando duro porque sabíamos que tínhamos de ser duas vezes melhores do que os homens para acabar com menos do que a mesma coisa, costumávamos sair para tomar café nos intervalos e nos matar de rir inventando significados idiotas para as coisas de que éramos chamadas pelos rapazes. Ou de que mulheres em geral eram chamadas: mas sabíamos que estavam se referindo a nós.
– *Estridente*. Uma marca de palito com medicamento usado no tratamento de doenças de gengiva.
– Beleza! *Esganiçada*. Como em a Maior Esganiçada. Uma ave marinha de bico afiado nativa das costas da...
– Califórnia? Sim. *Histeria?*
– Uma trepadeira de perfume enjoativo que se espalha e cobre todas as mansões sulistas. *Mandona?*
– Mandona. Essa é difícil. Palavra de baixo calão relacionada à anatomia feminina, dita por um bêbado ao dar uma cantada?

— Óbvia demais. Que tal uma grande e macia almofada de veludo...
— Cor-de-rosa ou malva...
— Usada para se reclinar no piso enquanto...
— Enquanto assiste às novelas da tarde – concluo, não satisfeita. Deveria haver alguma coisa melhor para *mandona*.

* * *

Molly era mandona. Ou você poderia chamá-la de determinada. Ela tinha de ser, era baixinha. Parecia uma garotinha brigona, os olhos enormes, franja na testa, o queixo pequenino e duro que ela costumava espetar para frente quando ficava zangada. Ela não vinha de uma boa família. Tinha chegado à universidade por conta de sua grande inteligência. Eu também não vinha de boa família e também tinha chegado ali assim; mas isso nos afetava de maneira diferente. Eu, por exemplo, era ordeira e tinha fobia de sujeira. Molly tinha uma gata chamada Catty, uma gata vira-lata, é claro. Elas viviam numa alegre miséria. Ou talvez não na miséria: desordem. Eu não poderia suportar aquilo, mas gostava daquilo nela. Molly fazia a bagunça que eu não me permitiria fazer. Caos por delegação.

Molly e eu tínhamos grandes ideias. Iríamos mudar as coisas. Iríamos violar as regras, passar a perna no esquema de clientelismo masculino, mostrar que mulheres podiam fazer o que quer que fosse. Iríamos enfrentar o sistema, conseguir melhores acordos de divórcio, lutar pela equidade de salários entre os sexos. Queríamos justiça e jogo limpo. Achávamos que era para isso que as leis existiam.

Éramos corajosas, mas tínhamos entendido mal. Não sabíamos que tínhamos de começar pelos juízes.

Mas Molly não odiava homens. Com homens, Molly era a beijadora de sapos. Ela achava que qualquer sapo poderia ser transformado em um príncipe, se fosse beijado o suficiente, por ela. Eu era diferente. Sabia que um sapo era um sapo e que continuaria sendo um sapo. O segredo era encontrar o mais simpático entre os sapos e aprender a apreciar suas boas qualidades. Você tinha de ter um olho para verrugas.

Eu chamava isso de fazer concessões. Molly chamava de cinismo.

* * *

Do outro lado da mesa, Charles bebe mais um copo de vinho, acho que está decidindo que sou boa-praça. Algo tão necessário numa mulher com quem você pensa em ter o que costumava ser chamado de um caso amoroso ilícito; porque é disso que trata este almoço, na realidade. É uma entrevista mútua, para cargos desocupados. Eu poderia ter feito meu pedido de fundos para caridade no escritório de Charles e ter sido rejeitada rápida e delicadamente. Poderíamos ter mantido as coisas formais.

Charles é bem-apessoado da maneira como homens desse tipo são, embora se você o visse numa esquina, sem se barbear e com a mão estendida, poderia achar que não. Homens desse tipo sempre parecem ser todos da mesma idade. Eles ansiavam por ter essa idade quando tinham 25 anos e assim a imitavam; e depois que passam dessa idade, vão tentar imitá-la de novo. A ausência de peso da autoridade é o que eles querem e juventude suficiente para gozar dela. É a idade chamada de apogeu de um homem, a idade *madura*, como uma fruta. Todos eles têm aquela ligeira corpulência. Uma firmeza carnuda. Todos jogam alguma coisa: eles começam com *squash*, progridem para o tênis e acabam com golfe. Isso os mantém em forma. Noventa quilos de carne de primeira bem quente. Conheço bem.

Tudo isso é apresentado em ternos caros azul-marinhos, com risca de giz. Uma gravata conservadora, castanha com estampas pequeninas. Este aqui gosta de cavalos.

– Você gosta de cavalos, Charles?
– O quê?
– Sua gravata.
– Ah. Não. Não particularmente. Foi presente de minha mulher.

Evito qualquer outra menção à Casa de Molly antes da sobremesa – nunca faça a arenga mais séria antes da sobremesa, dita a etiqueta de negócios, primeiro deixe o sujeito consumir um pouco de proteínas – embora, se meu palpite estiver certo, e Charles estiver preocupado com seu peso, dispensaremos a sobremesa e nos contentaremos com um duplo expresso. Enquanto ouço Charles, à medida que faço as perguntas obrigatórias, as regras básicas estão sendo discretamente estabelecidas. Já houve duas menções à esposa, uma ao filho na universidade, uma à filha adolescente. Família estável é a mensagem. Combina com a gravata de cavalos.

É a esposa que mais me interessa, é claro. Se homens como Charles não tivessem esposas, teriam de inventá-las. São úteis para manter a distância outras mulheres, quando elas se aproximam demais. Se eu fosse homem, faria isto: inventaria uma esposa, a criaria com pequenos detalhes – uma aliança comprada em loja de penhores, uma foto ou duas surrupiadas do álbum de alguém, um discurso sentimental de três minutos sobre os filhos. Você poderia atender a telefonemas falsos para si mesmo; poderia enviar cartões-postais para si mesmo, das Bermudas, ou melhor, de Tortuga. Mas homens como Charles não são minuciosos em suas mentiras. Os instintos assassinos estão direcionados para outro lugar. Eles acabam enredados nas próprias mentiras ou se entregam pelos movimentos de olhos inconstantes. No fundo, de coração, são sinceros demais.

Eu, por outro lado, sou uma mente tortuosa e não tenho sentimento de culpa. Meus sentimentos de culpa são por outras coisas.

Já desconfio da aparência que a mulher dele terá: bronzeada demais, fazendo ginástica demais, com olhos alertas, endurecidos, e tendões demais no pescoço. Vejo essas esposas, bandos delas, em pares ou em equipes, circulando em suas roupas brancas de jogar tênis, no clube. Presunçosas, mas nervosas. Elas sabem que este é um país polígamo em todos os sentidos, menos no nome. Eu as deixo nervosas.

Mas elas deveriam me ser gratas por ajudá-las. Quem mais teria o tempo e a *expertise* para massagear o ego de homens como Charles, ouvir suas piadas, mentir-lhes sobre suas proezas sexuais? Cuidar desse tipo de homens é uma arte em extinção, como escultura em dentes de cachalote e rosas de lã para enfeitar cornijas de lareira. As esposas estão ocupadas demais para isso e as mulheres mais jovens não sabem como fazê-lo. Eu sei. Aprendi na velha escola, que não era a mesma que distribuía as gravatas.

Por vezes, quando já ganhei mais um relógio de pulso, ou um broche (eles nunca dão anéis; se eu quiser um, compro eu mesma), quando fui abandonada em um fim de semana em favor de filhos e do chalé georgiano, penso no que poderia contar e me sinto poderosa. Penso em enviar um bilhetinho ácido, vingativo, para a caixa de correspondência da esposa em questão, citando verrugas estrategicamente situadas, apelidos, hábitos perversos do cão da família. Provas de conhecimento.

Mas então eu perderia poder. Conhecimento só é poder enquanto você mantém a boca fechada.

Aqui vai uma para você, Molly: *menopausa*. Uma pausa enquanto você reconsidera os homens.

* * *

Finalmente, depois de muito tempo, chegam os pratos principais com uma exibição de dentes e um olhar atraente do garçom. Escalopes de vitela para Charles, que evidentemente não viu aquelas fotografias sórdidas de novilhos sendo lixiviados na escuridão, brochete de frutos do mar para mim. Penso: agora ele vai dizer "saúde" de novo e então fará algum comentário sobre frutos do mar serem afrodisíacos. A essa altura, ele já tomou vinho suficiente para isso. Depois ele vai me perguntar por que não sou casada.

– Saúde – diz Charles. – Tem ostras por aí?

– Não – respondo. – Nem umazinha.

– Que pena. Fazem bem para tudo.

Fale por si, penso. Ele dá uma ou duas mastigadas meditativas.

– Por que você nunca se casou, uma mulher atraente como você?

Dou de ombros. O que devo contar a ele? A história do noivo morto, roubada da tia-avó de uma amiga? Não. Muito tipo Primeira Guerra Mundial. Será que deveria dizer: "Fui exigente demais"?

Isso poderia assustá-lo: se sou difícil de agradar, como ele poderá me agradar?

Realmente não sei por quê. Talvez estivesse esperando pelo grande romance. Talvez quisesse Amor Verdadeiro, com as axilas pintadas e coloridas com aerógrafo e nenhum gosto residual amargo. Talvez quisesse manter abertas minhas opções. Naquela época, achava que qualquer coisa poderia acontecer.

– Fui casada uma vez – digo, em tom triste, pesaroso.

Espero transmitir que agi corretamente, fiz tudo que devia, mas que não deu certo. Que um cretino qualquer me decepcionou de uma maneira horrível demais para entrar em detalhes. Charles fica livre para pensar que poderia ter se saído melhor.

Há algo de decisivo em dizer que você foi casada uma vez. É como dizer que você esteve morta uma vez. Faz com que eles se calem.

* * *

É engraçado que tenha sido Molly quem se casou. Seria de se pensar que seria eu. Eu é que queria dois filhos, a garagem para dois carros, a mesa de jantar antiga com o vaso de rosas no centro. Bem, pelo menos a mesa eu tenho. Os maridos de outras mulheres sentam a essa mesa e lhes sirvo omeletes, enquanto sorrateiramente consultam o relógio. Mas se não fizerem a menor menção sequer de se divorciar da esposa, eu os boto para fora tão depressa que nem conseguem se lembrar de onde deixaram a cueca. Nunca quis assumir o compromisso. Ou nunca quis correr o risco. É exatamente a mesma coisa.

Houve um tempo em que minhas amigas casadas invejavam a minha solteirice ou diziam que invejavam. Recentemente, contudo, elas reviram essa opinião. Dizem-me que eu deveria viajar, uma vez que tenho a liberdade para isso. Elas me dão folhetos com fotos de palmeiras na capa. O que têm em mente é um cruzeiro ao sol, um romance a bordo de um navio, uma aventura. Não consigo pensar em nada pior: estar presa num navio quente demais com um bando de mulheres enrugadas, todas também loucas para ter uma aventura. Então, enfio os folhetos atrás do forninho elétrico, tão conveniente para jantares solitários, onde um dia desses eles certamente explodirão em chamas. Tenho aventura suficiente bem aqui. Está me exaurindo. Há vinte anos, tinha acabado de sair da faculdade de direito; daqui a mais vinte, estarei aposentada e estaremos no século XXI, para quem estiver contando. Uma vez por mês, acordo no meio da noite, molhada de terror. Sinto medo, não porque haja alguém no quarto, no escuro, na cama, mas porque não há ninguém. Tenho medo do vazio, que jaz ao meu lado como um cadáver.

Penso: o que vai ser de mim? Ficarei sozinha. Quem virá me visitar no asilo de velhos? Penso no homem seguinte como um cavalo envelhecido deve pensar em saltar um obstáculo. Será que perderei a coragem? Será que ainda consigo? Será que devo me casar? Será que tenho essa escolha?

Durante o dia, fico bem. Levo uma vida rica e cheia. Existe, é claro, a minha carreira. Brilho nela como cobre antigo. Acrescento coisas a ela como se fosse uma coleção de selos. Ela me levanta: uma carreira como um sutiã meia-taça com suporte de arame. Há dias em que a odeio.

* * *

– Sobremesa? – pergunta Charles.
– Vai comer?
Charles dá uma palmadinha no abdome.
– Estou tentando moderar – responde.
– Vamos pedir apenas um expresso duplo – digo. Faço com que pareça uma deliciosa conspiração.

Expresso duplo. Uma tortura diabólica inventada pela Inquisição Espanhola, que envolve um saco de tachas, uma descalçadeira de prata e dois padres de 130 quilos.

* * *

Molly, deixei você na mão. Eu me esgotei cedo. Não consegui suportar a pressão. Queria segurança. Talvez tenha chegado à conclusão de que a maneira mais rápida de melhorar a sorte de mulheres seria melhorar a minha sorte.

Molly seguiu adiante. Ela perdeu aquela redondeza de bebê; adquiriu um tom duro na voz e passou a fumar um cigarro atrás do outro. O cabelo dela perdeu o brilho, sua pele parecia desgastada e ela não dava atenção a isso. Começou a me passar sermões sobre a minha falta de seriedade e também sobre meu guarda-roupa, com o qual eu gastava demais, em sua opinião. Começou a usar palavras como *patriarcado*. Comecei a achá-la estridente.

– Molly – disse-lhe. – Por que você não desiste disso? Você está batendo com a cabeça num muro de tijolos.

Eu me senti uma traidora por dizer isso. Mas teria me sentido uma traidora se não tivesse dito, porque Molly estava se destruindo, por migalhas. O tipo de mulheres que ela representava nunca tinha dinheiro.

– Estamos progredindo – dizia ela. Seu rosto estava ficando com aquela expressão viscosa, como a dos missionários. – Estamos fazendo coisas.

– *Nós* quem? – eu perguntava. – Não vejo uma porção de pessoas ajudando você.

– Ah, as pessoas ajudam – dizia ela, em tom vago. – Algumas ajudam. Elas fazem o que podem, lá à sua maneira. É meio como o óbolo da viúva, sabe?

– Que viúva? – eu perguntava. Eu sabia, mas estava exasperada. Ela estava tentando fazer com que eu me sentisse culpada. – Pare de tentar ser santa, Molly. Basta.

Isso foi antes de ela se casar com Curtis.

* * *

– Agora – diz Charles. – Cartas na mesa, hein?

– Certo – respondo. – Bem, já expliquei a você a posição básica. Em seu escritório.

– Sim – diz ele. – Como lhe falei, a companhia já alocou seu orçamento de contribuições e doações para caridade deste ano.
– Mas vocês poderiam fazer uma exceção – digo. – Vocês poderiam tirar do orçamento do ano que vem.
– Nós poderíamos se... bem, o ponto principal é que gostamos de ter a ideia de que estamos recebendo alguma coisa em troca de nossa contribuição. Nada muito gritante, apenas o que você poderia chamar de boas associações. Com corações e rins, por exemplo, não há problema.
– O que há de errado com mulheres espancadas?
– Bem, haveria o logotipo de nossa companhia e então, bem ao lado dele, essas mulheres maltratadas. O público poderia ficar com a ideia errada.
– Você quer dizer que poderiam pensar que a companhia espanca as mulheres?
– Em uma palavra, sim – diz Charles.
É como qualquer negociação. Sempre concorde, depois ataque vindo de uma direção diferente.
– Você tem razão nesse ponto – digo.
Mulheres espancadas. Posso ver isso com luzes, como uma lanchonete vagabunda de beira de estrada. *Compre frescas*. Meio que como anéis de cebola com galinha frita. Um terrível trocadilho. Será que Molly teria achado graça? Sim. Não. Sim.
Espancadas. Cobertas de lodo, depois mergulhadas no inferno. Não tão inapropriado, afinal.

* * *

Molly tinha trinta anos quando se casou com Curtis. Ele não foi o primeiro homem com quem ela viveu. Frequentemente me pergunto por que ela fez isso. Por que ele? É possível que ela apenas tenha ficado cansada.

Mesmo assim, foi uma escolha estranha. Ele era tão dependente... Ele mal conseguia deixar que ela saísse da frente de seus olhos. Será que essa era a atração? Provavelmente, não. Molly era uma consertadora. Ela achava que podia consertar coisas que estavam quebradas. Às vezes conseguia. Mas Curtis estava quebrado demais, até para ela. Estava tão quebrado que ele achava que o estado normal do mundo era quebrado. Talvez tenha sido por isso que ele tentou quebrar Molly: para torná-la normal. Quando não conseguiu fazer de uma maneira, fez de outra.

Ele era bastante plausível, inicialmente. Era advogado, tinha os ternos apropriados. Poderia dizer que vi imediatamente que ele não era totalmente inteiro, mas não seria verdade. Eu não sabia. Não gostava muito dele, mas não sabia.

Por algum tempo depois do casamento não vi muito Molly. Ela estava sempre ocupada fazendo uma coisa ou outra com Curtis e depois vieram as crianças. Um menino e uma menina, exatamente o que eu sempre havia esperado para mim. Por vezes, parecia que Molly estava levando a vida que eu deveria ter levado, se não fosse por cautela e uma certa exigência. Na hora de ir ao cerne da questão, tenho um certo horror de limpar as marcas que ficam na banheira depois do banho de outra pessoa. Esta é a virtude dos homens casados: alguém faz a limpeza.

* * *

– Está tudo bem? – pergunta o garçom, pela quarta vez.

Charles não responde. Talvez não ouça. É o tipo de homem para quem garçons são uma espécie de carrinho de chá de sangue morno.

– Maravilhoso – respondo.

– Por que essas mulheres espancadas não arranjam um bom advogado? – pergunta Charles. Ele está realmente perplexo. Não adianta lhe dizer que elas não podem pagar um advogado. Para ele, isso não é concebível.

– Charles – digo. – Alguns desses sujeitos *são* bons advogados.

– Ninguém que eu conheça – diz Charles.

– Você ficaria surpreso – rebato. – É claro, também aceitamos contribuições pessoais.

– O quê? – pergunta Charles, que não entendeu o que eu disse.

– Não apenas contribuições de corporações. Bill Henry da Con-Fax deu dois mil dólares. – Bill Henry teve de dar. Sei de tudo sobre sua utilíssima marca de nascença na nádega direita, que tem a forma de um coelho. Conheço o ritmo de seus roncos.

– Ah – diz Charles, apanhado desprevenido. Mas ele não vai ser fisgado sem luta. – Você sabe que gosto de pôr meu dinheiro onde vai fazer realmente algo de bom. Essas mulheres, você as tira de casa, mas já me disseram que elas acabam voltando para a casa de onde saíram e são espancadas de novo. Já ouvi isso antes. Elas são viciadas. Nunca se satisfazem com apenas um murro no olho.

– Doe seu dinheiro para a Fundação do Coração – digo – e aquelas ingratas pontes de safena triplas irão acabar entupindo de qualquer maneira, mais cedo ou mais tarde. É só o que querem.

– *Touché* – diz Charles. Ah, bom. Ele sabe alguma coisa de francês. Não é um ignorante completo, como tantos outros. – Que tal eu levar você para jantar, digamos – ele consulta a agenda, uma daquelas que todos eles levam no bolso –, na quarta-feira? Então você poderá me convencer.

– Charles – digo –, isto não é justo. Vou adorar jantar com você, mas não como o preço para sua contribuição. Doe primeiro e então poderemos jantar juntos de consciência limpa.

Charles gosta da ideia de uma consciência limpa. Ele sorri e pega o talão de cheques. Não vai ser mais pão-duro do que Bill Henry. Não a esta altura do campeonato.

* * *

Molly veio me procurar em meu escritório. Não telefonou antes. Isso foi logo depois de eu ter deixado meu cargo de lacaia de alta classe na companhia e ter aberto minha firma. Agora, tinha os meus lacaios e estava lutando com o problema do café. Se você é mulher, as mulheres não gostam de vir lhe trazer café. Os homens também não.

– Molly, o que há de errado? – perguntei. – Você quer um café?

— Já estou tão ligada que não aguentaria — respondeu. Ela parecia mesmo ligada. Havia meias-luas sob seus olhos do tamanho de quartos de limão.

— É o Curtis — disse ela. — Posso ir dormir em sua casa esta noite? Se eu precisar?

— O que ele fez?

— Nada — disse ela. — Ainda não. Não é por causa do que ele fez, é por causa de como ele está. Está a caminho do abismo.

— Em que sentido?

— Há pouco tempo começou a dizer que eu estava tendo casos no trabalho. Ele achou que eu estava tendo um caso com Maurice, que fica do outro lado do corredor.

— Maurice! — exclamei. Tínhamos sido colegas de faculdade de Maurice. — Mas o Maurice é gay!

— Mas aqui não estamos falando racionalmente. Então ele começou a dizer que eu ia abandoná-lo.

— E você ia?

— Não ia. Mas agora não sei. Agora acho que vou. Ele está me obrigando a isso.

— Ele está paranoico — afirmei.

— *Paranoico* — disse Molly. — Uma câmera de grande angular para fazer fotos de maníacos. — Ela baixou a cabeça sobre os braços e riu, riu a não poder mais.

— Venha esta noite — eu disse. — Nem pense no assunto. Apenas venha.

— Não quero me precipitar — disse Molly. — Talvez as coisas se ajeitem. Talvez eu consiga convencê-lo a procurar ajuda. Ele tem andado sob muita pressão. Tenho de pensar nas crianças. Ele é bom pai.

Vítima, disseram nos jornais. Molly não era vítima. Ela não estava desamparada, indefesa, desesperada. Estava cheia de esperança. Foi a esperança que a matou.

Liguei para ela na noite seguinte. Achei que ela viria para minha casa, mas não tinha vindo. Também não tinha telefonado.

Curtis atendeu. Ele disse que Molly tinha viajado.

Perguntei-lhe quando ela voltaria. Ele disse que não tinha ideia. Então começou a chorar.
– Ela me deixou – disse.
Bom para ela, pensei. Ela se decidiu, afinal.
Foi uma semana depois que os braços e pernas começaram a aparecer.
Ele a matou enquanto ela dormia, pelo menos esse crédito dou a ele. Ela não soube. Ou, pelo menos, foi o que ele disse, depois que começou a se lembrar. Inicialmente, afirmou estar com amnésia. *Desmembramento*. O ato de esquecimento consciente.
Tento não pensar em Molly assim. Tento me lembrar dela inteira.

* * *

Charles me acompanha até a porta, passa pelas mesas com toalhas brancas, uma após a outra, cada uma segura no lugar por no mínimo quatro cotovelos vestidos com risca de giz. É como o *Titanic* pouco antes do iceberg: poder e influência se exibindo sem preocupação com o mundo. O que eles sabem a respeito dos servos no alojamento de terceira classe do navio? Que se danem todos e passe o vinho do porto.
Sorrio à direita, sorrio à esquerda. Há alguns rostos conhecidos aqui, algumas marcas de nascença conhecidas. Charles me segura pelo cotovelo, como quem é proprietário, mas de maneira discreta. Um toque leve, a mão pesada.
Não penso mais que alguma coisa possa acontecer. Não quero mais pensar assim. *Acontecer* é aquilo pelo que você espera, não o que você faz; e *alguma coisa* é uma ampla categoria. Não é muito provável que vá ser assassinada por esse homem, por exemplo; também não é muito provável que me case com ele. Agora, neste momento, nem sei se chegarei a arriscar sair para jantar na quarta-feira. Ocorre-me que, na verdade, não tenho obrigação de sair para jantar, não se não quiser ir. Pelo menos, algumas opções permanecem em aberto. Só o fato de pensar nisso faz meus pés doerem menos.

Peso

Hoje é sexta-feira. Amanhã de manhã farei uma caminhada acelerada de cerca de uma hora no cemitério, para fortalecer a musculatura das coxas. É um dos poucos lugares em que se pode fazer isso nesta cidade sem ser atropelado. Não é o cemitério em que Molly está enterrada, seja lá o que for que eles conseguiram juntar de seu corpo para enterrar. Mas isso não importa. Escolherei uma sepultura na qual poderei fazer meus alongamentos de perna e farei de conta que é a dela.

Molly, direi. Não concordamos em algumas coisas e você não aprovaria meus métodos, mas faço o que posso. O ponto fundamental é que dinheiro é dinheiro e põe comida na mesa.

Ponto principal, responderá ela. Aquele em que você bate quando desce ao fundo para onde está indo. Depois disso, você fica onde está. Ou então sobe.

Eu me inclinarei, tocarei na terra, ou tão perto quanto puder sem causar uma distensão. Porei uma coroa de dinheiro invisível sobre o túmulo dela.

DICAS DA IMENSIDÃO

۞

P rue dobrou dois lenços de algodão vermelhos em triângulos e amarrou duas pontas. O segundo par de pontas está amarrado em suas costas, o terceiro ao redor do pescoço. Ela amarrou outro lenço, um azul, ao redor da cabeça e fez um pequeno nó quadrado na frente. Agora está se pavoneando ao longo do píer, com a frente única improvisada, os shorts brancos largos nas pernas, os óculos escuros com a armação branca de plástico e as sandálias de plataforma.

– É o estilo dos anos quarenta – diz para George, de mão no quadril, fazendo uma pirueta. – Rosie the Riveter. O nome dado a mulheres que trabalhavam em fábricas. Na época da guerra. Lembra-se delas?

George, cujo nome na verdade não é George, não se lembra. Ele passou a década de 1940 catando os montes de lixo, pedindo esmolas e fazendo outras coisas não muito recomendáveis a crianças. Ele tem uma vaga lembrança de uma estrela de cinema fazendo pose numa folhinha meio rasgada na parede de um banheiro. Talvez seja disso que Prue esteja falando. George se lembra por um instante do profundo ressentimento que lhe causava aquele sorriso alegre e ignorante, o corpo bem alimentado. Alguns companheiros tinham--no ajudado a destruí-la com a lâmina enferrujada de uma faca de cozinha que tinham encontrado em algum lugar no meio do lixo. Ele não pensa em contar nada disso a Prue.

George está sentado numa cadeira de lona listrada de verde e branco, lendo *The Financial Post* e bebendo uísque. O cinzeiro ao lado dele está cheio de guimbas: muitas mulheres tentaram curá--lo do vício do fumo; muitas fracassaram. Ele levanta o olhar para Prue de trás do jornal e sorri seu sorriso sedutor. Esse é um sorriso que ele dá com o cigarro seguro bem no centro da boca: os lábios se curvam para cima e revelam os dentes. Ele tem longos caninos, miraculosamente ainda seus.

– Você nessa época ainda não era nascida – diz. Isso não é verdade, mas ele nunca perde uma chance de fazer um elogio quando há um dando sopa. O que custa? Nem um centavo, o que é algo que os homens deste país nunca descobriram. O abdome bronzeado de Prue está na mesma altura que sua face; ainda é firme, flexível e esbelto. Na idade dela, sua mãe já tinha ficado mole – a carne flácida e aveludada, como uma ameixa ficando passada. Atualmente elas comem muita verdura, fazem ginástica e duram mais.

Prue baixa os óculos escuros até a ponta do nariz e olha para ele por cima da armação de plástico.

– George, você é totalmente sem-vergonha – diz ela. – Sempre foi. – Ela lhe dá um sorriso inocente, um sorriso travesso, um sorriso com uma ponta de pura maldade. É um sorriso que tremeluz como gasolina derramada sobre a água, brilha e muda de tons.

O sorriso de Prue foi a primeira coisa interessante que George encontrou quando chegou a Toronto, no fim dos anos 1950. Foi numa festa oferecida por um corretor de imóveis com ligação com os países da Europa Oriental. Ele tinha sido convidado porque refugiados da Hungria eram considerados interessantes na época, logo depois da revolução. Ele era jovem, magro como uma cobra, com uma cicatriz de aspecto perigoso acima de um olho e algumas histórias bizarras. Uma peça de interesse para coleção. Prue estava lá com um vestido preto sem alças. Ela levantou o copo em um brinde para ele, olhou por cima da borda e hasteou aquele seu sorriso como uma bandeira.

O sorriso ainda é um convite, mas não é algo de que George vá cuidar – não aqui, não agora. Mais tarde, na cidade, talvez. Mas este lago, esta península, o próprio Pavilhão Wacousta, são seu refúgio, seu monastério, seu terreno sagrado. Aqui ele não cometerá violações.

– Por que você não suporta receber um presente? – pergunta George. A fumaça sobe a seus olhos e ele os estreita. – Se fosse mais jovem, me ajoelharia. Beijaria suas duas mãos. Pode acreditar.

Prue, que sabe que ele fazia essas coisas antigamente, nos tempos mais impetuosos, gira nos calcanhares.
– Está na hora do almoço – diz ela. – Foi isso que vim aqui lhe dizer. – Ela ouviu a recusa.

George observa seus shorts brancos e as coxas ainda bem torneadas (com, entretanto, o ligeiríssimo pontilhado de celulite) se afastarem balançando, balançando, balançando sob a luz forte do sol, passando pelo hangar de embarcações, seguindo pelo caminho de pedras, subindo a colina para a casa. De lá vem o som de um sino tocando: o sino do almoço. Por uma vez na vida, Prue está dizendo a verdade.

* * *

George dá mais uma olhada no jornal. Quebec fala em separatismo; há moicanos atrás das barricadas perto de Montreal e pessoas atiram pedras neles; os boatos dizem que o país está se desintegrando. George não está preocupado: já esteve antes em países que estavam se desintegrando. Pode haver oportunidades. Já o escândalo que as pessoas fazem com relação à questão da língua, ele não compreende. O que é uma segunda língua, ou terceira, ou quarta? George fala cinco línguas, se você contar o russo, que ele preferiria não falar. Quanto à questão de atirar pedras, é típico. Não bombas, não balas: apenas pedras. Mesmo a insurreição aqui é sossegada.

Ele coça a barriga sob a camisa larga; anda engordando um pouco demais na região do abdome. Então apaga o cigarro, bebe o resto do uísque e se levanta. Cuidadosamente, fecha a cadeira e a coloca dentro do hangar dos barcos: um vento poderia bater de repente e lançá-la dentro do lago. Ele trata os pertences e rituais do Pavilhão Wacousta com uma ternura e uma reverência que desconcertariam aqueles que só o conhecem na cidade. Apesar do que alguns chamariam de suas práticas inortodoxas em negócios, em certos sentidos ele é um conservador; adora tradições. Elas são escassas neste país, mas ele reconhece uma tradição quando a encontra e sempre presta homenagem. As cadeiras de lona são como brasões em outros lugares.

Enquanto sobe a colina, mais lentamente do que costumava subir, ouve o som de madeira sendo cortada atrás da ala da cozinha. Ouve um caminhão na autoestrada que passa ao longo da margem do lago; ouve o vento nos pinheiros brancos. Ouve um mergulhão. George se lembra da primeira vez em que ouviu um mergulhão e se abraça. Ele se saiu muito bem.

* * *

O Pavilhão Wacousta é uma estrutura grande, oblonga, de um andar, com paredes de tábuas largas de madeira com juntas de lambris tingidas de um tom marrom-avermelhado. Foi construído nos primeiros anos do século XX pelo bisavô da família, que ganhou uma fortuna com as estradas de ferro. Ele havia incluído um quarto para a arrumadeira e outro, nos fundos, para a cozinheira, embora nenhuma arrumadeira ou cozinheira tenha sido induzida a ficar neles, não que George saiba, e com certeza não em anos recentes. O rosto duro, com bigodes de morsa do bisavô, de cenho franzido acima da constrição de um colarinho duro, está pendurado numa moldura oval no banheiro que tem apenas uma pia e um jarro. George se lembra de uma banheira de zinco, mas foi retirada. Os banhos são tomados no lago. Quanto ao resto, há uma privada discretamente atrás de um grupo de abetos.

Que porção de corpos nus e seminus o velho deve ter visto ao longo dos anos, pensa George, ensaboando as mãos, e como ele deve tê-los desaprovado. Pelo menos, o velho não foi condenado a ficar na privada: isso teria sido demais para ele. George faz uma pequena reverência supersticiosa, estranhamente japonesa, na direção do bisavô, enquanto se encaminha para a porta. Ele sempre faz isso. A presença desse totem ancestral de cara amarrada é um dos motivos pelos quais ele se comporta, mais ou menos bem, por aqui.

* * *

A mesa do almoço está posta na grande varanda protegida por tela na frente da casa, com vista para o lago. Prue não está sentada à mesa, mas suas duas irmãs estão: Pamela, a de cara seca, e a mais velha, e a suave Portia, a mais moça das três e esposa de George. Também lá está Roland, o irmão. Grandalhão, roliço, começa a ficar careca. George, que não gosta muito de homens em ocasiões puramente sociais porque há poucas maneiras por meio das quais pode manipulá-los, dá a Roland um cumprimento de cabeça educado e volta toda a intensidade de seu sorriso vulpino para as duas mulheres. Pamela, que não confia nele, se senta mais ereta e faz de conta que não o vê. Portia lhe sorri, um sorriso vago, sonhador, como se ele fosse uma nuvem. Roland o ignora, embora não deliberadamente, porque Roland tem a vida interna de uma árvore ou possivelmente de um toco de árvore. George nunca sabe dizer em que Roland está pensando ou sequer se está pensando.

– O tempo não está maravilhoso? – pergunta George para Pamela.

Ao longo dos anos, ele aprendeu que o tempo é um tema apropriado para iniciar qualquer conversa. Pamela é bem-educada demais para se recusar a responder a uma pergunta direta.

– Se você gosta de cartões-postais – diz ela. – Pelo menos, não está nevando.

Pamela recentemente foi nomeada Deã de Mulheres, um título que George ainda não compreendeu de todo. O dicionário Oxford o informou que deão pode ser o dignitário eclesiástico que preside um grupo de dez monges em um monastério ou "conforme a tradução do latim medieval, *decanus*, aplicado a *teoðing-ealdor*, chefe de uma *tenmannetale*, decania". Muito do que Pamela diz parece mais ou menos com isso: incompreensível, embora possa vir a revelar ter um significado, se estudado.

George gostaria de ir para a cama com Pamela, não porque seja bonita – ela é retilínea, parece demais com uma tábua para o gosto dele, não tem bunda e o cabelo é da cor de grama seca –, mas porque nunca o fez. Também, quer saber o que ela diria. Seu interesse nela é antropológico. Ou talvez geológico, ela teria de ser escamada, como uma geleira.

– Você aproveitou a leitura? – pergunta Portia. – Espero que não tenha se queimado demais. Quais são as novas no jornal?
– Se é que se pode chamar de novas – diz Pamela. – O jornal é da semana passada. Por que se diz "novas"? Por que não dizemos "velhas"?
– George gosta de coisas velhas – diz Prue, entrando com uma travessa de comida. Ela vestiu uma camisa masculina branca por cima de sua criação com os lenços, mas não a abotoou. – Sorte nossa, não é, meninas? Tratem de comer, todos. Temos sanduíches de queijo com *chutney* deliciosos e sardinhas também de lamber os beiços. George? Cerveja ou chuva ácida?

George toma a cerveja, bebe e sorri, come e sorri, enquanto a família conversa ao seu redor – todos menos Roland, que absorve seus nutrientes em silêncio, olha para fora, contempla o lago por entre as árvores, os olhos imóveis. George às vezes pensa que Roland pode mudar ligeiramente de cor de acordo com o ambiente para se tornar quase invisível; ao contrário de George, que está condenado a se destacar.

Pamela reclama de novo dos pássaros empalhados. Há três deles sob redomas de vidro na sala de visitas: um pato, um mergulhão e uma tetraz. Foi uma das ideias brilhante do bisavô, destinada a combinar com o *décor* campestre: o velho tapete de pele de urso, completo com garras e cabeça; a canoa em miniatura de casca de bétula na cornija da lareira; as raquetes de caminhar na neve, rachadas e ressecadas, cruzadas acima da lareira; o cobertor de Hudson Bay, pregado na parede e infestado de traças. Pamela tem certeza de que os pássaros também serão atacados pelas traças.

– Eles provavelmente são um mar de vermes, por dentro – diz ela, e George tenta imaginar como seria um mar de vermes. São seus saltos metafóricos, suas urdiduras verbais complexas, que o confundem.

– São hermeticamente vedados – diz Prue. – Sabe como é: nada entra, nada sai. Como freiras.

– Não seja nojenta – rebate Pamela. – Deveríamos ver se têm fezes?

– Quem, as freiras? – pergunta Prue.

– Que fezes? – perguntou George.

– Excrementos de vermes – diz Pamela, sem olhar para ele. – Poderíamos mandar lavar a seco.

– Isso funcionaria? – emenda Prue.

Prue, que na cidade é a primeira a adotar novas tendências – a primeira cozinha branca, o primeiro par de ombreiras gigantes, o primeiro conjunto de casaco e calças de couro sempre foram dela ao longo dos anos –, aqui se mostra tão resistente à mudança quanto as outras. Ela quer que tudo nesta península continue exatamente da maneira como sempre foi. E continua, embora com um declínio gradual rumo à miséria. George, contudo, não se incomoda com a indignidade. O Pavilhão Wacousta é um pedacinho do passado, de um passado estrangeiro. Ele se sente privilegiado.

Uma lancha a motor passa, uma daquelas de casco de plástico e de alta velocidade, perto demais. Até Roland se encolhe. A onda sacode o cais.

– Detesto esses barcos – diz Portia, que não mostrou muito interesse pela questão dos pássaros empalhados. – Mais um sanduíche, querido?

– Era tão lindo e silencioso por aqui durante a guerra – diz Pamela. – Você deveria ter estado aqui, George. – Ela diz isso em tom acusador, como se fosse culpa dele não ter estado. – Quase nenhum barco a motor por causa do racionamento de gasolina. Mais canoas. É claro, a estrada ainda não havia sido construída na época, só havia o trem. Gostaria de saber, por que dizemos "linha de pensamento" mas nunca "vagão de pensamento"?

– E barcos a remo – diz Prue. – Acho que todas essas pessoas que andam de lanchas deveriam ser presas e fuziladas. Pelo menos as que andam em alta velocidade. – A própria Prue dirige como uma louca, mas só em terra.

George, que viu muita gente ser presa e fuzilada, se bem que não por dirigir lanchas, sorri e se serve de uma sardinha. Ele mesmo já fuzilou três homens. Mas apenas dois foram estritamente necessários. O terceiro foi por precaução. Ainda se sente incomodado com aquilo, com aquele homem possivelmente inofensivo com seus olhos de informante, inocentes demais, com a camisa encharcada de sangue. Mas não haveria sentido em mencionar isso no almoço ou em qualquer outro momento. George não deseja ser assustador ou surpreendente.

Tinha sido Prue que o trouxera para o norte, que o trouxera para ali durante o caso que eles tiveram, o primeiro caso. (Quantos casos já tinham havido? Será que podem ser separados ou são realmente um único longo caso, com interrupções, como um cordão de salsichas? As interrupções foram os casamentos de Prue, que nunca duraram muito, possivelmente porque ela foi monogâmica enquanto esteve casada. Ele sabia quando um casamento estava chegando ao fim: o telefone em seu escritório tocava e era Prue: – George. Não consigo mais. Fui tão comportada, mas não consigo mais continuar. Ele entra no banheiro quando estou passando fio dental. Estou louca para estar dentro de um elevador com você, parado entre dois andares. Diga-me alguma coisa bem *indecente*. Odeio o amor, você também, não?)

* * *

Da primeira vez, ele fora levado acorrentado, arrastado na esteira de Prue, como um bárbaro em um triunfo romano. Uma captura indiscutível, também um ultraje deliberado. Ele deveria alarmar a família de Prue, e alarmou, embora não de propósito. O inglês dele não era bom, seu cabelo era brilhante demais, seus sapatos pontudos demais, suas roupas bem passadas demais. Ele usava óculos escuros, beijava mãos. A mãe estava viva na época, embora o pai, não; de modo que havia quatro mulheres alinhadas contra ele, sem absolutamente qualquer ajuda do impenetrável Roland.

– Mãe, este é o George – disse Prue, no píer onde todos estavam sentados em suas cadeiras de lona ancestrais, as filhas de roupas de banho com camisas por cima, a mãe numa roupa listrada em tons pastel. – Esse não é o verdadeiro nome dele, mas é mais fácil de pronunciar. Ele veio para ver os animais silvestres.

George se inclinou para beijar a mão da mãe salpicada de manchas de sol e seus óculos escuros caíram no lago. A mãe fez sons arrulhantes de aflição, Prue riu dele, Roland o ignorou, Pamela virou-se, irritada. Mas Portia – a belíssima Portia, mignon, de ossos delicados, com olhos aveludados – tirou a camisa sem dizer uma palavra e mergulhou no lago. Ela recuperou os óculos para ele, sorrindo timidamente, os entregou de dentro d'água, os cabelos molhados pingando sobre os seios pequeninos, como uma ninfa aquática em uma fonte Art Nouveau, e ele soube naquele momento que era com ela que iria se casar. Uma mulher de cortesia e tato e de poucas palavras, que seria gentil com ele, que lhe daria cobertura; que apanharia as coisas que ele deixasse cair.

Naquele dia à tarde, Prue o levou para um passeio no lago numa das canoas que vazavam água e ficavam cobertas por lona no hangar dos barcos. Ele sentou na frente, enfiando o remo na água idiotamente, pensando em como conseguiria fazer com que Portia se casasse com ele. Prue os fez descer em uma ponta rochosa e o conduziu para o meio das árvores. Ela queria que ele fizesse amor com ela no seu habitual modo devasso, violento e estranho, sobre os musgos de rena e agulhas de pinheiro; ela queria quebrar algum tabu da família. Sacrilégio era o que Prue tinha em mente: isso ficou tão claro para ele como se o tivesse lido. Mas George já tinha seu plano de ataque preparado, de modo que disse não a ela e a dissuadiu. Ele não queria profanar o Pavilhão Wacousta: queria se casar com ele.

Naquela noite, no jantar, ele negligenciou as três filhas em favor da mãe: a mãe era a guardiã; a mãe era a chave. Apesar de seu vocabulário precário, George podia ser devastadoramente charmoso, como Prue tinha informado a todo mundo enquanto eles tomavam a canja de galinha.

– Pavilhão Wacousta – disse George para a mãe, inclinando a cicatriz e os olhos brilhantes de saqueador na direção dela sob a luz do lampião a querosene. – Isso é tão romântico. Por acaso é o nome de uma tribo indígena?

Prue deu uma gargalhada.

– O nome é em homenagem a um livro idiota qualquer – respondeu. – Meu bisavô gostava dele porque foi escrito por um general.

– Um major – corrigiu Pamela severamente. – No século XIX. Major Richardson.

Dicas da imensidão

– Ah? – disse George, adicionando mais um item ao seu tesouro já crescente de tradições locais.

Então, por aqui havia livros e casas que recebiam nomes em homenagem a eles? A maioria das pessoas era sensível com relação ao tema de seus livros; seria bom demonstrar algum interesse. De qualquer maneira, ele *estava* interessado. Mas quando perguntou qual era o tema do tal livro revelou-se que nenhuma das mulheres o tinha lido.

– Eu o li – disse Roland, inesperadamente.
– Ah? – disse George.
– É sobre a guerra.
– Está na prateleira da sala – disse a mãe, com indiferença. – Depois do jantar, você pode dar uma olhada, se está assim tão fascinado.

Tinha sido a mãe (explicou Prue) a culpada pelo fato de as irmãs terem aqueles nomes aliterantes. Ela era uma mulher caprichosa, embora não fosse sádica; apenas tinha sido numa época em que pais faziam isso – davam aos filhos nomes que combinassem como se tivessem saído de uma cartilha. A abelha, a aranha e a avestruz. Mary e Marjorie Murchinson. David e Darlene Daly. Ninguém mais fazia isso. É claro que a mãe não tinha parado apenas nos nomes, também os tinha convertido em apelidos: Pam, Prue, Porsh. O apelido de Prue foi o único que ficou. Pamela agora é importante e séria demais para o dela, Portia diz que já é mau o suficiente ser confundida com um carro e por que ela não pode ser chamada apenas por uma inicial?

Roland tinha ficado fora do conjunto, por insistência do pai. A opinião de Prue era que ele sempre se ressentira disso.

– Como você sabe? – perguntara-lhe George, passando a língua ao redor do umbigo dela enquanto estava deitada de anágua curta no tapete chinês de seu escritório, fumando um cigarro e rodeada por folhas de papel que tinham sido derrubadas da mesa durante a escaramuça inicial.

Ela se certificara de que a porta estava destrancada: gostava de correr o risco de uma interrupção, de preferência pela secretária de George, que ela suspeitava ser uma concorrente. Que secretária e quando tinha sido aquilo? Os papéis derrubados no chão eram parte de um plano de tomada de controle – do grupo Adams. É assim que George situa os diversos episódios com Prue: lembrando que malvadez estava aprontando na época. Ele tinha ganhado seu dinheiro rapidamente e depois ganhou ainda mais. Tinha sido muito mais fácil do que imaginara; tinha sido como enfiar um arpão em um peixe sob a luz de uma lanterna. As pessoas eram negligentes e confiantes e se deixavam constranger com facilidade por qualquer sugestão de intolerância por parte delas ou falta de hospitalidade com desconhecidos. Não estavam prontas para ele. Ele tinha ficado tão feliz quanto um missionário entre os havaianos. Um sinal de oposição e ele exageraria seu sotaque e faria referências misteriosas às atrocidades comunistas. Era só se apoderar do terreno moral privilegiado e depois agarrar tudo o que pudesse.

* * *

Depois daquele primeiro jantar, todos foram para a sala de visitas e levaram as xícaras de café. Lá também havia lamparinas a querosene – das antigas, com globos de vidro. Prue pegou George pela mão na frente de todo mundo e o levou até a estante, que ao alto tinha uma coleção de conchas e de pedaços de madeira flutuantes da infância das garotas.

– Aqui está – disse ela. – Leia e chore.

Ela saiu para encher de novo a xícara de café dele. George abriu o livro, uma velha edição que tinha, como ele esperara, um frontispício de um guerreiro de aspecto feroz com um tacape na mão e pintura de guerra no rosto. Depois passou os olhos pelas prateleiras. *De mar a mar*, *Animais silvestres que conheci*, *The Collected Poems of Robert Service*, *História de nosso império*, *Dicas da imensidão*.

Dicas da imensidão o deixou intrigado. "Imensidão" ele conhecia, mas "dicas"? Ele não soube dizer de imediato se a palavra era um verbo ou um substantivo. Ele conhecia bem de água e viras de sapato. Certa tarde, quando entrava na cidade com seus sapatos escorregadios de sola de couro que usava, Prue tinha dito: "Cuidado

Dicas da imensidão   199

que vira." Talvez "dica" fosse algum outro tipo de vira. Lembrou-se de "Dicas para donas de casa felizes", colunas em revistas de mulheres que ele havia se habituado a ler para melhorar o inglês – o vocabulário era bastante simples e havia fotografias que ajudavam muito.

Quando ele abriu o livro, viu que tinha acertado em seu palpite. *Dicas da imensidão* era datado de 1905. Havia na orelha uma foto do autor, que vestia um paletó de lã axadrezado e chapéu de feltro, fumava um cachimbo e remava numa canoa, com um cenário ao fundo que era mais ou menos o que se podia ver pela janela: água, ilhas, rochedos, árvores. O livro em si ensinava a fazer coisas úteis, como apanhar pequenos animais em armadilhas e comê-los – algo que George já tinha feito, embora não em florestas – ou acender uma fogueira debaixo de um temporal. Essas instruções eram intercaladas com passagens líricas sobre as alegrias da independência e da vida ao ar livre e descrições de pescarias e de pores do sol. George levou o livro para uma cadeira próxima de um dos lampiões com globo; ele queria ler sobre facas de esfola, mas Prue voltou com o seu café, Portia lhe ofereceu um chocolate e ele não queria correr o risco de desagradar alguma das duas, não em um estágio assim tão inicial. Isso poderia vir depois.

* * *

Agora George entra de novo na sala de visitas e mais uma vez leva uma xícara de café. A essa altura, já leu todos os livros da coleção do bisavô. É o único que os leu.

Prue o segue. As mulheres se revezam para tirar a mesa e lavar a louça e hoje não é a vez dela. A tarefa de Roland é cortar a lenha. Houve uma tentativa uma vez de fazer George usar um pano de prato, mas ele quebrou três taças de vinho, alardeou sua falta de jeito e desde então foi deixado em paz.

– Você quer mais café? – pergunta Prue.

Ela está bem junto dele, exibe a camisa aberta e os dois lenços. George não tem certeza se quer começar alguma coisa de novo, mas bota a xícara sobre a prateleira de livros e põe a mão no quadril dela. Ele quer checar suas opções, se certificar de que ainda é bem-vindo. Prue suspira – um longo suspiro de desejo, de exasperação ou das duas coisas.

– Ah, George – diz ela. – O que devo fazer com você?

– O que você quiser – diz George, e chega a boca bem perto da orelha dela. – Sou apenas uma massa de argila em suas mãos. – No lóbulo da orelha de Prue está um brinco minúsculo em forma de concha. Ele reprime um impulso de mordiscar.

– George, o Curioso – diz ela, usando um de seus velhos apelidos para ele. – Você costumava ter os olhos de um cabrito. Olhos safados.

E agora sou um bode velho, pensa George. Ele não consegue resistir, quer ser jovem novamente; corre a mão para cima sob a camisa dela.

– Mais tarde – diz Prue, triunfalmente. Ela se afasta dele, arma seu sorriso indeciso e George vira a xícara com o cotovelo.

– *Fene egye meg* – diz ele, e Prue dá uma gargalhada. Ela conhece o significado desses palavrões e de piores do que esses também.

– Eta sujeito desastrado – diz ela. – Vou pegar uma esponja.

George acende um cigarro e espera o retorno dela. Mas é Pamela quem aparece, franzindo o cenho sob o umbral da porta, com um pano de chão meio esfarrapado na mão e uma tigela de metal. Típico de Prue ter encontrado alguma outra tarefa mais urgente para fazer. Ela provavelmente está na privada, folheando uma revista e tramando manobras, decidindo quando e onde vai seduzi-lo de novo.

– Então, George, você fez porcaria – diz Pamela, como se ele fosse um cachorrinho. Se ela tivesse um jornal enrolado na mão, pensa George, ela me bateria no nariz.

– É verdade, sou um imbecil – diz George, amavelmente. – Mas você sempre soube disso.

Pamela se põe de joelhos e começa a limpar.

– Se o plural de fóssil é "fósseis," qual é o plural de "imbecil"? – pergunta ela. – Por que não é "imbeceis"?

George se dá conta de que grande parte do que ela diz não é dirigida a ele ou a outro ouvinte, e sim apenas a ela mesma. Será que isso é porque ela pensa que ninguém pode ouvi-la? Ele acha a visão dela ajoelhada no chão sugestiva – até excitante. Percebe um leve odor vindo dela: sabão em pó, mais uma pitada de algo doce. Loção para as mãos? Ela tem um pescoço e uma garganta graciosos. George se pergunta se ela algum dia teve um amante e, se teve, como era ele. Um homem insensível, sem habilidade alguma. Um imbecil.

– George, você fuma como uma fornalha – diz ela, sem se virar. – Você deveria parar ou isso vai matá-lo.

George pensa na ambiguidade da frase. "Fuma como uma fornalha." Ele vê a si mesmo como um dragão, o bafo ardente e chamas que jorram de sua bocarra faminta. Será que essa é a visão que ela tem dele?

– Isso deixaria você feliz – diz ele, decidindo por impulso tentar um ataque frontal. – Sei que você adoraria me ver a sete palmos debaixo da terra. Você nunca gostou de mim.

Pamela para de limpar o chão e olha para ele por cima do ombro. Então se levanta e torce o pano sujo na tigela.

– Isso é criancice – diz ela, calmamente. – E indigno de você. Você precisa fazer mais exercício. Esta tarde vou levar você para fazer canoagem.

– Você sabe que sou um desastre nisso – diz George, com sinceridade. – Sempre bato em rochedos. Nunca os vejo.

– Geologia é destino – diz Pamela, como se para si mesma. Ela faz uma careta para o mergulhão empalhado sob sua redoma de vidro. Está pensando. – Sim – diz afinal. – O lago é cheio de rochedos ocultos. Pode ser perigoso. Mas cuidarei de você.

Será que ela está flertando com ele? Será que um rochedo pode flertar? George mal consegue acreditar, mas sorri para ela, segura o cigarro no centro da boca, mostra os caninos e pela primeira vez na vida deles Pamela retribui seu sorriso. A boca de Pamela fica muito diferente quando seus cantos se viram para cima; é como se ele a visse de cabeça para baixo. George fica surpreendido com a beleza de seu sorriso. Não é um sorriso astuto como o de Prue, nem de beatitude, como o de Portia. É o sorriso de uma moleca, de uma criança travessa, mesclado com algo que ele nunca teria esperado encontrar nela. Generosidade, uma despreocupação. Ela tem alguma coisa que deseja dar a ele. O que poderia ser?

* * *

Depois do almoço e de uma pausa para a digestão, Roland retoma sua tarefa de cortar lenha, ao lado do depósito logo atrás da cozinha. Ele corta achas de bétula – de uma árvore moribunda que derrubou um ano antes. Os castores tinham começado a roê-la, mas mudaram de ideia. De qualquer maneira, a bétula branca não vive muito tempo. Ele usara uma motosserra, cortara o tronco em pedaços de tamanho igual, a lâmina entrara na madeira como uma faca na manteiga, o barulho encobrira todos os outros – do vento e das ondas, o gemido dos caminhões da autoestrada do outro lado do lago. Ele não gosta do barulho de máquinas, mas são mais fáceis de tolerar quando é você mesmo quem o faz, quando pode controlá-lo. Como tiros.

Não que Roland atire. Ele costumava atirar: costumava sair para caçar veados na temporada de caça, mas agora não é mais seguro caçar, há um número excessivo de outros homens caçando – italianos e quem sabe mais o quê – que disparam contra qualquer coisa que se move. Seja como for, ele perdeu o gosto pelo resultado final, as carcaças com galhadas amarradas nas frentes dos carros como grotescos ornamentos de capô, as esplêndidas cabeças assassinadas olhando com olhos baços, dos topos de minivans. Ele compreende o sentido de carne de veado fatiada, de matar para comer, mas ter uma cabeça decepada pendurada na parede? O que isso prova, exceto que um veado não pode apertar um gatilho?

Ele nunca fala a respeito desses sentimentos. Sabe que seriam usados contra ele em seu local de trabalho, que ele odeia. Seu trabalho é administrar dinheiro para outras pessoas. Ele sabe que não é um grande sucesso, não de acordo com os padrões de seu bisavô. O velho zomba dele todas as manhãs, daquela moldura de pau-rosa no banheiro, enquanto se barbeia. Ambos sabem da mesma coisa: se Roland fosse um sucesso, estaria lá fora pilhando, não contando tostões. Ele teria um homem descontente, grisalho e inofensivo contando os tostões para ele. Um regimento deles. Um regimento de homens como ele.

Roland levanta uma tora de bétula, a põe de pé no cepo, levanta e gira para baixo o machado. Faz um corte limpo, mas está fora de forma. Amanhã terá bolhas d'água. Daqui a pouco, vai parar, se abaixar e empilhar, se abaixar e empilhar. Já há lenha suficiente, mas gosta de fazer isso. É uma das poucas coisas de que gosta. Só se sente vivo quando está ali.

Ontem ele veio de carro do centro da cidade, passou pelos armazéns, pelas fábricas e pelas torres reluzentes de vidro que subiram, ao que parece, da noite para o dia; passou pelas subdivisões que poderia jurar que não estavam ali no ano passado, no mês passado. Hectares de terrenos sem árvores, de novas casas com pequenos telhados pontudos – como tendas, como uma invasão. As tendas dos godos e dos vândalos. As tendas dos hunos e dos magiares. As tendas de George.

Golpeia o machado para baixo na cabeça de George, que é cortada em duas. Se Roland soubesse que George estaria ali naquele fim de semana, não teria vindo. Maldita Prue e seus lenços idiotas e sua camisa aberta, os seios de meia-idade oferecidos como pãezinhos quentes, salpicados de sardas, com as sardinhas e o queijo. George desliza seus olhos oleosos pelo corpo inteiro dela e Portia finge não ver. Maldito George e seus negócios duvidosos, seus subornos a vereadores, maldito George com seus milhões e seu charme espúrio, excessivo. George deveria ficar na cidade, que é o seu lugar. Ele é difícil de engolir mesmo lá, mas pelo menos Roland pode se manter longe de seu caminho. Aqui no Pavilhão Wacousta ele é intolerável, andando para lá e para cá e se pavoneando como se fosse dono do lugar. Ainda não. Provavelmente ele vai esperar que todos batam as botas e então transformará a propriedade em uma casa de repouso para aposentados ricos japoneses. Ele lhes venderá a natureza, com uma imensa margem de lucro. Isso é o tipo de coisa que George faria.

Roland soube que o homem era um lagarto na primeira vez em que o viu. Por que Portia se casara com ele? Ela poderia ter-se casado com alguém decente e deixar George para Prue, que o tinha desencavado Deus sabe de onde e o exibia como se fosse um troféu. Prue o merecia; Portia, não. Mas por que Prue desistira dele sem disputa? Aquilo não era coisa dela, não era de seu temperamento. Era como se tivesse havido alguma negociação, algum acordo invisível entre elas, Portia ficou com George, mas o que ela deu em troca dele? O que tinha para dar?

Portia sempre foi sua irmã preferida. Ela era a mais moça, a caçulinha, o bebê. Prue, que era a segunda mais moça, costumava implicar com ela cruelmente, embora Portia custasse de maneira notável a chorar. Em vez disso, apenas olhava, como se não pudesse entender muito bem o que Prue estava fazendo com ela ou por quê. Então ela se afastava e ia embora sozinha. Ou Roland vinha defendê-la, havia uma briga, Roland era acusado de maltratar a irmã e lhe diziam que não deveria fazer aquilo porque era um garoto. Ele não se lembra de que papel Pamela costumava desempenhar em tudo isso. Pamela era mais velha do que eles todos e tinha os próprios planos, que não pareciam incluir mais ninguém. Pamela lia na mesa de jantar e saía sozinha na canoa. Pamela tinha permissão para isso.

Na cidade, eles frequentavam escolas diferentes ou estavam em turmas distintas; a casa era grande e eles tinham cada qual os caminhos próprios dentro dela, cada qual sua toca. Era só aqui que os territórios deles se sobrepunham. Pavilhão Wacousta, que parece tão pacífico, é para Roland o repositório das guerras de família.

Que idade tinha ele – nove? Dez? – na ocasião em que quase matara Prue? Era verão e ele queria ser um índio, por causa do livro *Dicas da imensidão*. Costumava tirar o livro às escondidas da prateleira e levá-lo para fora, para trás do depósito de madeira, e virar e revirar as páginas. *Dicas da imensidão* ensinava você como sobreviver sozinho na floresta – algo que ele ansiava fazer. Como construir abrigos, fazer roupas de peles, encontrar plantas comestíveis. Também continha diagramas, desenhos em bico de pena – de rastros de animais, folhas e sementes. Descrições de diferentes tipos de excremento de animais. Ele se lembra da primeira vez em que encontrou fezes de urso, frescas e fedidas, roxas como mirtilos. Aquilo o tinha deixado morto de medo.

Havia muita coisa a respeito de índios, sobre como eram nobres, bravos, fiéis, limpos, reverentes, hospitaleiros e honrados. (Até aquelas palavras parecem fora de moda agora, arcaicas. Quando tinha sido a última vez em que Roland ouvira alguém sendo elogiado por ser *honrado*? Eles só atacavam para se defender, para impedir que suas terras fossem roubadas. Eles também andavam de maneira diferente. Havia um diagrama, na página 208, de pegadas, as de um índio e as de um homem branco: o branco calçava pesadas botas ferradas e seus polegares apontavam para fora; o índio calçava mocassins e seus pés pisavam bem retos para frente. Roland passou a prestar atenção em seus pés desde então, para contrariar o que em sua opinião é um andar de pinguim geneticamente programado.)

Naquele verão, ele corria por todo lado com um pano de prato enfiado na frente do calção de banho para servir de tanga, e enfeitava o rosto com carvão tirado da lareira, que alternava com tinta vermelha tirada da caixa de pintura de Prue. Ele se esgueirava do lado de fora debaixo de janelas e ficava ouvindo conversas. Ao tentar fazer sinais de fumaça, ateou fogo a um pequeno trecho de vegetação rasteira perto do hangar de barcos, mas apagou antes de ser apanhado. Para servir de punho, amarrou uma pedra oblonga em um galho com um cadarço de couro das botas do pai; seu pai estava vivo na época. Ele se aproximou sorrateiramente de Prue, que estava sentada no cais lendo revistas de história em quadrinhos, com as pernas balançando na água.

Ele estava com seu machado de pedra. Poderia ter-lhe afundado o crânio. Ela não era Prue, é claro: ela era Custer, era traiçoeira, era o inimigo. Ele chegou a levantar o machado e observar a silhueta convincente que sua sombra fazia no cais. A pedra se soltou e caiu sobre seu pé descalço. Ele gritou de dor. Prue se virou, viu-o lá, adivinhou num instante o que ele estava fazendo e caiu na gargalhada. Foi naquele momento que ele quase a matou. A outra coisa, o machado de pedra, tinha sido apenas uma brincadeira.

A coisa inteira tinha sido uma brincadeira, mas ter de abrir mão dela foi algo que o feriu. Queria tanto acreditar naquele tipo de índios, o tipo que havia no livro. Precisava que eles existissem. Dirigindo para vir para cá ontem, tinha passado por um grupo de índios de verdade, três deles, numa barraquinha em que vendiam mirtilos. Vestiam jeans, camisetas e tênis de corrida, como todo mundo. Um deles tinha um rádio transistor. Uma minivan marrom muito limpa estava estacionada ao lado da barraquinha. Então o que ele havia esperado deles, penas? Tudo isso tinha se acabado, estava perdido, arruinado, anos antes de ele sequer ter nascido.

Roland sabe que tudo isso é besteira. Afinal, ele é um contador de tostões, negocia com o dinheiro vivo da realidade. Como se pode perder alguma coisa que para começar nunca foi sua? (Mas você pode, porque houve um tempo em que *Dicas da imensidão* era dele, e ele o perdera. Ele hoje tinha aberto o livro, antes do almoço, depois de 45 anos. Lá estava o vocabulário inocente e ultrapassado que outrora o inspirara: Masculinidade com M maiúsculo, coragem, honra. O Espírito do Agreste. Era ingênuo, pomposo, ridículo. Era pó.)

Roland corta com seu machado. O som se espalha em meio às árvores, atravessa a pequena enseada à sua esquerda, bate e quica na alta crista de rochas e faz um ligeiro eco, é um som antigo, um som que restou do passado.

* * *

Portia está deitada na cama, ouve os sons de Roland cortando lenha, tira sua soneca da maneira como sempre fez, sem dormir. A soneca outrora lhe era imposta à força pela mãe. Agora ela apenas faz isso. Quando era pequena, costumava ficar deitada ali – enfiada na cama a salvo de Prue – no quarto dos pais, na cama de casal dos pais, que agora é dela e de George. Costumava pensar em toda sorte de coisas; via caras e formas de animais nos nós do teto de pinho e criava histórias a respeito delas.

Agora as únicas histórias que ela inventa são sobre George. Elas são provavelmente mais irreais do que aquelas que ele inventa a respeito de si mesmo, mas ela não tem como realmente saber. Existem pessoas que mentem por instinto e pessoas que não mentem e as que não mentem ficam à mercê das que mentem.

Prue, por exemplo, é uma mentirosa despreocupada. Sempre foi; e gosta disso. Quando elas eram crianças, dizia: "Olhe, tem uma meleca enorme saindo de seu nariz" e Portia corria para o espelho do banheiro. Não havia, mas ela lavava, lavava, lavava, tentava limpar uma sujeira inexistente, enquanto Prue se dobrava de rir. "Não acredite nela", dizia Pamela. "Não seja bobalhona assim". (Uma de suas palavras preferidas na época – ela a usava para se referir a pirulitos, a peixes, a bocas.) Mas às vezes as coisas que Prue dizia eram verdade, de modo que como você podia saber?

George é igualzinho. Ele olha bem nos olhos dela e mente com tanta ternura, com sentimento tão sincero, com tanta tristeza implícita diante da falta de credulidade dela nele que ela não pode questioná-lo. Questioná-lo a tornaria cínica e dura. Ela prefere ser beijada; ela prefere ser querida. Ela prefere acreditar.

Ela sabia do caso de George com Prue no princípio, é claro. Foi Prue quem o trouxe ali pela primeira vez. Mas, depois de algum tempo, George jurou que a história com Prue não tinha sido séria e, de qualquer maneira, estava acabada; e Prue parecia não se incomodar. Ela já tinha tido George, deixava implícito; ele tinha sido usado, como um vestido. Se Portia o queria depois dela, para ela pouco importava.

– Fique à vontade – dissera ela. – Deus sabe que George tem disposição de sobra para dar conta de todo mundo.

Portia queria fazer as coisas da maneira como Prue fazia; ela queria meter a mão na massa. Viver algo de intenso, seguido por um descarte despreocupado. Mas ela era jovem demais; não tinha jeito para aquilo. Saíra do lago, entregara os óculos escuros a George e ele a olhara da maneira errada; com reverência, não com paixão – um olhar límpido, sem um traço de sujeira. Depois do jantar, naquela noite, ele dissera, com cortesia meticulosa:

– Tudo aqui é novo para mim. Gostaria que você fosse a minha guia, de seu maravilhoso país.
 – Não sei – dissera Portia. – E a Prue? – ela já estava se sentindo culpada.
 – Prue não compreende obrigações – dissera ele (o que era absolutamente verdadeiro, ela não compreendia e essa percepção de George era comovente). – Você, entretanto, compreende. Sou o convidado; você é o anfitrião.
 – A anfitriã – dissera Pamela, que parecia não estar ouvindo.
 – "Anfitrião" é masculino, como "meu anfitrião" numa pensão.– Acho que você tem uma irmã intelectual – disse George, sorrindo, como se essa qualidade de Pamela fosse uma curiosidade ou talvez uma deformidade. Pamela lhe lançou um olhar de puro ressentimento e desde aquela ocasião não se esforçou em ser gentil com ele. Ele era como um nó na madeira, no que lhe dizia respeito.

Mas Portia não se importa com a indiferença de Pamela; ou melhor, ela a aprecia. Houve um tempo em que ela queria ser mais como Prue, mas agora é Pamela. Pamela, considerada tão excêntrica e estranha e já livre aos cinquenta, agora parece ser a única delas que compreendeu a questão corretamente. Liberdade não é ter uma porção de homens, não se você acha que tem de ter. Pamela faz o que quer, nada mais nada menos do que isso.

É bom que exista uma mulher no universo que é capaz de estar com George ou não querer nada com ele. Portia gostaria de ser indiferente assim. Mesmo depois de 32 anos, ela ainda está prisioneira do atropelo, do arquejar e da falta de ar do amor. Não é diferente daquela primeira noite em que ele se inclinou para beijá-la (lá embaixo no hangar dos barcos, depois de uma noite remando na canoa) e ela ficara parada lá, como um gamo sob a luz ofuscante de faróis, paralisada, enquanto algo enorme e incontrolável avançava sobre ela, esperando o gemido estridente de freios, o choque da colisão. Mas não foi esse tipo de beijo: não era sexo que George queria dela. Ele queria outra coisa – as camisas de algodão brancas de esposa, os berços. Ele fica triste por eles nunca terem tido filhos.

Ele era um homem bonito naquela época. Havia muitos homens bonitos, mas os outros pareciam em branco, sem nada escrito neles, se comparados com ele. Ele é o único que ela quis. Contudo, ela não pode tê-lo, porque ninguém pode tê-lo. George é dono de si mesmo e não abre mão disso.

Isto é o que instiga Prue a continuar: ela quer finalmente agarrá-lo, abri-lo, arrancar algum tipo de concessão dele. George é a única pessoa na vida dela que Prue nunca conseguiu intimidar, nem ignorar, nem enganar, nem subjugar. Portia sempre sabe quando Prue está de volta ao ataque: há sinais reveladores; há os telefonemas silenciosos; há os arroubos melancólicos de mentiras de George – um prenúncio escancarado de traição. Ele sabe que ela sabe; ele a ama especialmente por não dizer nada; ela se permite ser especialmente amada.

Contudo, nada acontece agora. Não no momento, não ali, não no Pavilhão Wacousta. Prue não ousaria, nem George. Ele sabe onde ela impõe um limite; ele sabe qual é o preço do silêncio dela.

* * *

Portia consulta o relógio: a hora da soneca acabou. Como de hábito, não foi repousante. Ela se levanta, vai para o banheiro, molha o rosto. Aplica creme de leve, massageando-o ao redor dos olhos. A questão nesta idade é com que tipo de cão você vai se parecer brevemente. Ela será um beagle. Prue, um terrier. Pamela será um galgo afegão ou alguma outra raça igualmente misteriosa.

Seu bisavô a observa no espelho, desaprovando-a como sempre desaprovou, embora estivesse morto muito antes de ela nascer.

– Fiz o melhor que pude – diz a ele. – Casei-me com um homem como o senhor. Um rei dos ladrões.

Ela nunca admitirá para ele nem para mais ninguém que é possível que isso tenha sido um erro. (Por que o pai dela nunca aparece em sua vida interior? Porque ele não estava presente, nem sequer sob a forma de um retrato. Ele estava no escritório. Mesmo durante os verões – especialmente durante os verões –, ele era uma ausência.)

Do lado de fora da janela, Roland parou de cortar lenha e está sentado no cepo, os braços apoiados nos joelhos, as mãos grandes penduradas, o olhar fixo perdido nas árvores. Ele é o favorito de Portia; era sempre ele quem vinha em sua defesa. Aquilo acabou quando ela se casara com George. Diante de Prue, Roland tinha sido eficiente, mas George o desconcertava. Não era de espantar. É o amor de Portia que protege George, que faz um muro ao seu redor. O amor estúpido de Portia.

Onde está George? Portia anda pela casa à procura dele. Geralmente, nesta hora do dia, ele está na sala de visitas, estendido no sofá, cochilando; mas ele não está lá. Ela olha ao redor da sala vazia. Tudo está como de costume: as raquetes de caminhar na neve na parede, a canoa de casca de bétula com a qual ela sempre quis brincar, mas não podia porque era uma lembrança, o tapete de pele de urso, o pelo opaco, que sai aos chumaços. Aquele urso outrora foi um amigo, até tinha um nome, mas ela esqueceu qual era. Na estante, há uma xícara de café vazia. Aquilo foi um deslize, um esquecimento; não deveria estar lá. Ela sente os primeiros sinais de um sentimento que costuma ter quando sabe que George está com Prue, um entorpecimento que começa na base da coluna. Mas não, Prue está deitada na rede na varanda com tela, lendo uma revista. Não pode haver duas Prues.

– Onde está George? – pergunta Portia, sabendo que não deveria.
– Como quer que eu saiba? – responde Prue. O tom dela é irritado, como se estivesse se perguntando a mesma coisa. – Qual é o problema... ele escapuliu da coleira? Engraçado, não há secretárias gostosas por aqui.

Sob a luz do sol, ela tem uma aparência desalinhada: o batom laranja demais se espalha em minúsculas rugas ao redor da boca; a franja sobre a testa está desgrenhada; as coisas estão saindo da linha.

– Não há necessidade de ser desagradável – diz Portia. Isso é o que a mãe delas costumava dizer para Prue, diante do corpo de uma boneca desmembrada, de uma aldeia destruída em uma caixa de areia, de um vidro de esmalte roubado, atirado contra a parede; e Prue nunca tinha resposta naquela época. Mas agora a mãe delas não está mais aqui para dizer isso.

Dicas da imensidão

– Há necessidade, *sim* – retruca Prue, com veemência. – Há uma necessidade.

Normalmente, Portia simplesmente fingiria não ter ouvido, lhe daria as costas e iria embora. Mas agora diz:
– Por quê?
– Porque você sempre teve o melhor de tudo – diz Prue.

Portia está pasma. Sem dúvida, ela é a muda, a sombra; não era ela que sempre tomava chá de cadeira, enquanto Prue era a dançarina frenética?
– O quê? – pergunta. – O que eu sempre tive?
– Você sempre foi boa demais para palavras – diz Prue, com rancor.
– Por que você fica com ele, de qualquer maneira? É pelo dinheiro?
– Ele não tinha um tostão quando me casei com ele – diz Portia, em tom suave.

Ela se pergunta se odeia ou não Prue. Não tem certeza de como seria sentir ódio de verdade. De qualquer maneira, Prue está perdendo aquele corpo rijo e travesso com o qual causou tanto estrago e agora que ele está indo embora, o que lhe restará? Isto é, à guisa de armas.

– Quando *ele* se casou com *você*, você quer dizer – diz Prue.
– Quando mamãe deu você em casamento. Você apenas ficou lá parada e deixou os dois cuidarem do assunto, como a babaca infeliz que você era.

Portia se pergunta se isso é verdade. Ela deseja poder voltar atrás algumas décadas, crescer de novo. Da primeira vez, ela deixou passar e perdeu alguma coisa; perdeu um estágio ou alguma informação vital que as outras pessoas pareciam ter. Desta vez, ela faria escolhas diferentes. Seria menos obediente; não pediria permissão. Não diria "eu faço", e sim "eu sou".

– Por que você nunca reagiu? – pergunta Prue. Ela parece sinceramente aborrecida.

Portia pode ver o caminho para o lago mais abaixo, até o cais. Há uma cadeira de lona lá, mas vazia. O jornal de George, enfiado debaixo da cadeira, se mexe por causa do vento. George deve ter-se esquecido de guardar a cadeira. Não costuma fazer isso.

– Espere um minuto – diz ela para Prue, como se elas fossem fazer uma breve interrupção naquela conversa que vinham tendo de maneiras diferentes havia cinquenta anos. Ela sai pela porta de tela e desce pelo caminho. Onde George se meteu? Provavelmente na privada. Mas a cadeira dele ondula como uma vela. Ela se detém para dobrar a cadeira e ouve. Há alguém no hangar de barcos; há um som de escaramuça, de respiração. Um porco--espinho que lambe o sal dos punhos dos remos? Não em plena luz do dia. Não, há uma voz. A água rebrilha, as pequenas ondas batem no cais. Não pode ser Prue; Prue está lá em cima na varanda. A voz parece a de sua mãe, a de sua mãe abrindo presentes de aniversário – aquele crescente suave de surpresa e de encantamento quase doloroso. Ah. Ah. *Ah*. É claro, no escuro não se pode dizer que idade uma pessoa tem.

Portia dobra a cadeira, encosta-a suavemente na parede do hangar de barcos. Sobe pelo caminho, carregando o jornal. Não faz sentido deixá-lo ser levado pelo vento e se espalhar pelo lago. Nenhum sentido em permitir que as ondas translúcidas sejam emporcalhadas por notícias velhas, por sofrimento humano encharcado. Desejo, cobiça e terrível desapontamento, mesmo nas páginas de finanças. Embora seja necessário que você leia nas entrelinhas.

Ela não quer entrar na casa. Portia dá a volta por trás da cozinha, evita o depósito de madeira onde pode ouvir o *choque, o choque* de Roland empilhando a lenha, retorna pelo caminho que leva à pequena baía arenosa onde todos eles nadavam quando crianças, antes de terem idade para mergulhar do píer no lago. Ali, ela se deita no chão e adormece. Quando acorda, há agulhas de pinheiro coladas em seu rosto e está com dor de cabeça. O sol está baixo no céu; o vento cessou; não há mais ondas. Uma calmaria podre. Ela tira as roupas, sem nem mesmo se preocupar em ouvir se há lanchas nas vizinhanças. De qualquer maneira, elas passam tão velozes que ela seria apenas um borrão.

Ela se joga no lago, desliza para dentro da água como se entre as camadas de um espelho: a camada de vidro, a camada de prata. Encontra duplicatas de suas pernas, de seus braços, ao descer. Flutua com apenas a cabeça acima da água. Ela é ela mesma aos 15 anos, aos 12, aos nove, aos seis. Na praia, associados a seus reflexos conhecidos, estão o mesmo pedregulho, o mesmo pedaço de tronco branco que sempre estiveram lá. O silêncio frio do lago é como uma grande exalação de alívio. É seguro ter essa idade, saber que o pedaço de tronco é o pedaço de tronco dela, que o pedregulho é dela e que nada vai mudar.

Há um sino que toca baixinho ao longe da casa, distante. O sino do jantar. É a vez de Pamela cozinhar. O que terão para comer? Alguma mistura estranha. Pamela tem ideias próprias sobre comida.

O sino toca de novo e Portia sabe que alguma coisa ruim está prestes a acontecer. Ela poderia evitá-la; poderia nadar mais para fora, se deixar ir e afundar.

Olha para a costa, para a linha da água, onde o lago acaba. Não está mais na horizontal: parece inclinada, como se tivesse havido um deslizamento na base; como se as árvores, os afloramentos de granito, o Pavilhão Wacousta, a península, todo o continente escorregasse gradualmente para baixo e submergisse. Ela pensa em um barco – um barco enorme, um navio de cruzeiro com passageiros – se inclinando, descendo, com as luzes ainda acesas, a música ainda tocando, as pessoas conversando sem parar, ainda sem ter conhecimento do desastre que se abaterá sobre elas. Ela vê a si mesma correndo nua pelo salão de baile – uma figura absurda, perturbadora, de cabelos pingando água e braços se debatendo, gritando para elas:

– Vocês não estão vendo? Está desmoronando, tudo está desmoronando, vocês estão afundando. Vocês estão acabados, se acabaram, estão mortos.

Ela seria invisível, é claro. Ninguém a ouviria. E nada aconteceu, realmente, nada que já não tenha acontecido antes.

QUARTA-FEIRA INÚTIL

Marcia esteve sonhando com bebês. Ela sonha que há um novo, dela, com cheiro de leite, de rostinho meigo e cheio de luz, deitado em seus braços, embrulhado numa manta verde de tricô. Ele tem até um nome, algo estranho que ela não entende. Ela está inundada de amor e de anseio pelo bebê, mas então pensa: agora terei de cuidar dele. Isso a desperta com um sobressalto.

Lá embaixo está na hora do noticiário. Alguma coisa extraordinária aconteceu, Marcia percebe pelo tom de voz do apresentador, por sua ênfase. Algum tipo de desastre; isso sempre os deixa animados. Ela não tem certeza se está pronta para isso, pelo menos não tão cedo. Não antes do café. Marcia olha a janela: uma luz esbranquiçada entra por ela; talvez esteja nevando. Em todo caso, está na hora de se levantar de novo.

O tempo está passando mais depressa, cada vez mais depressa; os dias da semana passam voando como calcinhas. As calcinhas em que está pensando são do tipo que tinha quando era garotinha, em tons pastel, com "Segunda", "Terça", "Quarta", bordados. Desde então, os dias da semana para ela têm cores: segunda é azul, terça é creme, quarta é lilás. Você contava o caminho que havia percorrido a cada semana pela calcinha, uma limpa a cada dia e depois suja e jogada no cesto de roupa para lavar. A mãe de Marcia costumava lhe dizer que ela sempre devia usar calcinhas limpas para o caso de ser atropelada por um ônibus, porque as outras pessoas poderiam ver as calcinhas quando seu cadáver fosse levado para o necrotério. Não era a morte em potencial de Marcia o que mais se sobressaía e dominava sua mente, era o estado de suas calcinhas.

Quarta-feira inútil

Na verdade, a mãe de Marcia nunca tinha dito aquilo. Mas era o tipo de coisa que deveria ter dito, porque as outras mães realmente diziam aquilo e tinha sido uma história útil para Marcia. Ela encarna o suposto pudor, a inibição e a obsessão anglo-canadense com a opinião pública e, como tal, tem uma força mítica. Marcia a usa com estrangeiros ou com os recém-chegados ao Canadá.

Marcia sai devagar da cama e encontra os chinelos feitos de pele de ovelha tingida de rosa-shocking, que lhe foram dados no último Natal por sua filha de vinte anos, por preocupação com seus pés já ficando idosos. (Seu filho, sem saber escolher um presente, como sempre, lhe dera uma caixa de chocolates.) Ela luta para vestir o roupão, que com certeza se tornou menor do que costumava ser, então vai tateando pela gaveta de calcinhas. Não há calcinhas bordadas por aqui, nem também uma daquelas antiquadas, de náilon. O romantismo cedeu lugar ao conforto, como em muitas outras áreas. Ela agradece a Deus por não viver numa era em que se usavam corseletes.

Toda vestida, exceto pelos chinelos rosa-shocking, que continua a calçar por causa do frio do piso da cozinha, vagarosamente Marcia segue para a escada, desce e avança pelo corredor. Caminhando de chinelos, que são um pouco maiores do que o seu número e bamboleiam em seus pés, Marcia tem um andar gingado como o de um pato. Ela um dia foi ágil, ligeira como um moleque. Agora ela lança uma sombra.

Eric está sentado à mesa da cozinha, tendo seu ataque de raiva matinal. Seu cabelo outrora ruivo, agora da cor de areia lixiviada, está todo espetado para o alto, como uma crista de pássaro, e ele corre as mãos por ele, de exasperação. Há geleia no cabelo, de novo, saída da torrada.

– Babaca lambedor de saco – diz ele.

Marcia sabe que isso não é dirigido a ela: o jornal da manhã está todo espalhado sobre a mesa. Eles cancelaram – Eric cancelou – a assinatura deles daquele jornal havia cinco meses, num ataque de fúria com a política editorial e por não usarem papel reciclado, embora seja o jornal para o qual Marcia escreve sua coluna. Mas ele não consegue resistir à tentação: volta e meia sai de fininho antes de Marcia se levantar e compra na esquina. A adrenalina o alimenta, agora que não pode mais tomar café.

Marcia baixa o volume do rádio, então lhe beija a nuca coberta de pelos ásperos.

– Qual é a de hoje? – pergunta. – Os benefícios do livre-comércio?

Há um som de arranhado, como unhas sobre um quadro-negro. Do lado de fora da porta de vidro da cozinha, o gato enterrou as unhas na porta de tela e está lentamente deslizando por ela. Isso é seu pedido imperioso para que abram a porta para ele entrar. Nunca se deu ao trabalho de aprender a miar.

– Um dia desses, vou matar este animal – diz Eric. Marcia acredita que Eric nunca faria tal coisa, porque ele é sensível demais. A imagem que Eric tem de si mesmo é mais brutal.

– Pobre bebê! – exclama Marcia, pegando no colo o gato, que está gordo demais. Ele está de dieta, mas em segredo pede comida na casa dos vizinhos. Marcia compreende a situação dele.

– Acabei de deixar o maldito gato sair. Entra, sai, entra, sai. O diabo do gato não consegue decidir o que quer – diz Eric.

– Ele fica confuso – retruca Marcia.

O gato se contorceu e se libertou dela. Ela mede o café na pequena máquina de expresso. Se ela fosse realmente leal a Eric, também deixaria de tomar café, para poupá-lo da tortura de vê-la fazer isso. Mas então passaria o tempo todo dormindo.

– Ele está assumindo o humor nacional – diz Eric. – Ontem ele cagou na banheira.

– Pelo menos não usou o tapete – diz Marcia. Ela abre um envelope de ração úmida para gatos. O gato se esfrega em suas pernas.

– Ele teria usado, se tivesse pensado nisso – diz Eric. – Um hino de bajulação a George Bush. – Ele está de volta à página do editorial.

– O que ele fez agora? – pergunta Marcia, se servindo de cereais. Eric se recusa a comê-los porque são americanos. Desde que o acordo de livre-comércio com os Estados Unidos foi assinado, ele se recusa a comer qualquer coisa vinda do sul da fronteira. Andam

Quarta-feira inútil   217

comendo um bocado de raízes e tubérculos naquele inverno: cenouras, batatas, beterrabas. Eric diz que os pioneiros fizeram isso e, de qualquer maneira, suco de laranja congelado é superestimado. Quando almoça fora, Marcia furtivamente come abacates e reza para que Eric não sinta o cheiro em seu hálito.

– Essa invasão do Panamá – diz Eric, distinguindo-a de uma infinidade de outras invasões. – Você sabe quantas eles já fizeram neste século? Lá mesmo? Quarenta e duas.

– Isso é muita coisa – diz Marcia, em sua voz contemporizadora.

– Eles não consideram isso invasão – diz Eric. – Pensam nisso como agricultura. Como se estivessem pulverizando para matar pragas.

– Você sentia frio lá fora? Congelou suas patinhas? – pergunta Marcia, pegando novamente o gato, que torceu o nariz para a ração. Ele dá um grunhido como o de um porco.

Marcia sente falta das crianças. Amanhã elas estarão em casa para as festas e para trazer a roupa suja para lavar. Os filhos são dela, não dela e de Eric, embora nem eles pareçam mais se dar conta disso. O pai verdadeiro se tornou um fantasma em algum lugar na Flórida. No Natal, ele lhes manda laranjas, que são mais ou menos a única coisa que Marcia sabe dele.

– É um negócio de drogas – diz Eric. – Eles vão prender Noriega e, *presto*, dez milhões de viciados miseráveis estarão curados.

– Ele não se comportou nada bem – diz Marcia.

– Essa não é a questão – responde Eric.

Marcia suspira.

– Imagino que isso queira dizer que você vai fazer piquete na porta do Consulado Americano de novo – diz ela.

– Eu, alguns outros malucos variados e cinco trotskistas aposentados – diz Eric. – A mesma velha turma.

– Agasalhe-se bem – diz Marcia. – A sensação térmica é mais fria por causa do vento.

– Vou usar meu protetor de ouvidos – responde Eric; essa é sua única concessão às temperaturas abaixo de zero. – Os trotskistas são uma aporrinhação.

— O pessoal da Polícia Montada acha o mesmo de *você* — retruca Marcia.

— Ah, sim, esqueci... e dois sujeitos da Polícia Montada disfarçados de mendigos. Ou então aqueles ignorantes do Sesse-cas. Eles poderiam vir logo fantasiados de palhaço, são tão óbvios...

Sesse-cas é o nome que Eric dá ao CSIS que, na verdade, quer dizer Serviço de Inteligência e Segurança Canadense. Os Sesse-cas grampeiam o telefone dele, ou pelo menos Eric acredita que sim. Ele os provoca: telefona para um de seus amigos e diz palavras como "sabotagem" e "bomba" só para confundir a escuta. Eric diz que está fazendo um favor ao Sesse-cas: faz com que eles se sintam importantes. Marcia diz que isso interferiria na possibilidade de ela algum dia vir a ter um caso, porque eles poderiam ouvir suas conversas e chantageá-la.

Eric não está preocupado.

— Você tem bom gosto — diz ele. — Não há alguém nesta cidade com quem valha a pena você ter um caso.

Marcia sabe que o fato de não valer a pena nunca impediu alguém de ter casos. O motivo por que não tem casos, ou não teve ultimamente, é simples preguiça. Para se ter um caso é preciso energia demais; além disso, não tem mais corpo para isso, para as revelações iniciais e exibições. Ela não teria um caso sem primeiro afinar as coxas e sem comprar roupas de baixo apropriadas. Além disso, não se arriscaria a perder Eric. Ele ainda é capaz de surpreendê-la, em muitos sentidos. Ela conhece o formato geral dos esquemas que ele tem a probabilidade de inventar, mas não os detalhes. Surpresa vale muita coisa.

— O amor é cego — responde Marcia. — Bem, vou tratar de ir para o templo da liberdade de expressão. — Ela está satisfeita porque ele vai fazer piquete. Isso significa que não está velho demais para isso, afinal. Ela o beija de novo, no topo da cabeça desalinhada e melada.

— Vejo você no jantar. O que vamos comer?

Eric pensa por um momento.

— Nabos — diz ele.

— Ah, que bom — diz Marcia. — Não comemos nabos já há algum tempo.

* * *

Marcia veste o cardigã e o casacão pesado de lã de inverno. Não de pele. Eric ultimamente é contra casacos de pele, embora Marcia tenha assinalado que peles são parte do estilo de vida nativo e também são biodegradáveis. Ela mal consegue se safar com os chinelos de lã de ovelha: por sorte, a cor vibrante dos chinelos faz com que pareçam imitação. Ela acrescenta as botas, a echarpe, as luvas forradas e o chapéu de lã branco. Assim, toda encapotada, respira fundo, contrai todas as carnes, abre a porta e sai, para o inverno. O gato passa correndo entre suas pernas e imediatamente muda de ideia. Marcia o deixa entrar de volta na casa.

Aquele é o mês de dezembro mais frio dos últimos cem anos. À noite, a temperatura chega a trinta graus abaixo de zero, os pneus dos carros ficam quadrados de manhã, casos de enregelamento enchem os hospitais. Eric diz que é o efeito estufa. Marcia fica perplexa com isso: ela pensava que o efeito estufa fazia com que as temperaturas no mundo ficassem mais quentes, e não mais frias.

— Aberração do clima — diz Eric, sucintamente.

Há gelo cobrindo todos os degraus; ele está lá há dias, Marcia já sugeriu que o carteiro pode escorregar e processá-los, mas Eric se recusa a botar sal no gelo: ele está à procura de algum novo produto que a Canadian Tire parece nunca ter em estoque. Marcia se segura no corrimão, dá passos minúsculos e se pergunta se está ficando com osteoporose. Ela poderia cair; poderia se espatifar como um prato, como um ovo. Existem certas possibilidades que nunca ocorrem a Eric. Só grandes catástrofes o interessam.

A calçada foi cinzelada e está livre de gelo, ou pelo menos uma espécie de trilha foi aberta nela, adequada apenas para fila indiana. Marcia avança cuidadosamente, em direção à estação do metrô. Quando chega à rua Bloor, o caminho fica menos traiçoeiro, porém mais ventoso. Ela começa a andar pesadamente, em um passo de trote lento, e chega à estação Bathurst ofegante.

Três dos sem-teto da cidade estão enfileirados logo depois da porta. Todos são homens; dois são índios nativos, um não é. Esse que não é aborda Marcia e pede um trocado. Ele diz que quer apenas comer, o que parece a Marcia um desejo bastante modesto: ela conhece um bocado de gente que quer muito mais. Ele é pálido, tem o rosto com a barba por fazer e não a olha nos olhos. Para ele, ela é apenas uma espécie de telefone público quebrado, que ele pode sacudir para fazer cair moedas de 25 centavos.

Os dois índios observam sem muita expressão. Eles parecem fartos. Estão cheios daquela cidade, estão cheios de suicídio como opção, estão cheios do século XX. Ou pelo menos é o que Marcia supõe. Ela não os culpa: o século XX não tem sido um sucesso estonteante.

Na banca de jornal, ela compra uma barra de chocolate e uma revista *True Woman*, a primeira, feita no Canadá, mas desaconselhável para a saúde, a segunda, uma traição, porque é feita nos Estados Unidos. Mas ela tem direito às duas transgressões: alimenta-se bem e está em contato com a realidade o suficiente para o resto da vida, de modo que por meia hora vai dar uma de gazeteira e mandar para o espaço a taxa de açúcar no sangue e ler lixo escapista. Ela se espreme no trem com outros passageiros embrulhados em lã e é hábil o suficiente para conseguir um assento, onde folheia a seção de moda para as festas e a dieta do mês, e lambe o chocolate dos dedos. Então se detém para ler uma seção intitulada: "O que os homens realmente pensam". É sobre sexo, é claro. Marcia tem uma notícia para eles: a soma do que os homens realmente pensam é um bocado maior do que eles dizem.

Ela troca de trens, salta na Union, sobe a escada até o nível da rua. Há uma escada rolante, mas o fato de ter olhado para todos aqueles corpos esguios a deixou preocupada. Eric acha que ela tem belas coxas; mas Eric leva uma vida tranquila e segura.

* * *

Quarta-feira inútil

Há labirintos subterrâneos no centro da cidade, shopping centers subterrâneos. Túneis subterrâneos que podem levar você de um prédio para outro. Você poderia passar o inverno inteiro debaixo da terra, sem jamais sair para a rua. Mas Marcia sente uma obrigação moral de enfrentar o inverno em vez de apenas evitá-lo. Além disso, tem um bocado de dificuldade de se localizar nos diagramas "Você está aqui" posicionados em intervalos para ajudar as pessoas que buscam orientação. Ela prefere estar na superfície da terra, onde há placas de rua.

Recentemente ficou completamente perdida ali embaixo; a única coisa boa que aconteceu foi que descobriu uma loja chamada Tacki Shoppe, que vendia ovos de flamingo rosa-shocking, livros de piadas sobre sexo na Idade Média e garrafas de pílulas de açúcar com o nome Fodassetudo. A loja também vendia pequenos pedaços do Muro de Berlim, com um certificado de autenticidade incluído. Custavam R$ 12,95 cada. Ela comprou um para botar na meia de Eric: eles ainda mantinham o hábito de fazer brincadeiras com o que punham nas meias, de quando as crianças eram menores. Não tem certeza de que Eric vá achar esse presente engraçado; é mais provável que faça algum comentário sobre a trivialização da história. Mas as crianças ficarão interessadas. A verdade é que Marcia secretamente quer aquele pedaço do Muro para si mesma. É uma lembrança para ela, não de um lugar – ela nunca esteve em Berlim –, mas de uma época. *Isto é do Natal em que o Muro caiu*, dirá em anos posteriores; para seus netos, espera. Então tentará se lembrar de que ano tinha sido.

Cada vez mais, está guardando pedacinhos de tempo – uma foto aqui, uma carta ali; gostaria de ter guardado mais roupinhas das crianças, mais brinquedos. No mês passado, quando Eric pegou uma velha camisa que datava do primeiro ano em que eles tinham morado juntos e a cortou em pedaços para servir de panos de prato, ela guardou os botões. Sem dúvida, depois que o fragmento do Muro de Berlim tiver sido apalpado, e devidamente admirado, com exclamações na manhã do dia de Natal, acabará nesse seu ninho de tesouros reluzentes.

O vento está pior ali, afunilando-se entre os altos prédios de escritórios. Depois de um quarteirão andando contra o vento, inclinada para frente e segurando as orelhas, Marcia toma um táxi.

* * *

O jornal para o qual Marcia escreve fica em um prédio discreto, quadrado, de paredes de vidro, sem janelas, construído em algum momento nos anos 1970, quando sufocar estava na moda. Apesar de seu exterior blindado, Marcia acha aquele prédio sinistro, mas é possível que isso seja porque ela sabe o que acontece dentro dele.

O jornal se chama, um tanto grandiosamente, *The World*. É uma espécie de instituição nacional e, como muitas outras instituições nacionais nos dias de hoje, está caindo aos pedaços. Eric diz que o *The World* ajudou na desintegração nacional em outras áreas, tais como o livre-comércio, de modo que por que haveria de estar isento? Marcia responde que, mesmo assim, é uma pena. O *The World* outrora tomava partido de alguma coisa, ou então ela gosta de crer que sim. Tinha integridade, ou pelo menos mais integridade do que tem atualmente. Você podia confiar que teria princípios, que tentaria ser justo. Agora o máximo que você pode dizer é que ele tem um passado de belas tradições e que já viu dias melhores.

Melhores em certos sentidos, piores em outros. Por exemplo, ao promover cortes de pessoal e se adequar sob medida à comunidade de negócios, o jornal agora ganha mais dinheiro. Recentemente foi posto sob uma nova administração, que inclui o editor, um homem chamado Ian Emmiry. Ian Emmiry foi promovido subitamente, passando por cima de editores mais velhos e mais capazes, enquanto o editor anterior estava fora, em viagem de férias. Essa mudança ocorreu como um golpe militar numa daquelas nações maltrapilhas dos trópicos. Tinha sido quase como ter um chofer promovido a general em resultado de alguma afiliação ou pagamento de recompensa escuso, e foi recebido com ressentimento na mesma medida.

Os jornalistas que são funcionários do jornal há muito tempo se referem a Ian Emmiry com Ian, o Terrível, mas não na frente do grupo recém-admitido: Ian, o Terrível, tem seus espiões. Há cada vez menos jornalistas mais velhos e mais e mais jovens, escolhidos a dedo por Ian pela habilidade de se curvar. Uma lenta transformação está em curso, um expurgo lento. Mesmo as tiras de histórias em quadrinhos na última página do jornal foram evisceradas: por exemplo, a tira "Rex Morgan", com o jovem médico de cara inexpressiva e a enfermeira impossivelmente jovial e assexuada, não está mais lá. Marcia sente falta dela. Era uma maneira confortadora de começar o dia, porque nada nela mudava. Era um antídoto para as notícias.

Marcia anda pela redação em busca de um computador livre. Não existem mais máquinas de escrever, não há mais o barulho do metralhar das teclas, não há mais os muitos grupinhos casuais, da vadiagem e dos bate-papos descontraídos, que Marcia associa com o velho som de notícias sendo produzidas com esforço, quase que como se extraídas da rocha. Tudo agora é computador: Ian, o Terrível, cuidou disso. Ele é um grande fã de sistemas. Os jornalistas da nova raça ficam debruçados na frente de seus computadores nas escrivaninhas coletivas, preparando suas notícias; eles parecem operários tarefeiros de uma fábrica de roupas.

Marcia não tem uma escrivaninha própria na redação, porque não faz parte do quadro de funcionários: é uma colunista contratada. Assim, como disse Ian (pondo a mão bem tratada em seu ombro, os olhos dele como pequenos pregos de zinco), ela pode muito bem trabalhar em casa. Ele gostaria que Marcia tivesse um computador lá, onde estaria isolada em segurança; ele gostaria que ela enviasse suas colunas pelo modem. Se isso não for possível, ele gostaria que trouxesse sua coluna e mandasse alguma outra pessoa digitá-la e colocá-la no sistema. Ele suspeita que ela tenha tendências sediciosas. Mas Marcia lhe garantiu, sorrindo, que Eric não permitirá a entrada de um computador na casa – ele é tão retrógrado, mas o que se pode fazer! – e que ela nunca esperaria nem quereria que alguma outra pessoa digitasse seu texto bagunçado. Quem conseguiria ler suas alterações escritas a mão?, perguntou ela, timidamente. Não, realmente ela mesma tem de bater a coluna e colocá-la no sistema, diz a Ian. Ela não diz a palavra "digitar" e Ian percebe a resistência. Talvez ele ranja os dentes. É difícil dizer: ele tem o tipo de dentes que parecem estar permanentemente rangendo. Marcia poderia ter um computador em casa, se quisesse. Também poderia trazer um texto limpo. Mas ela quer vir ao jornal. Quer saber o que está acontecendo. Quer saber das fofocas.

A coluna de Marcia é publicada na seção do jornal que ainda se autointitula "Estilos de vida", embora vá ter de bolar algum novo título brevemente. "Estilos de vida" era anos 1980; os anos 1990 estão chegando e já estão sendo tomadas providências para diferenciar as décadas. Retrospectivas enchem os jornais; o rádio e a televisão falam incessante e seriamente sobre o que os anos 1980 significaram e o que os anos 1990 significarão. As pessoas já falam em uma ressurreição dos anos 1970, algo que deixa Marcia perplexa. O que há para ressuscitar? Os anos 1970 foram os anos 1960 até que se tornaram os anos 1980. Na verdade, a década de 1970 não existiu. Ou talvez ela a tenha perdido, porque foi quando seus filhos eram pequenos.

Sua coluna, que é lida por alguns homens bem como por muitas mulheres, é a respeito de questões. Questões sociais, problemas que podem vir a surgir: o cuidado de idosos em casa, amamentação no peito em público, bulimia nos ambientes de trabalho. Ela entrevista pessoas, escreve do particular para o geral; ela acredita, no que considera ser uma visão romântica e antiquada, que a vida é algo que acontece com indivíduos, a despeito da ênfase atual em estatísticas e tendências. Ultimamente os temas passaram por uma mudança desagradável na coluna de Marcia: tem havido mais textos dedicados a coisas como desnutrição em jardins de infância, homens que batem nas mulheres, excesso de população nas prisões, abusos contra crianças. Como se comportar se você tiver um amigo com Aids. Pessoas sem teto que pedem esmolas nas entradas de estações do metrô.

Ian não gosta dessa nova abordagem de Marcia; ele não gosta de suas más notícias. Homens de negócios não querem ler sobre aquelas coisas, sobre pessoas que não se incluem no sistema. Ou

Quarta-feira inútil   225

pelo menos é o que Ian diz. Ela já ouviu isso pela rede de notícias de boca em boca. Ian chamou o estilo dela de histérico. Ele acha que ela é sentimental demais. Provavelmente Marcia é sentimental demais. Seus dias no *The World* provavelmente estão contados.

Enquanto Marcia abre um arquivo novo no computador, Ian em pessoa aparece. Ele está com um terno novo, cinza. Parece laminado.

– Recebemos um bocado de correspondência sobre aquela sua coluna – diz ele. – Aquela a respeito das agulhas grátis para viciados.

– Ah! – exclama Marcia. – Cartas furiosas?

– A maioria – responde Ian. Ele está satisfeito com isso. – Muitas pessoas não acham que o dinheiro do contribuinte deva ser gasto com drogas.

– Não é com *drogas* – retruca Marcia irritadamente –, é com saúde pública.

Mesmo para si mesma, ela parece uma criança respondendo mal. Na mente de Ian, mais uma bolinha preta acabou de ser acrescentada na ficha dela. Foda-se, pensa ela, sorrindo radiante. Um dia desses ela dirá uma coisa dessas em voz alta e vai haver confusão.

Marcia imagina saber o que acontecerá se for demitida. Alguma outra coisa poderia aparecer para ela; mas, ao mesmo tempo, ela está ficando mais velha e talvez não apareça. Ela poderia ter de trabalhar como freelancer de novo ou, pior, ser *ghost-writer*. São principalmente os políticos que querem a história de sua vida gravada em pedra para o benefício de eras futuras, ou, pelo menos, são eles os que estão dispostos a pagar. Ela fazia esse tipo de coisa quando era mais jovem e mais desesperada, antes de ter sua coluna, mas não está certa de que ainda tem a energia necessária para fazer isso. Já mordeu a língua um número de vezes suficiente para o resto da vida. Não tem certeza de que ainda tenha talento para mentir.

Por sorte, ela e Eric estão com a hipoteca da casa quase que totalmente paga, as crianças estão a poucos anos de terminar a universidade. Eric ganha algum dinheiro, é claro. Ele escreve livros ingurgitados e estrondosos de história popular, sobre coisas como o comércio de peles e a Guerra de 1812, nos quais denuncia quase todo mundo. Seus ex-colegas, historiadores acadêmicos, atravessam a rua para evitá-lo, em parte porque é possível que se lembrem de reuniões e conferências do corpo docente nas quais ele também denunciava todo mundo, antes de renunciar ao cargo, mas em parte porque o desaprovam. Eric nada tem em comum com os vocabulários comedidos deles. Os livros de Eric vendem bem, muito melhor do que os deles, e eles acham isso irritante.

Mas, mesmo com os royalties dos livros de Eric, não haverá dinheiro suficiente. Além disso, Eric está reduzindo seu ritmo de trabalho. Ocorreu-lhe ultimamente que esses livros não mudaram o curso da história e estão perdendo o entusiasmo. Mesmo suas denúncias, mesmo suas travessuras, têm raízes em um desespero crescente. O desespero dele não está focalizado em nada específico, é generalizado, como o ar cada vez mais poluído da cidade. Ele não fala muito sobre isso, mas Marcia sabe que está lá. A cada dia ela luta contra ele e o respira.

Às vezes, ele fala em se mudarem – para algum outro país, algum lugar com mais respeito próprio ou algum lugar de clima mais quente. Ou apenas algum outro lugar. Mas onde? E como pagariam por isso?

Marcia terá de se mexer. Terá de economizar. Terá de implorar – de alguma maneira, de alguma forma. Terá de fazer concessões.

* * *

Marcia quase terminou de digitar sua coluna no computador quando seu amigo Gus se aproxima. Ele diz alô para atrair a atenção dela, levanta a mão num gesto de erguer copo e sinaliza para ela com um dedo: uma hora. É um convite para sair para almoçar e Marcia assente. Essa encenação faz parte da crença que ambos têm, apenas parcialmente brincalhona, de que as paredes têm ouvidos e de que é perigoso para eles serem vistos juntos muito abertamente.

O restaurante, o habitual deles, é um espanhol, muito acima da rua Bloor e longe o suficiente do *The World*, de modo que não esperam encontrar alguém de lá. Eles chegam separadamente, Marcia primeiro; Gus faz uma entrada teatral para ela com o colarinho

levantado, detendo-se na soleira da porta para um olhar furtivo ao redor.
– Não acho que tenha sido seguido – diz ele.
– Ian tem seus métodos – retruca Marcia. – Talvez ele seja um agente da Polícia Montada disfarçado. Ou um agente da CIA, é bem capaz disso. Ou talvez ele tenha subvertido os empregados daqui. Ele era garçom. – Aquilo não é verdade, mas é parte da série que estão criando no momento: os antigos empregos de Ian. (Auxiliar de lavanderia. Numismata. Criador de gerbos.)
– Não! – exclama Gus. – Então foi assim que ele adquiriu seu charme untuoso! Bem, foi assim que adquiri o meu. Trabalhei seis meses nisso... no Soho, nada menos... na época em que era um jovem imberbe. Nunca trate mal um garçom, querida. Eles cospem em seu bife na cozinha.

Marcia pede uma sangria e agradecida acomoda seu traseiro cada vez mais largo na cadeira. Ali ela pode comer comida importada sem se sentir uma traidora. Ela pretende pedir laranjas vermelhas, se eles tiverem. Isso e sopa de alho. Se Eric a interrogar mais tarde, sua consciência estará limpa.

* * *

Gus é o mais recente amigo, e espião, de Marcia no jornal. Seu amigo mais recente e o último: os outros foram todos demitidos ou foram embora. O próprio Gus não é integrante da velha-guarda. Foi importado alguns meses atrás para editar a seção de entretenimento, em mais uma das tentativas de Ian, o Terrível, de escorar a credibilidade de seu jornal erodido. Até mesmo Ian sabe que há alguma coisa errada, mas ele não conseguiu fazer as conexões necessárias, falhou em se dar conta de que mesmo homens de negócios têm outros interesses e também padrões. Eles já entenderam que não se pode mais ler o *The World* para descobrir o que está acontecendo, e sim apenas para descobrir o que está acontecendo dentro da cabeça de Ian.

Ele se enganou com Gus também. Gus tem ideias próprias.

Gus é alto e roliço como um barril e tem cabelo escuro cacheado. Deve estar no meio da casa dos trinta, talvez até seja mais jovem. Tem dentes quadrados brancos muito regulares, todos do mesmo tamanho, como o Sr. Punch do romance em quadrinhos. Isso dá a ele um sorriso formidável. Gus é inglês e judeu, ao mesmo tempo. Para Marcia, ele parece mais inglês; contudo, ela não tem certeza se o nome completo dele é Augustus, Gustav ou alguma outra coisa totalmente diferente. Possivelmente ele também é gay: é difícil para ela distinguir entre ingleses cultos. Às vezes, todos eles lhe parecem ser gays, outras vezes todos eles parecem não ser gays. Flertes não dão qualquer indicação, porque ingleses dessa classe flertam com qualquer coisa. Ela já reparou nisso antes. Eles flertam até com cachorros, se não houver mais nada por perto. O que querem é uma reação: querem que seu charme tenha um efeito, que se reflita de volta neles.

Gus flerta com Marcia, de maneira leve e sem esforço, quase como se fosse um ensaio de piano; ou pelo menos isso é o que Marcia pensa. Ela não tem intenção de levá-lo a sério e de fazer papel de idiota. De qualquer maneira, ele é jovem demais. Só em revistas como *True Woman* é que homens mais jovens têm sérios interesses eróticos por mulheres mais velhas sem fazer comparações invejosas que envolvem partes do corpo. Marcia prefere sua dignidade, ou pretende preferir, se tiver de fazer uma escolha.

Hoje o flerte de Gus toma a forma de um interesse exagerado por Eric, que ele nunca conheceu. Gus quer saber de tudo a respeito de Eric. Gus descobriu que o apelido de Eric no jornal é Eric, o Vermelho, e pergunta a Marcia com falsa inocência se isso tem alguma coisa a ver com vikings. Marcia se vê explicando que é apenas o modo de pensar das pessoas no *The World*: acham que qualquer pessoa que não concorde com elas é comunista. Eric não é comunista; pelo contrário, ele é uma espécie de conservador, mas não do tipo que existe na Inglaterra. Nem mesmo do tipo que atualmente existe no Canadá: Eric acha que o governo conservador canadense é constituído principalmente por vendedores de carros usados que querem se dar bem. Ele fica revoltado com os duzentos ternos novos do primeiro-ministro, não porque haja duzentos ternos, mas porque foram feitos em Hong Kong. Ele acha que o dinheiro dos contribuintes deve ir para os alfaiates locais.

Gus arqueia uma sobrancelha e Marcia se dá conta de que a conversa está se tornando complicada demais. Como uma espécie de brincadeira, ela diz que Gus nunca será capaz de compreender Eric, a menos que estude a Guerra de 1812. Essa é uma guerra de que Gus claramente não se lembra. Ele muda de assunto dizendo que costumava pensar que "canadense interessante" era um paradoxo, mas que Eric é evidentemente uma exceção; e Marcia vê que o que ele está procurando é excentricidade e que ele cometeu o erro de concluir que é nessa categoria que Eric se encaixa. Ela está aborrecida, sorri e pede mais um drinque para não demonstrar isso. Eric não é assim tão excêntrico. Com relação a uma porção de coisas ele até está certo. Isso não parece sempre torná-lo menos irritante, mas Marcia não gosta de vê-lo ser tratado com condescendência.

Agora Gus volta toda sua atenção para Marcia. Como ela consegue viver na monogamia?, quer saber. A monogamia é algo que faz parte da reputação de Marcia e de Eric, como outras pessoas têm reputação de beber demais. A monogamia, sugere Gus, é um artefato antropológico curioso ou então uma espécie de feito heroico.

– Como você consegue? – pergunta.

Não, reflete Marcia, ele não é gay. "Nem sempre fui monógama", tem vontade de dizer. Não passou de um casamento para outro seguindo por um caminho regular. Chegou lá passando por más escolhas, escapadas, sofrimento; com o próprio Eric começou como um confronto físico improvável. Mas se ela confessar qualquer detalhe disso, Gus apenas se tornará mais abelhudo ou – pior – cético e implorará que conte tudo. Então, quando ela contar, assumirá a expressão educada de olhinhos brilhantes com que os ingleses ficam quando você é pitoresco demais para palavras ou então tedioso como o diabo.

Assim, Marcia evita o assunto e diverte Gus de outras maneiras. Conta para ele a história das calcinhas bordadas com os dias da semana e a advertência de sua mãe sobre ser atropelada por um ônibus. De lá passa a construir para ele o Canadá de antigamente; descreve a escura e suja Toronto das cervejarias com seus malcheirosos setores só para homens, descreve as leis de 1906 que proibiam transações comerciais aos domingos. Marcia não tem certeza de por que quer fazer seu país parecer um lugar tão sorumbático e gótico. Possivelmente ela quer histórias de guerra, como outras pessoas. Possivelmente quer parecer corajosa ou vigorosa, ter resistido aos rigores de ser cidadã de um país como este. Ela desconfia de seus próprios motivos.

Mas continua a contar histórias. Descreve Mackenzie King, o primeiro-ministro que por mais tempo governou o Canadá, decidindo questões de política de Estado com a ajuda de sua mãe morta, que ele estava convencido de que havia encarnado em seu terrier de estimação. Gus acha que ela está inventando isso, mas, não, ela lhe garante, é totalmente verdade. Existem até documentos.

Isso os leva ao fim da sopa de alho. Quando os calamares fritos chegam, é a vez de Gus. O que ele tem a oferecer são fofocas a respeito do *The World*.

– Ian, o Terrível, está tentando nos organizar em bandos – diz.

Gus parece radiante: ele tem alguma coisa a acrescentar à lista de absurdos locais que está compilando, para quando voltar para a Inglaterra. Ele ainda não sabe que vai voltar, mas Marcia sabe. O Canadá nunca será um lugar real para ele.

– Bandos? – pergunta Marcia.

– Como bandos de baleias – responde Gus. – Três redatores em um bando, com um líder de bando. Ele acha que vai promover o espírito de equipe.

– Ele poderia muito bem escrever o jornal inteiro sozinho – diz Marcia, tentando não soar amarga. Ela acha que a ideia de bandos é extremamente idiota, mas, ao mesmo tempo, está se sentindo excluída, porque não foi incluída em um bando. Vai perder alguma coisa, vai perder parte da diversão.

– Ele está trabalhando nisso – diz Gus. – Cortou um pedaço da seção de Cartas dos Leitores para criar espaço para uma nova coluna, escrita adivinhe por quem?

– Não – diz Marcia, horrorizada. – Qual o nome da coluna?
– Minha Opiniãozzzz. – diz Gus, sorrindo seu sorriso charmoso.
– Não. Estou brincando. "O ronco de minha vida", por Ian Emmiry.
– Você é cruel – murmura Marcia, tentando disfarçar sua aprovação.
– Bem, ele merece. O homem deveria ser enforcado por deliberadamente infligir tédio terminal doloso. Ele quer que a seção de Entretenimento apresente uma suruba chamada Fórum Crítico. Ele acha que todos nós devemos comparecer sem cobrar hora extra para ouvir algum velho professor universitário bolorento falar sobre como fazer para não ficar caduco. Agora não estou brincando.
– Meu Deus – diz Marcia. – O que você vai fazer?
– Eu o estou encorajando – diz Gus. – Eu sorrio, e sorrio, e sou um vilão.
– As pessoas não vão aceitar isso – diz Marcia.
– Essa é exatamente a ideia – diz Gus, sorrindo, de orelha a orelha. Ele é móvel. Não tem hipoteca, nem filhos, nem monogamia.

Marcia bebeu o segundo drinque depressa demais. Agora perdeu o fio. Em vez de ouvir, olha fixamente para Gus e imagina como seria de fato ter um caso com ele. Haveria comentários espirituosos demais, pensa. Além disso, ele contaria aos outros.

Ela olha para ele, radiante de prazer travesso, e subitamente vê como ele deve ter sido quando era garotinho. Um menino de dez anos. Com aquele sorriso, deve ter sido o piadista da turma. Ninguém poderia ter levado a melhor sobre ele, nem mesmo os valentões. Ele saberia o ponto fraco de todo mundo, exatamente onde enfiar a faca. Como se proteger.

Ela com frequência pensa assim sobre homens, especialmente depois de um ou dois drinques. Tem a capacidade de olhar para um rosto e ver nele o passado vir à tona, aquela outra face – a da criança – que ainda está lá. Ela viu Eric assim, gorducho, cheio de sardas e desafiador, revoltado com as desobediências ao código de honra no pátio da escola. Ela viu até Ian, o Terrível, um garoto impassível, determinado, que devia saber que os outros o achavam chato; ela o viu estudando com afinco, esperando em vão pelo aparecimento de um bom amigo, acumulando suas vinganças. Isso a ajudou a perdoá-lo, em certa medida.

Marcia retorna à conversa. Ela parece ter perdido vários parágrafos: agora Gus mudou de foco e está falando sobre Noriega.

– Ele está se escondendo na selva – diz ele. – Fazendo pouco deles. Eles nunca o apanharão... ele vai fugir para Cuba ou algum outro canto... e então vai voltar tudo à velha corrupção e miséria de sempre, com lacaios bajuladores da CIA novos em folha. – Ele levanta o copo, faz sinal de mais um. Gus está bebendo vinho branco.

– Daqui a um ano, tudo vai ser papel para embrulhar peixe.

Marcia pensa em Noriega, escondido em alguma mata tropical ou acampado nas montanhas. Ela se lembra das fotografias de jornal dele, o rosto redondo, acabado, de olhar congelado, o rosto de um bode expiatório perseguido. Quando era criança, deve ter sido muito parecido. Ele deve ter ficado com aqueles olhos vazios bem cedo na vida; ele fora obrigado a tê-los. Isto é o que faz dela uma colunista sentimental, pensa: ela não acredita que crianças nasçam más. Sempre está pronta demais para explicar.

* * *

Marcia vai ao banheiro para se livrar do excesso de sangria e retocar a maquiagem. Está muito mais tarde do que pensava. No espelho, está de olhos brilhantes, com as faces enrubescidas; o cabelo esvoaça em fiapos desgrenhados. De perfil – consegue ver, revirando os olhos –, tem um princípio de papada. Seu primeiro marido costumava lhe dizer que ela parecia um Modigliani; agora ela mais parece uma pintura de uma era diferente. Uma bacante gorducha do século XVIII. Ela até parece um pouco perigosa. Marcia se dá conta, com alguma preocupação, de que Gus não está fora de questão, porque ela também não está. Não ainda.

* * *

Marcia se obriga a subir a escada da estação Bathurst. Por um momento, imagina os túneis impecavelmente limpos, com musgo ou decorados com samambaias gigantes; ou debaixo d'água, quando o efeito estufa realmente fizer seu estrago. Ela repara que não está mais pensando em termos de *se* – apenas de *quando*. Precisa tomar cuidado com essa tendência de desistir, precisa tratar de se controlar.

A essa altura, são mais de cinco da tarde; os três homens sem--teto já se foram. Talvez estejam aqui amanhã; talvez ela fale com eles e escreva uma coluna sobre a vida nas ruas ou o destino cruel dos nativos na cidade. Se escrever, não vai mudar grande coisa, nem para eles nem para ela. Eles serão objeto de um painel de discussão, ela receberá cartas desaforadas. Marcia costumava pensar que tinha algum tipo de poder.

Está escuro e frio, o vento passa por ela assoviando; nas vitrines das lojas, as decorações de Natal piscam com falsidade. Em sua maioria são sinos e ouropel; os anjos, as Madonas e os bebês na manjedoura são menos expostos por não serem suficientemente universais. Ou talvez eles apenas não vendam coisas. Não façam a mercadoria circular.

Marcia se apressa em direção ao norte e não se detém para olhar as vitrines. Sua bexiga está a ponto de explodir; não funciona mais como antigamente; não deveria ter tomado aquela última xícara de café; vai passar vergonha na rua, como uma criança numa roupa de neve de fundilhos molhados, apanhada no caminho para casa, depois da escola.

Quando ela chega a casa encontra a escada da frente completamente coberta de fezes de gato. Eric andou cuidando do serviço. Isso se torna mais aparente quando ela corre para o banheiro apenas para descobrir que o papel higiênico foi retirado. Foi substituído por uma pilha de retângulos de papel de jornal, que ela descobre – depois de agradecidamente sentada no vaso e, enfim, capaz de ler – consistirem na seção de negócios do *The World* daquela manhã, bem cortados com uma tesoura.

Eric está na cozinha, cantarolando para si mesmo enquanto corta os nabos. Ele baniu toalhas de papel algum tempo atrás. Usa um avental de chef, no qual limpa as mãos. Jantares anteriores deixaram seus rastros; desta noite, já há várias manchas amarelas.

As notícias do rádio estão no ar: há mais combates no Panamá, há mais mortos, há mais escombros e mais crianças sem-teto andando em meio a eles; há mais banalidades. Teorias da conspiração florescem como rosas. O presidente Noriega não se encontra em lugar algum, embora se esteja falando muito da parafernália de vudu e vídeos pornográficos que, dizem, enchiam seu antigo quartel-general. Marcia, tendo sido *ghost-writer* da vida de políticos, não acha esses detalhes dignos de nota. Com certeza, não a pornografia. Quanto ao vudu, se isso era o necessário para ganhar, a maioria deles usaria num piscar de olhos.

– Eric – diz ela. – Aquele jornal cortado no banheiro é ir longe demais.

Eric lança-lhe um olhar teimoso, mas também satisfeito.

– Se eles não forem reciclados numa das pontas, terão de ser na outra – declara.

– Aquele negócio vai entupir o vaso – diz Marcia. Um apelo baseado nas tintas venenosas absorvidas pela pele dos "países baixos", ela sabe, não o comoverá nem um pouco.

– Os pioneiros faziam isso – retruca Eric. – Sempre havia um catálogo para compras por reembolso postal nas fazendas. Nunca havia papel higiênico.

– Isso era diferente – diz Marcia, pacientemente. – Eles usavam retretes. Você gosta é da ideia de limpar o rabo com a cara de todos aqueles presidentes de companhias.

Eric fica com uma expressão matreira; parece pego em flagrante.

– Alguma coisa nova no poço de piche? – pergunta, mudando de assunto.

– Não – responde Marcia. – Mais da mesma coisa. Na verdade, as coisas por lá andam meio parecidas com o Kremlin. O Kremlin dos anos cinquenta – acrescenta, tendo em vista as recentes inovações ideológicas. – Ian, o Terrível, os está fazendo trabalhar em bandos.

– Tipo bandos de baleias? – pergunta Eric.
– Isso mesmo – diz Marcia.
Ela se senta à mesa da cozinha, apoia os cotovelos no tampo. Não o pressionará na questão do papel. Permitirá que ele se divirta por alguns dias, até que o vaso entupa. Então apenas mudará as coisas de volta para como eram.

Com os nabos, vão comer batatas cozidas e bolo de carne. Eric ainda permite carne; nem sequer se desculpa pela carne. Ele diz que o homem precisa de carne para os glóbulos vermelhos; que eles precisam de mais do que as mulheres. Marcia poderia dizer alguma coisa a respeito disso, mas não deseja mencionar à mesa do jantar funções corporais que consomem sangue, como menstruação e dar à luz, de modo que se contém. Ela também não diz nada sobre ter almoçado com Gus: sabe que Eric considera Gus – a quem ele nunca viu, julgando apenas pelos artigos publicados no jornal, que são em sua maioria sobre filmes de Hollywood – trivial e presunçoso e ficaria aborrecido com ela por ter comido calamares fritos com ele, especialmente enquanto Eric esteve fazendo piquete na frente do Consulado dos Estados Unidos.

Ela não perguntará a Eric sobre a sua expedição, ainda não. Ela já sabe pela industriosidade dele com os nabos que as coisas não correram bem. Talvez mais ninguém tenha aparecido. Há uma vela sobre a mesa, há taças de vinho. Uma tentativa de salvar o que resta do dia.

O bolo de carne está com um cheiro delicioso. Marcia comenta isso e Eric desliga o rádio, acende a vela, serve o vinho e dá a ela um único sorriso beatífico. É um sorriso de reconhecimento e também de perdão – o que está sendo perdoado, Marcia não saberia dizer. Talvez o fato de ser velha como é, o fato de saber demais. Esses são os crimes mútuos deles.

Marcia também sorri. Come, bebe e está feliz. Do lado de fora da janela da cozinha o vento sopra, o mundo gira, desmorona e se reassenta, e o tempo continua.

* * *

O que acontece com este dia? Ele vai para onde outros dias foram e irão. Mesmo enquanto ela está sentada na cozinha comendo seu molho de maçã, que (de acordo com o *Livro de receitas de inverno de Ontário*) é idêntico ao molho de maçã que os pioneiros comiam, Marcia sabe que o dia em si está se esvaindo para longe dela, que passará, continuará a passar e nunca mais voltará. Amanhã as crianças chegarão, uma do leste, uma do oeste, onde frequentam suas respectivas universidades, sendo educadas lá longe. O gelo em suas botas de inverno derreterá, fará poças no vestíbulo depois da porta da frente, deixará manchas de sal na cerâmica do piso e haverá o som de passadas na escada do porão quando eles descerem para lavar as roupas. Haverá incursões à geladeira, estrondos quando coisas caírem. Haverá movimento e excitação, verdadeira e fingida. A filha tentará organizar o guarda-roupa de Marcia e corrigir sua postura, o filho será galante, desajeitado e condescendente; ambos evitarão abraços muito apertados ou muito demorados.

Os velhos enfeites de Natal serão desencavados e a árvore será montada, não sem uma discussão sobre se uma de plástico seria ou não mais adequada. Uma estrela será posta no topo. Na noite da véspera de Natal, todos beberão a gemada mortífera de Eric e descascarão as laranjas mandadas pelo primeiro marido de Marcia. Ouvirão cantigas de Natal no rádio, abrirão um presente cada um e as crianças ficarão irrequietas porque pensarão que já estão grandes demais para isso. Eric tirará medonhas fotos polaroides que nunca irão para os álbuns que eles sempre dizem que vão manter atualizados e Noriega pedirá asilo na Embaixada do Vaticano na Cidade do Panamá. Marcia ficará sabendo disso por meio do noticiário e das páginas contrabandeadas do *The World* que Eric trará para dentro de casa. E rasgará mais tarde para encher a caixa de dejetos do gato – depois de esgotar o material apropriado na escada da frente –, mas o gato vai preferir um dos chinelos rosa-shocking convidativamente macios de Marcia.

Então chegará o dia de Natal. Cairá numa segunda-feira, mais uma segunda-feira azul-pastel, e comerão peru, alguns tubérculos e raízes e um empadão de carne moída que Marcia finalmente terá conseguido fazer, enquanto Noriega dorme órfão em um quarto numa casa cercada de soldados, sonhando com as matanças que fez ou que gostaria de fazer, sonhando com nada, seu rosto redondo, com marcas de acne e gélido como um asteroide. O pedaço do Muro de Berlim que Marcia deu a Eric em sua meia será perdido debaixo do sofá. O gato se esconderá.

Marcia ficará ligeiramente bêbada de gemada e mais tarde, depois que a louça estiver lavada, chorará silenciosamente, trancada no banheiro, envolvendo nos braços acolhedores o gato resmungão, que ela terá arrastado debaixo da cama com esse propósito. Ela chorará porque as crianças não são mais crianças, ou porque ela própria não é mais criança, ou porque existem crianças que nunca foram crianças, ou porque ela não pode mais ter uma criança, nunca mais. O corpo dela passou de seu auge depressa demais; ela não está pronta, não se preparou para isso.

É toda essa conversa de bebês no Natal. É toda essa esperança. Ela fica distraída por isso e tem dificuldade de prestar atenção às notícias de verdade.

Impressão e Acabamento:
EDITORA JPA LTDA.